황금 비늘

이강산 소설집

황금 비늘

책만드는집

곁에 가까이 두고 종종 열어보는 책 몇 권이 있다. 거기 밑줄 그어둔 글을 다시 읽는다.

"모든 사람들이 역마를 꿈꾸는 것은 아름다운 세상에 대한 근원적인 향수를 인간이라면 누구나 지니고 있기 때문일 것이다."(『예술가로 산다는 것』, 박영택)

"잉크를 찍어 쓰는 것을 넘어서서 내 안의 피를 찍어 쓰는 것, 그것이 문학이다. …… 소설을 쓴다는 것은 더는 갈 수 없는 데까지 자기를 밀고 나가는 것이다."(『비주류 본능』, 장석주)

내 나이테를 생각하면 부끄러운 일이지만 세상에 소설집 한 권을 내면서 할 말이 참 많다.

이 말을 먼저 해야겠다. 시인이 소설 쓰는 것, 외도라는 생각은 하지 않는다. 다만 전업 작가에겐 소설을 쓰는 내내 죄지은 사람처럼 말문을 닫고 지냈다. 소설 창작에 대한 진정성의 부족 탓이 아니다. 글에 눌려 몸이 구겨지도록 밤샘을 했지만 어쨌거나 나는 등 따스운 정규직이기 때문이다.

사족 하나를 붙여두자면 이렇다. 전업이든 전업이 아니든 다 그렇듯이 나 또한 소설을 쓸 수밖에 없는 필연이 있었다. 다른 게 아니다. 내겐 도저히 시로 풀어낼 수 없는 서사가 있다. 대개의 작가와 마찬가지로 그 중심은 가족사다. 식민지 시절 징용을 다녀와 평생 오일장 장터를 떠돈 톱장수 아버지부터 전쟁으로 고향과 가족을 잃고 늙어가는 어머니, 그리고 궁핍의 상징처럼 불편한 몸으로 살아가는 막냇누이……

아버지는 파장에서 술에 취해 돌아오면 어린 내 등짝에 쇠톱을 휘둘렀다.

"공부해, 이 자식아. 커서 내 얘기를 연속극으로 만들어야 돼."

성우 고은정의 목소리가 새 나오는 라디오를 박살 내며 아버지는 짐승처럼 흐느끼곤 했다. 그 눈물이 마르기도 전, 아버지는 장터를 찾아 새벽차로 길을 떠났다. 아버지의 눈물에 쩐 유랑이 내 문학의 뿌리였다면 아버지와 악다구니로 맞장을 뜨던 어머니의 만연체는 그 뿌리를 성장시킨 모유였다. 양친이 남겨준 한과 역마 아니었다면 내가 어찌 내 부실한 나무에 가지를 늘이고 단풍을 달았겠는가.

따지고 보면 처음부터 나는 전업이 될 수 없었다. 일곱 식구가 박스 살림으로 전전한 집안 형편은 지금까지도 전업이 될 수 없는 가장 유효한 구실이 되어준다. 한 지붕 아래, 셋방에서 온 가족이 북적대는 풍경이라니. 나는 장남이었고, 아버지의 괴나리봇짐을 맨 채 날마다 보급 투쟁하듯 살았다. 그 새새틈틈 아버지의 역마에 끌린 듯 세상을 떠돌다 돌아와 원고지 빈 칸을 채우는 작업은 늘 필사적일 수밖에 없었다. 전업은 환상이었다. 허덕허덕 끝을 보는 내 소설은 병자처럼 허약했다. 집과 가족 밖으로 탈출할 용기도 없었다. 이따금 낡고 늙은 집을 떠나 교육운동이나 지역 문예운동으로 기진하여 돌아온 날, 그나마 쓰러진 나를 일으켜준 것은 그 허약한 소설이었다.

그러나 그 소설 때문에 나는 지금 혹독한 대가를 치르고 있다. 10년 넘게 속병에 시달리고 있는 것이다. 첫 시집을 낸 뒤, 치기만만할 때, 나는 직장 근처에 작업실을 얻어 5년 남짓 독거했다. 마흔의 문턱을 오르내릴 때였다. 밥상 위에 원고지를 올려둔 채 먹고 자고 하는 일이 전혀 사람답지 못했던 결과 나는 쓰러졌고, 두 가지를 얻었다. 소설을 닮은 글 20여 뭉치와 회복 불가능한 위장병.

나는 사진 작업도 한다. 흑백사진이다. 사진 역시 전업은 아니지만 암실에서 필름을 감고 푸는 일을 즐기고 있다.

사진을 좋아하는 착한 남자와 결혼한 작은누님이 자그마한 사진관을 했다. 그 인연으로 나는 대학교 때부터 웨딩 촬영을 보조하면서 책값을 마련했다.(그래서 지금까지 내 사진의 피사체는 주로 인물이다.) 암실에서 작은매형의 어깨너머로 필름 수정하는 법을 익혔다. 매형의 필름 카메라를 훔치듯 품은 게 30여 년 전이었으니까 시보다, 소설보다 사진의 가방끈이 긴 셈이다. 요즘엔 디지털 카메라도 배낭에 담아두고 있지만 낡은 가방끈에 매달린 그 '고물' 카메라 셔터를 지금도 누른다. 셔터 떨어지는 둔탁한 기계음에 취한 채. 내가 기억하지 못하는 어느 순간부터 카메라 셔터를 누르는 일은 펜이나 숟가락을 쥐는 것처럼 '일상의 관계'가 되었다. 시나 소설보다 오랜, 아내보다 깊은 관계. 나는 그 관계의 지속을 위해 하루를 스물다섯 시간으로 늘려두었다.

까닭인즉, 그 관계의 덕을 톡톡히 보았기 때문이다. 마흔 넘어 속병으로 쓰러진 몸을 추스른 뒤, 손꼽아 기다렸다는 듯이 한복판으로 뛰어든 흑백사진의 늪. 세상을 흑과 백으로 단순하게, 깨끗하게 바라보는 시선이, 묵언의 바다 같은 암실이 빈약한 내 문학의 언어와 상상력을 재충전해주었다는 생각이다. 어쩌면 나는 암실 속의 독거와 침묵을 통해 언어의 절제와 여백의 미를 비로소 깨우쳤는지 모른다. 최근 문학의 수묵화를 꿈꾸며 낯선 길을 걷기 시작한 내 시의 발자국을 돌아보면 틀림없을 듯싶다. 물론 내 문학과 사진이 걸어갈 길이 까마득함을 절감한 것도, 내 능력 밖의 문학적 욕망을 지운 것도 암실이었다. 그 한편, 암실의 환한 어둠 속에서 지금 한창생의 걸음마를 익히는 것도 있다. 빠름이 아니라 느림을, 채우기가 아니라 비우기를. 나는 요즘 세상의 변방을 홀로 걸으며 명상과 더불어 흑백 풍경을 오롯이 즐기는 중이다.

이 역시 필연이겠지만 사진이든 시든 소설이든 그 중심은 '낮은 지붕, 낮은 사람'이다. 세상에서 가장 아름답다고 여기는 나의 아버지와 어머니 같은 사람들이다. 첫 개인 사진전은 철거 다큐였고,

두 번째 사진전은 그 풍경 속의 사람들이었다. 이젠 집에 걸어둘 만한 사진을 찍으세요. 아내의 요구를 못 들은 척 필름값과 위장병에 휘청거리며 내가 그들을 선택한 것은 가난한 전업 작가들을 떠올릴 때마다 참으로 다행한 일이 아닐 수 없다.

다시 소설 이야기를 짧게 덧붙인다. 내 소설에 치장할 능력은 없지만 깜냥대로 자평은 가능할 듯싶다. 어쭙잖지만 여기 실린 소설은 아버지보다 튼튼한 역마를 끌고 세상을 떠돌며 만났던 사람들에 대한 보고서다. 인물 사진, 포트레이트portrait 같은 것이다. 다만 '내 안의 피를 찍어 쓴', 그러나 차마 여기 실릴 수 없어 고려장을 당한 몇몇 '가족사'와 '인물사'에겐 두고두고 미안할 것이다. 자칫 내 문학의 정체성에 균열이 생길지도 모를 그 결정이 두렵기도 하다. 내 사진과 마찬가지로 유행과 흥행과 멋에 뒤처진 이 소설집 속의 '사람의 흑백 풍경'이 부디 세상에 나가 소설로서는 욕을 먹어도 사람의 기록으론 욕먹지 않기를 바란다.

소설을 쓰는 동안 '비주류 본능'에 충실했던 나에게 고마움을 전한다. 내 역마의 고삐를 다잡아 여기까지 이끌어준 가족들에겐 죄송할 따름이다.

2014년 늦가을
이강산

| 차례 |

금반지

눈이 내린다. 하룻밤을 꼬박. 오이 꼬투리를 잘라내듯 절기를 건너뛰기엔 좀 이른 감이 있지만 어찌 됐건 양력으로 이월 하순이면 겨울 끝인데, 폭설이다. 단숨에 펑펑 쏟아지는 것은 아니다. 초저녁부터 한 송이 두 송이로 나풀거리던 게 하룻밤 새 대설주의보를 가져왔다. 일기예보는 전국적으로 10cm 안팎의 적설량이 예상된다고 했다.

강설의 속도는 내내 변함없다. 바람이 없어서 눈보라를 기대하기도 어렵다. 올려다보면 일제히 절벽에서 떨어지듯 새까맣게 곤두박질하던 눈송이가 눈앞에 와선 누군가 뒤에서 목덜미를 끌어당기는 것처럼 톡톡 떨어진다. 그렇다고 앞서거니 뒤서거니 까불거리다 저희들끼리 쿡쿡 처박거나 거꾸로 날아오르는 눈발은 아니다. 찔끔찔끔 땅바닥에 닿기가 무섭게 녹아내리는, 그런 시늉뿐인 눈도 아니다. 질서. 느긋하니 질서 있게 수직으로만 줄줄이 늘어선 눈발이다.

아무 서두를 것도 없고 그렇다고 부러 늑장을 부린다는 투도 아니다. 흡사 야트막한 골짝의 쫄쫄거리는 시냇물의 흐름 같다. 아무 데고 그 눈발의 중간을 뚝 잘라내면 언제 이것이 대설주의보를 불러들였는지 언뜻 믿어지지 않을 만하다. 애들 손톱만 한 눈발의 알갱이들이 대설주의보를 긍정할 유일한 근거가 될 듯하다. 그 때문인지 눈발의 무게만큼만 강설의 속도가 가끔씩 느껴지기는 한다.

이 씨는 거실 겸용의 다용도실 유리창에 기대어 눈발을 보았다. 얼추 한 시간이 지났다. 하루 저녁 적당히 내렸으면 그만둘 때도 되었는데 내리 일박으로 쏟아붓다니. 아무리 생각해봐도 분통이 터질 노릇이었다.

나뭇잎도 떨어질 때 떨어지는 것이고 속 빈 창자가 꾸르륵 뒤틀리는 것도 다 때를 맞추는 법인데. 춘삼월을 코앞에 두고 엄동설한이라니……

애저녁에 물 건너간 대목장 때문이었다. 정월 대보름이 사흘 앞으로 밀어닥쳤고 그래서 닷새 전부터 벼르던 부강장이었다. 그런데 밤새 안녕이라더니, 난데없이 대설주의보가 무엇인가. 두 시간에 겨우 한 대씩 시내버스가 꼼지락거리는 장길을 아무래도 저 눈송이들이 가로막을 것만 같아 불안했다. 물구나무선 것처럼 땅바닥에 내리꽂히는 저 눈발이 원망스러웠다.

2층에서 내려다보이는 연립주택 공터 맞은편의 청기와집 지붕이 둥그러니 버섯 머리가 된 것도 오늘은 밉상이었다. 햇볕에 번들거리던 청기와의 그 희퍼런 때깔이 훨씬 나았다. 가을이 깊어져 추녀를 비껴 앉은 감나무가 밤낮으로 주황색 등불을 켜 들 때면 저 청기와집 지붕에 떼구루루 뒹구는 감나무 잎은 또 얼마나 퀭한 느낌이었던가. 마치 집 한 칸, 나무 한 그루 없는 객지 한평생의 쓸쓸한 생애를 보상이라도 하는 것처럼 우선은 보기 좋은 풍경이었다. 그러나 오늘은 아니었다. 허공중에 꼿꼿이 머리끝을 치켜세우고 있는 감나무가 어쩐지 거만해 보였다. 마치 너부죽이 숨죽이고 엎드려 있는 세상의 모든 풍경을 배반한 것처럼.

예쁘든 밉든 코끝이 퀭할 감정 따위가 가슴에 들어찰 겨를도 없이 눈 내리면 저절로 한숨이 터지던 이 씨였다. 그것은 오 남매가 차례로 앞가슴에 손수건을 달고 학교 문턱을 드나들 때부터 두 딸을 여읜 지금까지 결코 지친다거나 늙을 줄 모르는 한숨이었다. 다른 이유가 아니었다. 장場이 깨지고 그만큼의 하루 양식이 거덜 나기 때문이었다. 그랬으므로 두 다리가 세 다리로 된다는 칠순의 육신으로도 대목장을 호시탐탐 노려왔을 터였다. 그런데 눈이 내리는 것이다. 그것도 민방공훈련 방송하듯이 대설주의보를 왁왁 떠들어 가면서. 베란다에 기대선 그 한 시간가량을 포오폭, 화차 연기 같은 한숨이 꼬리를 물고 나온 연유도 다 거기 있었다.

이 씨는 불현듯 몸을 돌려 방 안에 들어섰다. 눈 때문에 갈팡질팡 대목장을 포기할 수 없다는 판단을 내렸다. 다용도실 유리창과 장롱 사이의 구석에 처박혀 있던 괴나리봇짐을 꺼내 방바닥에 풀어 헤쳤다. 손망치 두 개와 아직 톱날을 세우지 않은 쇠톱 십여 개를 한

번 더 확인하고 짐을 묶었다. 손망치의 이마는 자신의 늙은 손등처럼 살이 툭툭 터져 있었다. 꼿꼿한 정신력 하나로 장터를 떠돈 칠십 평생의 삶처럼 그것 역시 오랜 세월 닳고 닳아 번들거리긴 했지만.

이 씨는 괴나리봇짐을 어깨에 둘러멨다. 털신을 끼는 동안 비상금으로 안주머니에 넣은 천 원짜리 지폐 두 장과 경로 우대증을 확인했다. 폭설 때문에 평소보다 집을 나서는 시간이 좀 뒤처지긴 했다. 아내와 애들이 공치는 날인 줄 오해할 만큼. 죄지은 사람처럼 그게 벌써부터 민망했고 사람을 두서없이 쫓기게 만들었다. 그러나 사실은 이렇게 황망히 집을 나서는 까닭이 다른 데 있었다.

추위와 마찬가지로 이번 눈발은 쉽게 기세가 꺾일 성싶지 않다는 TV의 일기예보를 어젯밤에 가족들 모두가 듣고 보았다. 잠자리에 눕기 전, 내일은 몸 편히 집에서 쉬라는 큰아들 내외의 말을 이 씨는 두 번인가 들었다. 그랬기에 큰아들 내외의 말대로 집에 눌러앉아 쉬고 싶었다. 적어도 오늘 아침 밥상을 물릴 때까지만 해도 그랬다. 그러나 그게 아니었다. 오늘 안으로 반드시 부강장에 다녀와야 할 사연이 있었다.

"큰애 돌잔치 때 들어온 금반지를 서너 개 남겨둔 게 있었어요. 그걸로 세 돈짜리를 만들었습니다."

"아니다. 그럴 필요가 없어."

"칠순 기념 반지보다는 못하겠지만 그냥 끼고 다니세요, 아버님."

"그만둬라. 늙은이가 무슨 반지가 필요하겠냐."

칠순 기념 반지를 잃어버린 사실은 큰아들 내외만 아는 것으로 하고 며느리가 두 번째 만들어준 금반지를 이 씨는 닷새 전에 부강 장터에서 또 잃어버렸다. 칠십 년 만에 처음으로 손가락에 금반지를 끼었다는 서글픈 감격이 채 가시기도 전에 사 년 새 두 개의 금반지가 줄줄이 손가락 밖으로 빠져 달아난 것이다. 세 돈 반짜리 하나와 세 돈짜리 하나. 돈으로 치면 삼십만 원이 웃도는 그것을 마련하려면 대체 몇 장도막을 장터에 나가 쇠를 잘라 톱날을 세워야 하는가. 얼른 가늠이 되지 않는 액수였다. 큰아들 내외에게 도무지 면목이 서질 않았다. 그뿐이 아니었다. 그게 또 손녀딸에게 얼마나 큰 벌을 받을 짓이었던가.

톱날을 반드시 한 개씩 건너뛰어 쇠톱의 양쪽 날을 엇각으로 줄질하던 긴장과 집중력. 그와 같은 정신력 하나로 버텨온 칠십 평생이 금반지 두 개로 해서 하루아침에 노망 든 쭈그렁이로 전락할 위기를 이 씨는 절감했다. 그랬으므로 폭설을 구실로 오늘은 장터에 나가시면 안 된다는 말을 큰아들 내외가 아침 밥상을 물린 뒤에 다시 강조할 때, 마치 그 말의 속뜻이 다른 데 있는 것처럼 들렸던 것이다.

잃어버린 금반지를 하루빨리 찾아오셔야 합니다.

시내버스에서 내린 이 씨의 첫 발자국이 부강 장터에 찍힌 게 열두 시 반이었다. 신탄진 차부를 출발한 지 한 시간 반 만의 일이다. 평소 같으면 삼십 분으로도 떡을 칠 삼십 리 길이었다. 옻칠한 밥상처럼 번들번들하게 얼어붙은 빙판길이 시내버스의 발목을 옭아매고 놓아주질 않았다.

그 과부 년이 대목장을 포기할 리야 없겠지만, 만에 하나 폭설을 핑계로 장터에 나오지 않는다면 낭패다.

매포를 지나고 양계장이 주욱 늘어선 충광농원 언덕길을 오를 때였다. 떡방앗간 피댓줄 소리로 시내버스가 헛발질을 시작하면서 이 씨는 주문처럼 지껄였다. 시내버스가 뒤뚱뒤뚱 언덕을 내려설 무렵, 이 씨는 또 환영처럼 떠올렸다. 닷새 전 부강 장터에서 건어물전 임 씨를 붙잡고 허둥대던 모습이었다.

갔어? 에어 메리 갔느냐구, 임 씨. 예. 지금 막 자리를 떴는데요. 어디루? 시내버스 타고 간 거여, 어쩐 거여? 글쎄요, 털신 차에 짐을 맡기고 먼저 갔는데. 이런 빌어먹을. 왜요? 무슨 일 있어요? 내가 뭘 잃어…….

파장이었다. 시내버스에 오르며 안주머니의 경로 우대증을 집어들던 손가락이 갑자기 허전했다. 장터에서 생선 골목을 빠져나와 정류장으로 나서는 그 순간에 금반지가 바람처럼 사라진 것이다. 시내버스를 보내고 헐레벌떡 장터로 뛰어오면서 불현듯 떠올린 게 에어 메리였다. 에어 메리의 팬티와 브래지어 박스가 자신의 쇠톱 가마니를 시그시 올라타듯 어깨를 맞대고 있지 않았던가.

누군가 손가락을 잘라내고 빼 가기 전에는 그 쇠붙이가 소리 소문 없이 콘크리트 바닥을 굴러다닐 수가 없는 노릇이다. 따라서…….

그러나 이 씨는 뭘 잃어버렸다는 말을 황급히 목구멍에 쑤셔 넣었다. 금반지를 잃어버렸다는 말을 임 씨에게 털어놓으면 일이 뒤틀릴 것이었다. 에어 메리가 누군가. 늙은 오빠 어쩌고 야살을 피우며 건어물전 임 씨와 술잔을 부딪치는 사이 아닌가. 자칫 입을 함부로 놀렸다간 일의 실마리를 잡기도 전에 자신의 멱살이 먼저 잡힐지도 몰랐다.

막차에 올라 이리저리 사람에 치이면서 이 씨는 생각할수록 어처구니가 없었다. 사 년 새 금반지 두 개를 내리 잃어버리다니. 생강덩어리를 삼킨 것처럼 속이 부글부글 끓었다. 지난 부강장부터 오늘까지, 한 파수를 기다리는 동안 내내 그랬다.

부강 장터의 길목인 유진슈퍼에서 이 씨는 내렸다. 두 골목 건너가 장터였다. 이 씨는 괴나리봇짐을 한 번 추스른 다음 장터를 향해 첫발을 떼어놓았다. 그런데 장터 초입부터 어째 대목장답지 않게 썰렁했다. 골목에 북적대야 할 장꾼들이 장돌뱅이 숫자보다 적었다. 물건을 파는 장돌뱅이나 사는 장꾼들이나 한창 끗발이 올라 흥청거려야 할 시간이고 아직 파장은 먼 한나절이었다. 그런데도 경성드뭇이 자리 잡고 앉은 난전의 좌판들은 흥정 소리 대신 눈발만 툭툭 떨어지는 게 마치 내다 버린 사과 궤짝처럼 처량해 보였다.

문 닫은 지 오래된 부강극장을 지나며 이 씨는 커억, 트림을 했다. 누군가 숨통을 조이는 것처럼 목젖에 통증이 느껴졌다. 차부에서 한 시간 가까이 기다리는 동안 늙은 장꾼 두엇과 해장으로 마신 막걸리가 쏟아져 나올 것만 같았다. 대충 시늉만 낸 아침을 보충하려고 닭털이 삐죽하니 빠져나온 곤계란을 집어 먹었던 게 아무래도 잘못된 듯싶었다. 극장 벽에 나붙은 벽보 쪼가리같이 속이 북북 긁히고 찢어지는 느낌이었다. 골목 하나를 건너뛰기 전에 삼양상회 고무 함지에 한 주먹 토했으면 싶었다.

길 건너에 흉물스럽게 엎드려 있는 낡은 기와지붕을 넘고 가게 두어 채를 지나며 골목으로 꺾어 돌자 떡칠한 듯 두 겹 세 겹 노란 페인트칠이 된 일심이발관 유리창이 한눈에 들어찼다. 일심이발관은 개업하고 한 번도 바꾼 일이 없는 듯한 간판만큼이나 낡은 슬레이트 목조건물이었다. 그 맞은편에 일심철물점과 부천떡방앗간이 어깨동무를 하고 앉아 있었다. 부천떡방앗간을 오른쪽으로 끼고 돌아 생선 골목을 지나면 마침내 이 씨의 장터가 나왔다.

"나오셨수?"

"어, 그려."

일심철물점 강 씨였다. 이 씨에게 목재소에서 흘러나오는 쇠톱의 재료와 쇠톱을 벼리는 줄이라든가 샌드페이퍼 등속을 대는 단골이었다.

"영감님, 오늘 같은 날은 뭐하러 장터에 나와요그래?"

"놀면 뭣해."

"자식들이 쫓아낸 줄 알겠소."

"쫓아내?"

자식들이 쫓아낸 게 아니라 자식들을 피해 도망쳐 나온 거여. 이 씨는 그 말을 꿀꺽 삼켰다.

"폭설로 대목장도 물 건너가 버렸는데, 젊은 놈들이 보면 날궂이 한다고 손가락질할 거요."

"눈 맞은 과부라도 숨겨둔 모양이지."

어느 틈에 나왔는지 일심이발관 문 씨가 끼어들었다. 강 씨와 마찬가지로 장터에서 회갑을 넘긴 중늙은이였다.

"과부를 숨겨둔 양반이 저렇게 아랫도리가 후들거려?"

과부? 문 씨의 말을 입에 오물거리던 이 씨의 다리 하나가 눈발에 미끈, 했다. 그 바람에 괴나리봇짐을 짊어진 이 씨의 상체가 사람을 피해 달아나는 어항 속의 자라 모양으로 뒤뚱거렸다. 그 광경을 두고 강 씨가 삿대질을 날렸다.

"빙판에 낙상하면 그 길로 칠성판 덮는 걸 모르시는가?"

"뭐여?"

"아, 내 말이 틀렸소? 나야 회전의자에 앉았으니 눈이 오나 비가 오나 백 년은 까딱없지만."

"아나, 백 년이다."

강 씨든 문 씨든 싫지 않은 사람들이었다. 비록 손가락에 금반지 하나 끼어본 적이 없으면서도 어쩌다 장꾼이나 손님이 북적거리는 날이면 파장에 막걸릿잔이라도 나눌 줄 알았다. 제 집 앞을 지날 때면 헛인사라도 건넬 줄 아는 위인들. 이 씨는 그런 사람들이 장터에서 하나둘 사라지는 것을 안타깝고 서운하게 여겼다.

이 씨는 생선 골목에 들어서기 전에 심호흡을 했다. 강 씨의 말대로 어차피 대목장은 물 건너간 것. 여유를 갖고 싶었다. 한낮의 기온이 밤중보다 높아진 탓인지 떡가루 같던 눈발이 다 죽은 불티 날리듯 힘없이 나풀거렸다. 머잖아 하늘이 뻥 뚫릴 것 같았다.

아무렴. 그만큼 쏟아부었으면 지칠 때도 되었지.

불과 십여 보의 걸음이면 끝나지만 생선 골목은 말끔히 제설 작업이 되어 있었다. 여느 때 같으면 퍽퍽 생선을 토막 내는 소리가 끊이지 않을 생선 골목도 오늘은 장꾼이 두엇밖에 보이지 않았다. 추위에 얼어붙은 탓인지 생선 비린내도 풍기지 않았다. 생선 골목을 빠져나가자마자 이 씨는 장터를 한 바퀴 휘둘러보았다. 신발집과 과일 좌판과 건어물전과 포목점과 속옷 장수 에어 메리가 지난 장날과 마찬가지로 다들 제 위치에 자리를 잡았고 고등어 몇 손을 깔아놓은 생선 좌판도 그들 틈바구니에 끼어 있었다. 삼십 년이 넘도록 순대만 팔고 있는 신설집 추녀 아래엔 하체에 고무 튜브를 묶은 앉은뱅이 방물장수가 앉은 듯이 서 있었다.

이제 한눈에 들어차는 이 장터에서 옛 모습을 간직한 것은 거의 찾아볼 수가 없었다. 있다면 건물로는 시꺼멓게 녹물이 눌어붙은 양철 지붕의 신설집 하나뿐이고 사람으로는 이 바닥에서 최고령에 속할 늙은 장돌뱅이 이 씨 자신뿐이었다. 칠십을 넘기면서부터 장터가 순간순간 낯설게 여겨졌던 것은 그 때문이었다. 장터에 새 건물이 들어서고 상가가 형성되면서부터 장물이든 장꾼이든 장돌뱅이든 모든 게 건물 안으로 숨어버렸다. 오일장을 찾는 장돌뱅이들은 시름시름 상가 건물에 떠밀려 마치 부도를 낸 중소기업처럼 푹

푹 나자빠졌다. 건물주가 못 되거나 상가 임대를 엄두도 못 내는 영세 보따리장수들만 오일장을 떠돌며 어쩔 수 없이 장바닥에 남아 있는 셈이었다.

싸가지 없는 것들. 아무리 세상이 뒤집혔어도 그렇지. 위아래 분간도 못 하는 무식한 것들.

대목장을 날린 탓인지 장터에 들어서는 이 씨를 향해 아무도 알은체를 하지 않았다. 돌 깨무는 소리를 뱉으며 이 씨가 자리를 잡을 무렵, 뒤늦게 건어물전 임 씨만이 눈인사를 미적미적 건넸다. 이십여 년 남짓 부강장과 조치원장에서 나란히 장을 보아온 사이였다. 펄펄 끓는 목소리로 파장 술을 꿀꺽거리던 임 씨도 어느덧 회갑 문턱을 넘나드는 나이가 되었다. 서너 해 전쯤 상처하고도 어리무던한 성격대로 별 내색 없이 장터를 떠돌았다.

금반지가 에어 메리의 속옷 꾸러미로 굴러떨어진 게 틀림없어.

에어 메리 옆에 쭈그려 앉은 채 이 씨는 도무지 장을 펼칠 의욕이 나질 않았다. 괴나리봇짐을 발치에 두고 담배 한 개비가 다 타들어가도록 한참을 앉아 있었다. 소낙비를 맞아 시뻘겋게 녹슨 쇠톱을 내버리는 것처럼 마음이 어지러웠다.

"자아, 싸구려. 골라! 골라! 골라! 정월 보름맞이 특별 할인입니다아. 골라! 골라! 골라!"

무어 그리 신 나는 일이 있는지 에어 메리는 피에로 모자를 뒤집어쓰고 박수에 광대춤까지 곁들여 싸구려를 외쳤다. 팔꿈치를 좌우로 뒤틀 때마다 허리춤에 꽂힌 브래지어가 출렁거렸다. 이 씨가 세

대째 입에 문 담배를 비벼 끄고 가마니를 펼 때까지 에어 메리는 골라, 골라를 쉬지 않았다.

넉넉히 세 시가 지났을 거였다. 점심때를 놓치고도 한참이었다. 신발집 털신이 순대국밥을 시켜 먹고 있었다. 해 짧은 겨울 장이어서 바야흐로 파장의 문턱에 들어설 시간이었다. 득득 밑바닥을 긁은 마지막 눈송이가 날리는 시늉만으로 사라지면서 한편 시끌시끌하고 한편은 한밤중처럼 조용한 장터 분위기가 잠깐 만들어지는가 싶었다.

"아니, 그게 자다가 무슨 봉창 두드리는 소리래요. 내가 도둑년이라는 말씀이세요?"

끊어질 듯하던 에어 메리의 골라, 골라가 갑자기 튀밥 튀기는 듯한 고함으로 구멍가게만 한 장터를 들쑤셨다. 이 씨 얼굴 앞에서 에어 메리의 팔뚝이 흔들리고 있었다.

"내가 할아버지 금반지를 훔쳐 갔다는 겁니까, 시방?"

"그렇다는 말이 아니고, 그냥 물어보는 거지, 그냥."

"그게 그 말 아니요!"

"아, 금반지가 바닥에 떨어지면 콘크리트 바닥이라 텡, 하고 쇳소리가 날 텐데 아무 소리도 없이 사라져서 그라지. 보따리를 챙기기 전까지 분명히 손가락에 끼어 있던 그게 훌렁 빠져서……."

"훌렁 빠져서, 옆에 있던 빤쓰 속으로 소리 없이 기어들었고, 그 빤쓰 임자가 그냥 싸매고 갔으니깐 결국 그 주인 년이 가져간 것이다, 그러니깐 내가 금반지 도둑년이다, 그 말 아니요?"

"글쎄, 그게……."

"그럼 그 금반지가 이 쌍가락지로 둔갑이라도 했단 말이요?"

이 씨의 눈앞으로 에어 메리가 손가락을 불쑥 들이밀었다. 에어 메리의 검지 손가락에서 밤톨만 한 쌍가락지가 빛나고 있었다. 언제부터 저 쌍가락지를 끼고 있었던가, 하는 눈으로 이 씨는 눈을 치켜떴다. 그 쌍가락지……. 이 씨는 꿀꺽, 마른침을 삼켰다.

"아이구, 복장 터지겠네. 할아버지라구 예, 예 했더니만 은혜를 악으로 갚다니. 정말이지 젊은 년한테 모욕당하구 싶어서 그래요!"

은혜를 악으로 갚는다는 그 얘기. 언뜻 떠오른다. 일 년 전인가. 마을과 함께 옛 장터가 수몰되고 옮겨 앉은 뒤부터 파리만 날리는 문의장에서 에어 메리에게 막국수를 얻어먹었던 얘기다. 에어 메리가 모시 메리로 막 불리기 시작하던 초여름이었다. 성질이 걸걸하면서도 호탕한 에어 메리는 장터 사람들에게 곧잘 순대국밥이나 막국수 따위를 돌리곤 했다. 그 추억 때문인지 이 씨는 모깃소리가 다 되었다.

"아, 글쎄, 다른 뜻이 있는 게 아니라……."

"아이구, 나잇살이나 잡수신 양반이 이 추운 장터에 와서 뭣 땜시 고생을 해유. 나 참, 알 수가 없네. 따뜻한 방구들에 앉아 있었으면 금반지도 안 잃어버리구 젊은 년한테 욕도 안 먹고 일거양득일 텐데."

"아, 이 사람아. 글쎄, 그 금반지는……."

그게 어떤 반진데. 그 금반지는 내 손녀딸 돌 반지를 녹여서 만든 거라구. 이 씨는 아까부터 목젖을 쿡쿡 쑤셔대는 그 말을 간신히 참고 있었다.

"아니, 장터에 사람이 나 혼자뿐이유? 나머진 짐승이구? 장터를 한 바퀴 쭈욱 둘러보시라구요. 손가락 달린 사람이 나뿐인가."

"글쎄, 돌아보나 마나 그게, 그러니까……."

크으윽. 이 씨는 막걸리 한 대접을 단숨에 들이켰다. 배 속에 털 안 뽑힌 병아리가 들어앉은 것처럼 속이 더부룩한 것이 끝까지 말썽을 부릴 모양 같아서 순대국밥 대신 막걸리 주전자를 집어 들었다.

건어물전 임 씨가 중간에 끼어들지만 않았어도 입씨름은 파장까지 이어질 판이었다. 손가락 달린 사람이 나 혼자뿐이냐며 에어 메리가 목소리를 높이자 맨 먼저 둘 사이로 비집고 들어선 게 임 씨였다. 점심이나 먹자고 임 씨가 신설집 문간까지 자신의 팔을 잡아끈 것은 어쨌든 다행한 일이구나 싶었다. 삐끗 잘못하다간 젊은 과부년으로부터 된통 얻어먹게 될 욕지거리를 방패처럼 막아준 임 씨가 더없이 고맙게 여겨졌다. 비록 영영 오리무중이 된 금반지의 행방을 생각하면 안타까운 일이기도 했지만.

쿡, 쿡. 장터를 떠돈 세월만큼이나 케케묵은 해소 기침이 가슴을 들쑤셨다. 기침을 뱉을 때마다 잘려 나간 톱날이 박힌 것처럼 폐 한 쪽이 시큰했다. 그러나저러나…… 도대체 속옷 장수 에어 메리, 그 여자가 누군가. 마흔 중반을 넘긴 나이에도 서른에 청상이 된 탓인지 아직 얼굴 피부가 탱탱한 것이 술판에선 사내 하나둘은 거뜬히 쓰러뜨리곤 하여 곧잘 야생마로 불리는 여자다. 누울 자리를 보고 다리를 뻗으랬다고, 이 씨는 분별없이 덤빈 자신이 마냥 부끄럽기만 했다.

"너무 신경 쓰지 마세요. 요즘 젊은것들은 도대체가 예의범절이란 게 없어놔서."

"글쎄. 내가 어쩌다가 이 모양이 됐는지."

몇 숟가락 순대국밥을 뜨다가 손님이 왔다는 에어 메리의 고함을 듣고 신설집을 뛰쳐나갔던 임 씨가 손님을 놓쳤는지 그새 돌아와 막걸리 주전자의 엉덩이를 흔들었다.

"이미 엎질러진 물인데 포기하셔야지요."

"그게 보통 금반지가 아니라서 그러지."

이 씨는 손녀딸 돌 반지를 녹여서 만든 거라고 토를 달까 하다가 그만두었다. 무슨 부귀영화를 누리겠다고 쭈글쭈글한 손가락에 손녀딸의 금반지를 녹여서 끼웠는지. 공연히 더 추해질 것만 같았다. 임 씨의 손가락에 끼어진 금반지를 물끄러미 바라보면서 막걸리 한 잔을 더 따랐다.

"한 파수가 지난 일인데, 누가 주워 갔다면 벌써 녹여버렸겠지요."

"녹이다니. 그 반지가 누구 건데 맘대로 녹여."

"예? 아, 예. 그런데……."

그런데, 하다가 임 씨는 말꼬리를 삼켰다. 무슨 일인지 에어 메리가 또 불러냈다. 손님이 온 것 같지는 않았다.

베니어합판 천장이 반은 주저앉아 실내가 더 비좁게만 느껴지는 신설집은 초로의 장꾼과 장돌뱅이들이 탁자마다 가득했다. 깨진 대목장을 여기서 보상이라도 받겠다는 듯이 벌써부터 술타령이 거나해진 풍경이었다. 임 씨의 자리에 다른 장꾼이 앉을 때까지 이 씨는 신설집에 앉아 있었다. 도무지 장터에 나가볼 의욕이 나질 않았다. 파장까지 그냥 여기서 시간을 죽이다가 막차를 타야겠다고 작정을 했다. 쇠톱을 늘어놓은 가마니는 누우렇게 기름때가 낀 유리창으로 지켜보면 되니까.

그건 그렇고, 이대로 파장을 기다릴 게 아니라 나가서 한 판 더 붙어봐?

뒷덜미를 잡힌 사람처럼 임 씨의 손에 떠밀려 들어온 일에 이 씨는 아무래도 미련이 남아 있었다. 에어 메리에게 난데없이 귀싸대기를 얻어터진 것 같은 분기가 슬그머니 올라왔다.

"야, 이 새끼야. 비너스 브라자면 어떻구 보너스 브라자면 어때, 개자식아."

"쌍년아, 가짜를 진짜라니깐 그라지."

"가짜든 진짜든 좆만 가리면 됐지 뭘 따지고 지랄여, 지랄이."

사오 년 전 여름이었다. 문의 장날이었다. 에어 메리가 사내 하나를 겨드랑이에 끼고 장터에서 뒹굴었다. 그렇게 똑똑하고 잘난 놈이 이런 시골 장바닥에서 썩고 있냐, 개자식아. 에어 메리의 겨드랑이에서 버둥거리던 사내가 가까스로 빠져나오는가 싶었다. 에어 메리가 별안간 웃통을 벗어 던지고 사내를 향해 뛰었다. 금방이라도 가슴이 비어져 나올 것만 같이 브래지어가 위태롭게 출렁거렸다.

"야아아, 개새끼야! 이게 진짜 비너스 브라자다."

건어물전 임 씨가 나타날 때까지 에어 메리는 브래지어 차림으로 장판을 뛰어다녔다. 참어. 동생이 참어야지. 아녀, 오빠. 저런 자식은 맛을 보여줘야 된다고. 좆심도 없는 자식이 입만 살아가지고……. 임 씨의 품에 안긴 채 에어 메리는 가슴을 치며 한참을 울다 옷을 입었다. 마누라 생일 선물을 사러 왔던 사내와 에어 메리가 비너스 브래지어 진품 시비를 붙던 그날, 그 광경을 목격한 사람들은 문의 장터에 야생마 한 마리가 길길이 날뛰었다고 입을 모았다. 에어 메리의 별명 하나가 야생마로 굳어진 사건이었다. 파장 무렵이면 막걸릿잔을 사이에 두고 에어 메리와 종종 마주 앉았던 뭇 사내들은 그날 에어 메리의 애호박만 한 젖을 처음 보았다. 서른에 청상이 되고 재혼에 실패한 팔자 센 여자라며 곧잘 눈물 묻은 주먹으로 쿵쿵 내리치던 가슴이었다. 전생에 무슨 죄가 많아서 가슴에 품기만 하면 사내들이 뒤로 자빠지는 겨……. 그 뒤로도 에어 메리가 자신의 가슴을 치는 일은 장터에서 심심찮게 목격되곤 했다.

어이구, 야생마 같은 저걸 어떻게 대적해. 금반지를 찾기는커녕 망신살만 죽죽 뻗칠 게 뻔한 노릇을.

끄응, 한숨을 내쉬며 이 씨는 새끼손가락으로 대접의 막걸리를 두어 바퀴 돌렸다. 뿌옇던 신설집 창밖이 천장처럼 쥐색이 다 될 무렵까지 새끼손가락이 술잔에서 빙빙 돌았다.

막차를 한 대 앞둔 시내버스는 만원이었다. 입석조차 빈틈이 없었다. 버스 뒷유리창은 아예 보이지 않았다. 파장 재미를 보았는지 손가방이 두툼한 장꾼들과 개인 용달을 마련하지 못한 봇짐장수 장돌뱅이들이 가득했다. 내일이 스무하루, 문의장이었다. 문의 대목장을 보기 위해 신탄진에서 하룻밤을 묵거나 곧장 문의 장터로 향하는 사람들이었다. 봄방학인데도 듬성듬성 학생들도 눈에 뜨였다.

이 씨는 일부러 가쁜 숨을 몰아쉬며 사람들을 밀치고 들어섰다. 안으로 비집고 들어가다 보면 누군가 자리를 양보하는 경우 밝은 사람도 있겠지 하는 생각으로. 노약자 보호석엔 이미 쭈그렁이 두엇이 앉아 있으니 어쩔 수 없지만. 그러나 하나둘 승객의 겨드랑이를 파고드는 동안 아무도 자리를 양보할 기미가 보이지 않았다.

늙은이에게 자리 좀 양보하라면 죽는시늉으로 고개를 꺾을 놈들. 이 씨는 갈치 가시처럼 목구멍에 곤두서는 경로 효친을 억지로 삼켰다. 다리가 반쯤 접힐 것만 같이 휘청거리는 게 어떤 빌어먹을 놈이 등짐 진 괴나리봇짐을 자꾸 찍어 누르는 느낌이었다.

아침에 꽁무니가 뒤뚱거리던 충광농원 언덕길을 초보 운전하듯 가까스로 넘어선 시내버스는 한창 매포역을 지나고 있었다. 버스가 멈추었다 움직일 때마다 올라타는 사람만 있고 한 사람도 내리지 않는 것처럼 이 씨는 안쪽으로 배칠배칠 떠밀려 들어갔다. 버스 뒤편은 여전히 깜깜한 사람의 숲이었다. 현도면 삼거리에서 한 패의 승객들이 내리고 그만큼의 공간을 남은 사람들이 빈틈없이 나누어 가졌다. 그러다 자리 하나가 났다. 내리는 문 뒷좌석까지 떠밀리다 마침 그다음 좌석에서 일어서는 사람을 발견한 것이다.

내가 앉아 가야 돼. 늙은이 좀 앉자고!

이 씨가 꺼낼 말을 예견한 것처럼 입에 담기도 전에 다들 자리를 에워싼 채 이 씨를 멀뚱멀뚱 내려다보았다. 내리는 문 앞으로 괴나리봇짐과 함께 튕겨 나온 오 척 단구의 중늙은이 꼬락서니가 사람들을 뒷걸음질 치게 만든 모양이었다.

후우우. 이 씨는 자리에 주저앉기가 무섭게 한숨을 내쉬었다. 어둠 속에서 길을 잃은 것처럼 시내버스는 줄곧 뒤뚱거렸지만 심신이 편한 탓인지 하루 일과가 아스라이 떠올랐다. 울렁출렁 쳐 올라오는 술기운 탓만이 아닐 터인데, 웬일인지 자신이 점점 추레하게 여겨졌다.

생각하면 그랬다. 장터에서 장돌뱅이들끼리 다투는 일은 집안싸움이나 마찬가지로 취급당했다. 그런 까닭으로 그 비슷한 사달조차 벌어져서는 안 된다는 것, 그것은 이 시장 바닥에서 이미 오래전부터 불문율로 자리 잡아온 터였다. 그것은 오랜 세월을 거치며 굳어진 장터의 생존 방식이기도 했지만 우선은 장돌뱅이들 사이의 인간적인 예의에 해당했다. 오일장을 떠돌며 적게는 하루에서 많게는 닷새를 꼬박 얼굴을 마주치는 장돌뱅이들끼리 암묵적으로 형성된 이러한 관습은 적어도 이 세계에서만큼은 미풍양속처럼 여겨졌다. 그랬기에 사라져가는 장터와 장꾼들과 장돌뱅이들에 대한 연민이 서로들 사뭇 깊어만 가던 요즈음이었다. 이런 때에 새까맣게 젊은 후배와 삿대질을 주고받는 모양이 오죽했으랴 싶었다.

아저씨, 내려요. 잘 가. 낼 봐.

학생들 대여섯이 시내버스를 내려서며 왁자하니 떠들었다. 이 씨의 가슴으로 찬 바람이 우두두 달려들었다. 무게가 한결 가벼워진 것처럼 시내버스는 부우웅 내달렸다. 매포역에서 보았던 황색 가로등이 줄줄이 지나갔다. 금강 다리에 들어서는가 보았다. 이제 십 분이면 넉넉했다. 차부에 앞바퀴가 닿고 꾸역꾸역 사람들을 토해내면 이 시내버스도 오늘 하루가 안녕했다가 될 것이다.

제기랄. 그예 대목장은 공치고 말았구나. 어쨌거나…… 금반지를 찾지 못하면 장터는…… 끝이다.

금반지를 못 찾으셨어요? 그건 애 돌 반지를 녹인 거라구요. 만약 차부에서 큰아들이 기다리고 있다면 어떻게 얼굴을 마주쳐야 할지. 며느리가 입을 닫는다 했지만, 어쩌면 이미 아내가 알고 있을지도 몰랐다. 그렇다면 다음 장도 또 그다음 장도 부강 장날마다 장터를 다 뒤져야 할지 모른다.

무르팍에 올라앉은 괴나리봇짐. 이 씨는 그 위에 다소곳한 자신의 손을 굽어보았다. 장돌뱅이 삼십여 년의 이력을 증명이라도 하듯 마디마디 옹이 진 손가락들. 살갗이 철 지난 대추처럼 쭈글쭈글했다. 이 씨는 손가락을 맞잡고 비벼댔다. 금반지가 달아난 손가락이 옷을 빗은 것처럼 문득 허전하게 느껴졌다. 그 허전함이 코끝을 쾡하게 두들길 무렵이었다. 귀에 익은 목소리가 사람들 틈새를 비집고 쫄쫄 새 나오고 있었다. 버스 뒤편이었다. 무언가 알 듯 말 듯 밑도 끝도 없이 투덜거리는 목소리. 에어 메리가 분명했다. 확인할

수는 없었지만, 에어 메리의 말을 어물어물 받아넘기는 사람은 임 씨 같았다.

내 꼴이 뭐예요. 동생, 미안하게 됐어. 어쩔 거요? 그 영감 사정도 딱하던데. 아, 그게 이 씨 것인 줄 낸들 알았어야지.

이 씨는 부르르 손가락이 쥐어지는 것을 느꼈다. 귓바퀴가 불끈거리도록 짧고 날카로운 전율이 몸 전체로 번지는 순간 봇짐을 놓고 벌떡 일어섰다.

녹여요? 오빠, 그걸 녹였다구요? 아, 딸자식 하나 있는 게 지 아들놈 돌이라고 기별이 왔는데 그냥 빈손 들고 갈 수는 없는 노릇이잖어. 그래서 녹여달라고 금빵에…….

내처 서너 명을 비집고 들어선 이 씨가 맨 뒷좌석에 앉은 임 씨와 에어 메리의 무릎 근처에 쓰러질 듯 코방아를 찧었다. 숨이 컥 막혔다.

"녹이다니? 그게 누구 금반진데 녹여!"

"이, 이씨 아저씨?"

숨이 막힌 것은 이 씨만이 아니었다. 오누이처럼 머리를 맞대고 중얼거리던 에어 메리와 임 씨 역시 뒤통수를 얻어맞은 것처럼 눈이 튀어나왔다.

"저기…… 장바닥에 봇짐이 있는 걸 보고 왔는데, 언제…….”

"왜, 나는 이 뻐스 타면 병이라도 나는가?"

"아니, 막차로 오실 줄 알았죠, 저는."

"임 씨, 그러는 자네는 왜 털신 트럭을 팽개치고 여기서 쭈그리고 앉아 있나?"

"아, 예. 동생이 뭐 좀 할 말이 있다고 해서."

이 씨는 부아가 치밀었다. 머릿속 어딘가에서 녹슨 쇠톱을 긁는 듯한 날카로운 쇳소리가 들렸다. 잘린 톱날 하나가 튀어 올라 눈을 찌르는 것처럼 망막에 따끔따끔한 통증도 느껴졌다.

"쓸데없는 소리 집어치우고 금반지 얘기나 마저 해봐. 임 씨, 그걸 녹였다는 말을 했잖어."

"영감님, 그게……."

"나서지 말어. 임 씨보고 한 말이지 에어 메리 자네한테 한 게 아녀."

"아니, 제 말씀 좀 들어보세요. 오빠가 가져간 게 아니라 장바닥에서 주웠는데, 금빵에 맡겼지만 아직 녹인 것은 아니고."

이 씨는 기가 차다는 표정으로 에어 메리의 실룩거리는 입술을 노려봤다. 당장이라도 귀뺨을 후려갈기고 싶었다. 장터에서 한마디만 귀띔을 해주었어도 벌써 끝났을 일이 아닌가.

"말 같잖은 소리 하고 있네. 장바닥에서 주웠다고? 남의 걸 주웠는데 녹여달라고 금빵에 맡겨?"

금빵 소리에 일제히 귀를 기울이는 것처럼 승객들이 부스럭거렸다.

"아저씨, 말씀을 낮추세요. 사람들 많은 데서 창피하게……."

"말씀을 왜 낮춰. 내가 뭘 잘못했다구 창피해?"

"영감님, 그게 아니라……."

영감님? 죽일 년. 언제부터 지가 나를 영감님이라고 불렀어. 이 씨는 딸꾹질을 할 것처럼 목구멍이 아려왔다.

"그만둬. 뭘 잘했다고 딱딱거리고 나서, 나서길."

"딱딱거리다니요?"

"딱딱거린 게 아니면?"

"그만들 두세요. 여기서 이럴 게 아니라 내려서 해결하자구요."

눈발이 제법 굵어지고 있었다. 한 송이 두 송이 폴폴 날리던 것을 차창 밖으로 내다볼 때와는 모양이 달랐다. 이미 길바닥은 발자국이 찍힐 만큼 눈발이 한 꺼풀 덮인 상태였다. 그동안 차창이 가로막던 바람은 세 사람이 내리기만을 기다렸다는 듯이 한꺼번에 쏠려와 누구랄 것 없이 목덜미를 쿡쿡 쑤셔댔다. 버스에서 내릴 때부터 자라목을 했음에도 바람은 정확히 목을 겨냥해 달려들었다. 이따금 안면을 후려치는 바람은 도무지 방향을 가늠할 수가 없었다.

"멸치 봉다리를 묶는데 금반지가…… 받침대 다리에 숨어…… 숨어 있더라구요."

임 씨는 몸의 절반을 길 밖으로 꺾은 채 덜덜덜 이를 부딪쳤다. 흡사 안면에 풍을 맞은 사람처럼 아래턱이 뒤틀리고 있었다. 그 몰골을 보면서 이 씨는 후회했다. 내려서 해결하자는 임 씨의 말을 듣고 득달같이 버저를 누른 게 경솔했지 싶었다. 금반지의 행방이 밝혀진 이상 차부에 내려 마무리를 지었어도 충분한 일이었다.

도대체 그게 누구 금반진데 녹이고 지랄여.

눈이 쌓인 탓인지 이 씨는 괴나리봇짐이 점점 무겁게 느껴졌다. 일심이발관 문 씨의 말처럼 이대로 눈길을 나섰다간 서너 발짝을 떼기도 전에 칠성판을 덮어쓸 것만 같았다. 이 씨는 화석처럼 굳어진 채 제자리에서 고스란히 눈발을 맞았다.

황금 비늘

굴다리 옆 생선 가게엔 간판이 없다. 쪼로록 어깨를 겯고 앉은 생선 가게 다섯이 다 그렇다. 겨우 언문을 깨친 것 같은 중늙은이 글씨로 비뚤비뚤 써놓은 입간판조차 발견할 수 없다. 경부선 간이역 뒷골목에 처음 생선 궤짝이 깔리고 마침내 사람들의 머릿속에 굴다리 생선 골목으로 각인된 오늘까지 그랬다. 삼십 년 이쪽저쪽의 일이다. 축사 말뚝 박듯 네 귀퉁이에 쇠파이프를 세우고 슬레이트와 천막 몇 장을 뒤집어쓴 채 간판에 대한 아무런 미련이나 욕심 없이 견뎌온 세월이었다.

그렇다고 골목에 간판이 아주 없는 것은 아니다. 생선 가게와 나란히 앉은 농기구상엔 문패만 한 간판이 붙어 있다. 양씨 농기구상. 나무 기둥에 양철 조각을 박고 녹색 테이프로 네 글자를 새겨놓았다. 그것은 시늉뿐인 농기구상이 그나마 농기구상임을 알려주는 유일한 징표인 셈이다. 생선 가게 맞은편 건어물전과 한복집에도 간판은 있다. 건어물 도소매 굴다리상회. 주단포목 한복 일체 서울한복. 둘 다 몰골이 낡고 색은 절반쯤 날아갔지만 글씨의 크기와 간격이 제법 균형 잡힌 아크릴 간판이다. 굴다리상회 지하 술집도 입구에 책가방 크기의 이름표를 붙여두었다. 제비집. 간판은 작아도 네온사인이다. 생선 가게의 붉은 전등이 꺼지고 죽은 듯이 생선 골목에 사람의 발길이 끊길 무렵에야 번득번득 숨쉬기 시작한다. 마치 생선 골목의 유일한 생명체인 것처럼.

생선 가게는 3, 4층 높이의 경부선 철도 옹벽을 등지고 앉아 있다. 단 한 발짝도 뒤로 물러서지 못할 형국이다. 승용차 한 대가 겨우 지나다닐 만한 골목의 절반을 불법으로 차지한 연유도 그 탓이다. 비스듬히 옹벽에 맞댄 슬레이트 지붕은 썩은 생선 내장이 말라붙은 것처럼 군데군데 시커먼 물곰팡이가 피어 있다. 석양을 가리기 위해 지붕 끝에 매달아 둔 국방색 천막은 때가 절 대로 절어 옻칠한 밥상처럼 밤낮으로 번들거린다. 그 몰골이란 게 생선 골목 어귀에서 언뜻 바라보면 흡사 폐건축물 야적장 같다. 피를 나눈 형제처럼 그렇게 똑같은 모양 다섯 개가 한 세대가 지나도록 살을 맞대고 있다. 따지고 보면 상전벽해라는 말이 딱 들어맞는 것만은 아니었다. 면에서 읍으로, 광역시의 변두리 동으로 마을 이름이 서너 번씩 둔갑을 하면서 장터의 웬만한 점포들이 시나브로 성을 쌓고 옷을 갈아입었음에도 굴다리 생선 가게만큼은 앨범 속의 흑백사진처럼 제 모습과 제 자리를 오롯이 지켜온 셈이다. 삼십여 년 전의 물오징어와 꽁치가 어제오늘 생선 궤짝과 밥상에 그대로 오르듯이.

그 생선 골목을 가로막고 나리 엄마와 강뻥구가 펄펄 달아오른 게 이틀 전이었다. 굴다리상회 간판 너머로 갈치 지느러미 같은 석양이 까물거리던 해거름이었다.

"야, 이 썩은 생선 늙은이야. 당신이 내 배 속을 뒤집어놓았으니 변상을 해야 될 것 아냐!"

생선이 썩었다는 것인지, 늙은이가 썩었다는 것인지, 강뻥구는 팔뚝을 휘저으며 알 듯 말 듯 한 말을 세 번씩이나 지껄였다. 그때마다 구렁이 두 마리가 엉겨 붙은 먹실을 넣은 팔뚝이 흉측하게 울근거렸다.

"아니, 손자 놈 돌잔치에 썩은 홍어를 올려놓게 만들어? 이거 우리 집안 씨를 말리겠다는 심보 아냐?"

사달은 그렇게 시작되었다. 나리 엄마가 일찌감치 저녁 도시락 보자기를 펼쳐놓고 몇 숟가락을 입에 떠 넘기고 있었다. 강뻥구의 입에서 뭉텅뭉텅 잘려 나온 막걸리 냄새도 엉겁결에 들이켰을 것이다.

"아니, 강 씨. 앞뒤 졸가리를 차근차근 풀어놓아야 뭔 소린가 알아듣지. 누가 강 씨 씨를 말린다는 얘기여, 시방?"

"어제 홍어 팔았잖어?"

"홍어가 아니고 가오리였지."

"홍어라고 해놓곤 무슨 딴소리여."

"못 들었나? 말끝에 가오리라구 그랬지."

"여름철 홍어찜 맛이 최고다. 어쩌구 지껄였잖어."

"뭔 소리여. 진짜 홍어는 사라진 지 옛날이라구. 참조기 사라질 때 덩달아 자취를 감췄어. 그건 값이 엄두도 못 내게 비싸서…….
아니, 강 씨, 이게 뭔 짓거리여?"

나리 엄마 말이 길어진다 싶었다. 그새를 못 참고 강뻥구가 스티
로폼 상자에 담겨 있던 가오리 반쪽을 바닥에 패대기쳤다. 눈 깜짝
할 사이였다.

"시방 가오리, 홍어 따질 때여?"

"이, 이게 뭔 일이여. 도대체."

"으이구, 여편네가 정신 나갔지. 이런 늙은이가 뭐, 이 시장 바닥
에서 믿을 만한 생선 장사라구?"

나리 엄마가 도시락 보자기를 접고 일어섰다. 웬 소란인가 싶은
눈으로 옆집 은정이네가 파리채를 들고 가게 앞으로 나섰다. 닭병
든 사람처럼 시름시름 졸던 굴다리상회 황 씨는 내가 상관할 바가
아니라는 듯이 자세를 고쳐 생선 가게를 등지고 앉았다. 나리 엄마
는 퍼뜩 떠올려 보았다.

지난 장날이었다. 파장이었다. 골목에 고등어 내장 같은 검붉은
황혼이 깔리면서 포목점의 천막들이 하나둘 걷힐 때였다. 낼모레가
둘째 손자 돌인데 홍어찜을 해야겠어, 하면서 강뻥구가 찾아왔다.
나리 엄마는 마침 물 좋은 홍어가 있다며 한 마리를 싸주었다. 여름
철엔 홍어찜이 제맛이라는 토를 붙여서. 물홍어였다. 정확히 말하
자면 물홍어로 불리는 가오리였다. 그것의 열다섯 마리 값을 호가
하는 참홍어는 한동안 구경도 못 한 처지였기에 대충 홍어로 불리
며 가오리가 팔려 나가던 터였다. 강뻥구는 홍어 값이 이렇게 싼 줄

은 몰랐다며 기다리는 동안 물오징어를 직신거렸다. 삼십 년이 지나도록 지워지지 않는 구렁이 문신이 팔뚝에서 꿈틀거렸다. 꼬박 하루가 지난 뒤 그 팔뚝을 흔들어대면서 강뺑구는 홍어 값과 병원비를 변상하라며 악을 썼다. 그사이에 저녁 국거리를 사러 온 듯한 초로의 단골 하나가 몇 걸음 쭈뼛거리다 뒷걸음질로 자리를 떴다.

"썩은 홍어를 팔았으면 책임을 져야지. 이 바닥에서 장사해먹고 살려면."

"썩은 홍어가 아니라 싱싱한 가오리였다구."

그렇게 썩은 홍어와 싱싱한 가오리 수십 마리가 생선 골목을 떼 지어 좌충우돌하다가 사달은 끝이 났다. 은정이네가 나리 엄마 몸뻬 허리춤을 잡고 있는 사이 농기구상 양 씨가 강뺑구를 질질 끌다시피 골목 밖으로 떠메고 나갔다.

그날 밤, 천막을 내리고 나리 엄마는 논산집을 찾아가 손짓으로 논산댁을 불러냈다. 순대 장수 논산댁이 누군가. 장터에서 반평생을 보내도록 언니, 동생 하는 사이 아닌가. 그 논산댁이 둘째 손자 돌상을 차린다고 했다. 어차피 한 번쯤 얼굴을 들이밀어야 할 판이었다. 자초지종을 듣고 오해도 풀 겸, 여차하면 들고 간 돌 반지를 강뺑구가 패대기친 가오리 반쪽과 맞바꿀 겸, 겸사겸사.

냉동실에 두었던 홍어 살이 싱싱하기에 몇 점 발라서 회로 떠 먹었는데 자리에서 일어서자마자 배 속이 부글부글 끓었고, 이내 물 설사를 했으며, 나머지는 쓰레기통에 버렸다. 논산댁의 설명은 간단명료했다. 홍어가 처음부터 썩었거나, 아니면 남편의 배 속이 곯아 있었던가. 그렇다면……. 나리 엄마는 사달의 앞뒤를 가늠할 수 있었다. 회가 문제였다. 여름철엔 가오리회는 피하는 게 상식이었다. 값에 비해 몸집만 형편없이 큰 물홍어는 산지로부터 농수산물 시장에 부려질 때까지 관리가 허술해 금방 상하기 마련이었다. 그랬기에 여름철엔 찜이나 찌개 정도로 상에 올랐다. 그런 것을 날것으로 삼켰으니, 배 속에서 물 끓는 소리가 날 만도 했다. 얼른 손가락을 접어보니 농수산물 시장에 가서 가오리를 들여온 게 사흘 전이었다. 그렇다면 사흘 밤낮을 생선 궤짝에 갇혀 있던 셈이었다.

순댓국 냄새에 흠뻑 취한 채 논산집을 나서면서 나리 엄마는 아차 싶었다. 그러고 보니까 미처 가오리 값의 절반을 못 받은 상태였다. 그러나 이제 끝돈은 물 건너간 노릇이었다. 쓰레기통에 쑤셔 박힌 고등어 대가리 신세나 한가지였다.

장날이다. 마을 잔치가 벌어지듯 닷새 만에 한 번씩 굴다리 주변이 흥청거리는 오일장이다. 식전에 천막을 걷어내면서 생선 골목 사람들은 일제히 보았다. 앉은뱅이 방물장수처럼 뒤꿈치로 생선 골목을 쓸고 지나가는 강뺑구의 모습을. 어디서 식전 해장술을 들이켰는지 얼굴이 영락없이 굴다리상회 대춧빛이었다. 이틀 전에 나리 엄마 손님을 쫓아내던 그 얼굴이었다. 그러나 생선 가게 여자들은 다들 모르는 체했다. 나리 엄마는 아예 등을 돌렸다. 마치 얼굴을 마주치면 닷새 만에 찾아오는 장을 공칠 것처럼. 웬일로 식전부터 해장술로 배를 채웠어? 연배가 엇비슷한 농기구상 양 씨만이 알은

44

체를 했다.

"배 속에 똥만 가득한 인간이라니깐."

"오죽하면 강평구란 진짜 이름 놔두고 사람들이 강뺑구라고 부를까."

은정이네가 이틀 전의 싸움을 상기시키듯 그렇게 코를 쑤셔도 나리 엄마는 못 들은 척 생선 궤짝만 들썩거렸다. 그날 일은 아예 없었던 것처럼 잊고 싶었다. 꿈에서라도 나타나서는 안 될 횡액이었다.

경부선 철도 옹벽에서 아침 햇볕이 죽죽 미끄럼을 타고 있었다. 열 시가 넘었다는 애기였다. 이제 잠시 후면 생선 가게의 슬레이트 지붕과 천막에서는 무대조명처럼 햇볕이 번득일 것이다. 굴다리상회 옥상 난간에 황혼이 울렁출렁거릴 때까지. 한 파수 전에 말복 더위를 다 겪도록 그랬다. 생선 비늘 속의 수분까지도 빨아들일 듯한 그 햇볕에 뒤섞인 퀴퀴한 생선 비린내가 하루 종일 골목 안팎에 흘러넘쳤다.

"오늘은 크게 한 건 하기 전엔 점심 숟가락 뜨지 말자구!"

통나무 도마에 창칼을 꽂으며 나리 엄마가 소리를 질렀다. 아침마다 인사치레로 건네는 말이었다.

"드런 놈의 세상. 그놈의 똥개들이 씨가 말라버리든지 해야지, 안 그러면 우리가 굶어 죽어."

"아, 세상에 몸보신으로 말하자면 생선만 한 게 또 어딨다구. 등 푸른 바닷고기라 몸에 좋지, 값싸서 좋지. 지랄하고 그 좋은 생선 놔두고 멀쩡한 개새끼만 때려잡는지 알 수가 없다니깐."

공연히 스티로폼 생선 상자를 집적거리면서 다들 한두 마디씩 주고받았다. 삼복더위 내내 파리 떼만 들끓는 생선 골목의 풍경에 분기탱천한 얼굴들이었다. 실제로 여름철엔 점심을 먹기 전까지 절반 이상이 마수를 하는 것조차 어려운 형편이었다. 이 변두리 장터에서조차 여름철 생선이 쥐약 한가지로 천대받는 탓이었다.

"글쎄, 새댁. 애들한텐 살 많은 고등어가 최고라니깐 그러네."

"맛은 꽁치구이가 낫잖아요."

"그럼 꽁치로 하시구랴."

국방색 천막 끝에서 햇볕이 번들거렸다. 생선 가게 여자들처럼 약이 오를 대로 오른 햇볕이었다. 흐물흐물 늘어진 천막 속으로 목을 집어넣은 채 애엄마 하나가 은정이네 고등어와 꽁치를 집적댔다. 풍신으로 보아 꽁치를 선택할 게 분명했다. 구입할 생선을 결정하지 못한 채 생선 골목에 들어섰다면 장꾼들은 십중팔구 질보다는 양으로 선택하니까. 나리 엄마뿐 아니라 생선 가게 여자들은 하나같이 관상쟁이 뺨치는 눈을 지녔다. 오로지 생선과 더불어 살아온 수십 년의 세월이 그렇게 만들었다. 그랬기에 장꾼보다 한발 앞서서 물건의 값과 흥정 요량을 세워두고 장꾼을 상대했다. 괭이와 호미, 식칼 서너 자루가 전부인 농기구상 양 씨로부터 건어물을 파는 굴다리상회 황 씨를 포함해 생선 골목 저쪽의 포목점과 난전의 흑설탕 장수, 수세미 장수, 그리고 심지어는 이쑤시개 장수까지 이 장터를 생계유지의 논밭으로 삼고 있는 모든 장돌뱅이들 역시 마찬가지였다. 각자 자신의 장물에 걸맞은 한두 가지의 장사 수단을 갈고 닦은 사람들이었다. 누구든 이 장터에서만큼은 백전노장인 것이다.

은정이네 전대에 천 원짜리 지폐가 들어가는 것을 지켜본 뒤 나리 엄마는 생선 뒤주의 자물쇠를 풀었다. 설거지나 집안 정리를 끝낸 애엄마들이 들이닥칠 시간이 한 시간 남짓 남았다. 대개 정오에 몰려들어 한바탕 장터를 헤집곤 했다. 그때를 놓치면 곧장 파장으로 이어졌다.

동태를 꺼냈다. 냉동 상태로 직수입된 동태였다. 장바닥에 비닐을 깔고 동태를 내리쳤다. 퍼억. 두 번째 내리치면서 스무 마리 동태 한 짝이 두 동강이 났다. 한 번씩 더 내리치고 도마 위에 들어 올렸다. 철퍽. 철퍼덕. 나리 엄마의 신호를 기다렸던 것처럼 은정이네부터 나머지 여자들이 차례로 동태를 패대기쳤다. 얼음 덩어리가 웬만큼 얼먹은 상태가 되었을 것이므로 이제 하나씩 칼끝으로 헤집어 떼어내면 되었다. 그런데 그게 뜻대로 되질 않았다. 웬일인지 칼끝이 두 번, 세 번 비껴 나가곤 했다. 하루 세 끼 밥을 먹듯 삼십여 년을 꼬박꼬박 해온 일이었다. 그럼에도 오늘따라 처음 해보는 것처럼 도무지 손에 익지 않았다. 네 마리째 뜯어내면서 팔뚝의 힘이 바닥났다. 무엇에 얻어맞은 것처럼 팔꿈치에 통증이 느껴졌다. 팔목도 시큰거렸다. 동태를 바닥에 내리칠 때부터 그랬다.

나이 탓이었다. 예순일곱이라면 적은 나이가 아니었다. 오늘따라 생선 비린내로 비위가 뒤틀려 간고등어 한 손을 버린 것도 그랬다. 생선을 좌대에 진열하면서였다. 늘 그래왔던 대로 고등어 배 속을 헤치고 살펴보니 다른 놈에 비해 좀 검붉게 살이 물렀다. 그것을 미런 없이 내버렸다. 결코 그런 적이 없던 일이었다. 그런데……, 이런 증세가 행여 나이 탓만이 아닐 수도 있지 않을까. 통나무 도마에 창칼을 꽂으며 나리 엄마는 고개를 꺾었다.

동태처럼 뼈가 굳고 허리가 굽었어도 별 탈 없이 견뎌온 삼십 년이었다. 그 세월 동안 오로지 생선 비늘을 긁고, 배를 따고, 토막 내는 일에만 매달려 왔다. 아귀, 갈치, 고등어, 우럭, 청어, 가자미, 임연수어……. 값비싼 횟감을 뺀 웬만한 바다 생선들을 손바닥에 생선 비늘 같은 굳은살이 박이도록 빠짐없이 만져보았다. 한때 영광 굴비로 명성을 떨친 황새기黃石魚도 좌판에 올린 시절이 있었다. 그놈의 황금빛 비늘만 보아도 천석 부자가 된 것처럼 가슴이 뛰곤 했다. 값도 값이지만 씨가 마른 탓에 지금은 비록 싸구려 중국산 조기 새끼나 만지작거리지만. 중국산 조기 새끼처럼 흔하고 천한 것이든 황새기처럼 귀한 것이든 삼십 년 이상을 그 바다 생물들과 뼈와 살을 맞대고 살아온 나리 엄마였다. 그러나 부끄러운 고백이지만, 그 세월 동안 한 번도 고깃배를 타본 적은 없었다. 배를 타보기는커녕 바다 구경도 변변히 해본 기억이 도무지 떠오르지 않는다. 인생의 절반이 넘도록 품 안에 생선을 끼고 살아왔음에도 외아들 진우가 보내준 효도 관광 여행이 바다 구경의 전부였다. 그 때문일까. 전에 없이 생선 비린내가 역겹게 느껴진 것은.

군빗질로 헝클어진 머리를 매만지며 나리 엄마는 토악질하듯 마른침을 뱉었다. 생선 비린내 때문이었다. 스물아홉에 남편이 다쳤다. 철도 역무원으로 일하다 팔과 다리를 하나씩 잃었다. 위로 누이 둘을 둔 외아들 진우가 세 살 때였다. 남편 대신 돈벌이로 나선 곳이 남편이 몸의 절반을 날려버린 역 뒷골목 장터였다. 처음엔 양말 보따리를 들고 오일장을 떠돌았다. 서너 해 뒤부터 생선 좌판을 깔고 뒷골목에 자리 잡았을 때, 그 생선 비린내가 느글느글 되살아났다.

은정이네가 두어 번 파리채를 날리던 것을 포기하고는 그예 모기향을 피웠다. 옥상 난간에 착 달라붙은 굴다리상회 간판의 그림자로 보아 정오가 다 되었다. 생선 좌대에 일제히 파리 떼가 달려드는 시간이었다. 아무래도 늦기 전에 생선 위에 비닐을 쳐야 될 것 같다. 그러면 장사는 끝이었다. 그래도 한 이삼일쯤 생선을 좌대에 깔아놓으려면 어쩔 수 없는 노릇이었다. 얇은 비닐이라도 둘러쳐야만 생선이 무사할 수 있었다. 장날만 찾아 떠도는 장돌뱅이 생선 장수와는 그 점이 달랐다.

뿌아앙, 뿌아아앙.

비닐을 깔고 나리 엄마가 막 손을 터는 순간이었다. 신발 가게 옆 골목에서 가스 터지는 소리가 들렸다.

빠아아앙. 강뼁구였다. 가랑이 사이에 큰손녀를 태우고 생선 골목에 나타나더니 내리 두 번을 왕복했다. 스쿠터 꽁무니에서 희뿌연 매연이 팡팡 쏟아져 나왔다. 나리 엄마는 숨이 막힐 것처럼 코끝이 매웠다.

"아이구, 시끄러워! 죽은 생선이 펄쩍 뛰겠어!"

은정이네가 가게 밖으로 달려 나가며 냅다 소리를 질렀다. 금방이라도 스쿠터를 넘어뜨릴 듯한 얼굴이었다. 논산댁과 동갑내기인 은정이네는 강뺑구와도 곧잘 말을 터놓고 지냈다. 농기구상 옆 공터에서 뺑뺑이를 돌던 강뺑구가 뒷바퀴를 시멘트 바닥에 부우욱 긁으며 단숨에 되돌아왔다.

손녀딸 드라이브하는데 뭐가 어쨌다는 거여. 이 좁은 골목에 웬 오토바이여. 골목이 좁아? 오토바이가 큰 거지. 크든 작든 시끄러워서 귓구멍이 아프잖어. 니미, 늙은 여자가 얼마나 구멍이 작길래 아프다고 엄살여. 지랄, 구멍이 작어? 소리가 크지. 크면 썩은 홍어 꼬리 잘라서 구멍 틀어박고 살면 되지, 씨팔. 홍어구 지랄이구, 왜 생선 가게 앞에 기름 냄새를 뿌리고 그랴. 누구 장사 망치려는 심보야? 무슨 말씀을? 썩은 생선에 기름 뿌리면 파리 떼가 달라붙지 않아서 오히려 고마운 일이지, 씨팔.

기가 막힌다는 표정으로 은정이네가 머뭇거리는 사이에 나리 엄마 가게 쪽으로 스쿠터 꽁무니를 돌려놓은 채 강뺑구가 핸들을 서너 번 신경질적으로 잡아당겼다.

뿌웅, 뿌웅, 뿌우우웅.

모기향보다 진한 기름 냄새가 방제 차량에서 소독약을 내뿜듯 왁왁 쏟아져 나왔다. 손녀딸이 움칠하며 코 막는 시늉을 했다. 으이구, 손녀딸 숨 막혀 죽겄어. 은정이네가 강뺑구를 밀치고 나섰다. 분위기가 심상치 않게 돌아가는 것을 그냥 두고 볼 수 없었다.

"씨팔, 이 무식한 놈의 장터는 내 것 가지고 내 맘대로도 못 한다니깐."

펑크가 난 것처럼 덜덜거리며 강뻥구가 골목을 빠져나간 뒤에야 나리 엄마와 은정이네가 차례로 자리에 앉았다. 나리 엄마는 그때까지 한 번도 입을 열지 않았다. 파리채만 두어 번 허공에 날렸을 뿐. 굴다리상회 황 씨는 점심을 먹는지 보이지 않았다.

"하여간 더러운 인간이여. 평생 어른 구경을 못 하고 자란 인간이라니깐."

은정이네가 날고기를 씹듯 이를 갈았다. 나리 엄마도 한두 마디 거들까 하다가 그만두었다. 굳이 그렇게 하지 않아도 강뻥구의 사람됨을 다 아는 일이었다. 생선 골목뿐만 아니라 장터 사람들은 그날그날 장터의 운세에 따라 손바닥 뒤집듯 말을 바꾸고 표정을 달리했지만 강뻥구에게만큼은 이구동성이었다. 강뻥구가 장터 관리비 명목으로 자릿세를 받으러 다니면서부터였을 것이다. 십오륙 년 전의 일이었다. 시장 상인회 임원으로 들어간 뒤부터 강뻥구의 주량과 욕과 주먹이 갑절 가까이 늘어나자 사람들은 강뻥구를 놓아먹인 소나 말 취급을 했다. 친언니처럼 따르는 논산댁 탓으로 대놓고 삿대질은 못 했지만 나리 엄마가 보기에도 강뻥구는 충분히 말뚝을 삶아 먹고도 남을 위인이었다. 강평구라는 이름이 강뻥구로 둔갑을 한 것은 그즈음의 일이었다.

나리 엄마는 진저리를 쳤다. 이틀 전 벌컥 뒤집혔던 생선 골목 풍경이 눈두덩을 두드렸다. 스쿠터로 뻥뻥이를 치던 강뻥구가 망막을 쿡쿡 찔러댔다. 할 수만 있다면 창칼로 통나무 도마를 긁어내듯 강뻥구의 얼굴을 기억 속에서 부우욱 도려내고 싶었다. 칠팔 년 전쯤에도 그 엇비슷한 일을 한차례 치른 적이 있었다.

　신발 가게 옆 골목에 톱 장수 이 씨가 있었다. 오복상회 대머리 오 씨와 같은 해에 장터를 떠났으니까, 아마 칠십을 넘겨 가마니를 거두었을 것으로 기억된다. 이 씨의 아들이 진우의 친구였다. 아들이 고등학교 선생이 된 뒤로 이따금 가게에 들러 꽁치 몇 마리를 사 들고 진우의 안부를 묻곤 했다. 그러던 어느 날이었다. 강뺑구가 중매한 이 씨의 맏딸이 파혼했다는 소식을 선생이 전했다. 이 씨의 맏사위가 성질이 포악하여 말다툼이 잦고 다방 출입을 일삼던 끝이었다고 했다. 세 살배기 딸을 처가에 내던지고 딴살림을 차린 맏사위는 강뺑구를 형님으로 모시던 후배였다. 그 덕분에 장터 사람들도 낯익은 인물이었다.

　선생에게 전해 들은 그 말을 생선 골목 사람들에게 옮겼던 게 화근이었다. 발 없는 말이 천 리를 간다고, 살이 붙고 뼈가 굵어진 그 말이 장터를 떠돌다 강뺑구의 귀를 들쑤신 모양이었다. 난동이 벌어졌다. 톱 장수 이 씨의 맏사위가 처가를 풍비박산 낸 것이 마치 강뺑구 자신의 잘못인 것처럼 나리 엄마가 음해했다며. 죽은 생선들이 모두 되살아나 펄떡펄떡 헤엄쳐 다니는 것처럼 생선 골목 바닥에 나리 엄마의 생선 궤짝이 쫙 깔린 뒤에야 강뺑구의 행패는 끝났다. 나리 엄마가 육십 평생을 살아오는 동안 그런 수모를 당한 것은 처음이었다.

　예나 지금이나 장날이 원수였다. 굴다리상회 아크릴 간판을 녹여버릴 듯 정오의 햇볕이 쩽쩽거리도록 제대로 마수를 못 했다. 오징어 네 마리의 배를 딴 게 전부였다. 어제는 그래도 이쯤에서 물오징어 다섯 마리와 간고등어 한 손을 내리 팔았다. 점심도 거른 채 동태와 임연수어 두 마리씩 머리도 잘랐다. 그런데 오늘은 벌써부터 파장 분위기였다. 둔탁한 쇳소리를 흘리며 경부선 열차가 지나칠 때마다 생선 비린내보다 지독한 파장 냄새가 골목에 진동을 했다.

장터 건너편 골목 난전에 생선 시장이 들어서고부터 그랬다. 싸구려 바구니나 빨랫비누 따위를 공짜로 던져주는 약장수라도 만난 듯이 장꾼들은 우르르 난전으로만 몰려갔다. 젊은 장돌뱅이들이 난전에 깔아놓은 생선 탓이었다. 닷새에 한 번씩 찾아오는 장돌뱅이들이야말로 틀림없이 물 좋은 생선만 취급한다고 장꾼들은 믿었다. 그 때문에 생선 골목은 무싯날보다도 오히려 장꾼이 뜸했다. 뜸한 정도가 아니라 아예 골목 입구를 기웃거리는 기척조차 없었다. 오늘도 그랬다. 오징어 배를 딴 뒤, 하늘 꼭대기에서 손가락 두어 개쯤 해가 기울어지도록 사람 구경을 못 했다. 그새 은정이네는 생선 뒤주를 두 번이나 열었다 닫으며 생태 여섯 마리를 토막 냈다. 일단 천막 밑으로 어깨만 집어넣어도 최면을 걸듯 손님을 끌어당기는 장사 수단을 발휘한 결과였다. 언젠가 고등학교 선생이 나리 엄마를 찾았을 때 잠깐 자리를 비운 사이에 선생을 낚아채 고등어 배를 가르던 솜씨였다. 오장이 뒤집힐 일이었다.

오른편 굴다리 입구는 난전이 꽉 들어찼다. 야채 장수들의 좌판이 굴다리 밖까지 우둥우둥 흘러넘쳤다. 그 꼬리를 물고 떡장수와

민물고기 장수들이 실에 꿰어놓은 구슬처럼 빈틈없이 늘어섰다. 인삼 바구니와 나물 보자기도 새새틈틈 눈에 띄었다.

잔칫집 마당처럼 시끌시끌한 굴다리 입구의 난전을 보면 볼수록 나리 엄마는 부아가 치밀었다. 새벽동자를 해 먹고 은정이네와 농수산물 도매시장에서 받아 온 생태는 아직 생선 뒤주에서 꺼낼 엄두도 못 내었다. 이러다간 트럭 운송비도 못 건질 판이었다. 불안감이 뒷골을 쿡쿡 쑤셨다.

"어여들 숟가락 들고 나서봐요. 장사 공치는데 선짓국이나 터지게 먹어봅시다."

고등어 좌대 위에서 파리 대여섯 마리가 비닐을 물어뜯고 있었다. 은정이네가 냄비를 들고 나리 엄마 가게 앞으로 성큼 나섰다. 시래기가 가득 담긴 선짓국이었다. 생선 골목 사람들이 둘러앉아 곧잘 즐기는 새참이었다. 인생의 절반 이상을 생선 골목에 쏟아부은 사람들이어서 상여 메는 사람이나 가마 메는 사람이나 다 한가지라는 생각으로 품앗이하듯 때가 되면 먹거리를 깔아놓았다. 그중 제일이 선짓국이었다.

파리 새끼들이 오늘은 영양실조 걸리겄어. 도무지 비닐을 벗길 수가 없으니. 반십 년만 젊어도 난전으로 뛰어들겄는데 말이야. 골라, 골라 박수 치면서. 아, 부러워하지들 말어. 우리도 왕년엔 이 바닥에서 날치처럼 펄펄 날았잖어. 그땐 도마를 서너 달에 한 개씩 해치웠다구. 그뿐여? 밤새도록 칼날 세우는 게 일이었지. 그 바람에 신랑들 속 좀 썩었잖어. 자기 것은 못 세우는 주제에 물고기 잡을 칼날이나 세운다고 울어댔지. 세우면 뭘 해, 조갯살 하나 못 자르는 걸. 킬킬킬. 그렇게 칼날만 잔뜩 세우다가 청춘 다 갔어. 푸하하하.

은정이네를 시작으로 생선 가게 여자들이 선짓국 숟가락 나누듯 돌려가며 한두 번씩 말품을 판 뒤 농기구상 양 씨마저 그예 합석한 자리는 무슨 회갑상 받은 하객들 모양으로 분위기가 어설프게나마 살아 올랐다. 다들 지루한 장마철 같은 무더위가 헛헛한 웃음에 시나브로 파묻혀 갔으면 하는 심정이었다. 그래서 술잔처럼 머리를 맞대고 쭈그려 앉았을 터였다. 한편 잔칫집 같기도 하고 한편 상갓집 같기도 한 풍경이었다. 그 풍경의 한 모퉁이에서 나리 엄마는 속으로 짚어보았다. 이제 넉넉잡아 한 일 년쯤 천막을 내렸다 걷어 올리면 이 골목도 끝이다. 한 두름쯤의 장돌뱅이들이 늙어서 이 장터를 떠났듯이 생선 뒤주를 누군가에게 넘겨야 한다…….

거 왜, 기억들 나지? 궤짝 위에 고등어 대가리하고 꼬리를 주욱 진열해놓고 장꾼 꼬시는 풍신들이라니. 그 솜씨야 은정이네가 제일이었지, 뭘 그러서. 와하하.

냄비의 바닥이 드러날 즈음에 나리 엄마는 먼저 일어섰다. 젊은 시절을 추억하면서 눈이 아려왔던 것처럼 무릎이 시큰거렸다. 몸뻬 속으로 비지땀만 흘러도 쿡쿡 쑤시곤 하는 무릎이었다. 가게 안쪽의 통나무 도마를 보았다. 삼치 머리를 잘라 거꾸로 세워둔 것처럼 창칼이 꽂혀 있었다. 저것이 언제부터 자리 잡고 있었는가. 기억이 가물가물하다. 도마는 아직 반 뼘도 키를 낮추지 않았다. 꼬박 오 년을 썼음에도 창칼은 여전히 배가 잔뜩 부르다. 그러나 정작 따지고 들자면, 통나무 도마의 키가 크고 칼의 배가 부르다는 것은 그 주인의 키가 그만큼 줄어들고 배가 비었다는 뜻이다. 예순일곱. 이제 생선 골목을 떠날 때까지 저것 하나면 넉넉할 것이었다. 은정이네와 다른 여자들이 아직 등 뒤에서 입방아를 찧고 있었지만 나리 엄마는 혼자서 코끝이 매웠다.

진우야……. 파리채를 집어 든 채 나리 엄마는 진우 이름을 오물거렸다. 가슴의 심장박동이 느껴질 만큼 불현듯 진우가 보고 싶어졌다. 워싱턴 어디에선가 근무한다고 했다. 귀국 날짜가 이제 반년 앞으로 닥쳤다. 그새 이 년하고도 절반이 지났는가 싶었다. 맏손자를 안고 있는 진우 내외가 눈앞에 어른거렸다.

피가 물보다 진하다는 말이 무슨 뜻인지는 정확히 알 수 없었지만, 진우가 아버지의 피를 물려받은 것만은 틀림없었다. 바깥부모 없이도 누님들 틈바구니에서 잘 자라준 진우였다. 초등학교 때부터 우등상을 놓친 일이 없었던 진우의 꿈은 열차 기관사였다. 굴다리 생선 골목 근처에서 경부선 열차를 보며 자란 탓이었다. 어쩌면 아버지의 잘려 나간 팔다리 때문이었는지도 모른다. 진우는 미련 없이 철도고등학교로 진학했다. 그러나 졸업과 동시에 취업이 보장된 철도청을 포기했다. 천만뜻밖에도 대학을 선택했다. 세상 사람들이나 알 만한 대학의 행정학과를 졸업했고, 이듬해 행정고시에 합격했다. 생선 골목에 현수막이 붙은 것은 물론이다. 장한 아들, 장한 어머니. 장한 아들은 어머니를 업고 시장통을 돌았다. 내 자식이라도 되는 것처럼 잔치를 벌였던 시장 상인회는 장한어머니상을 만들어 진우 엄마에게 수여했다. 현수막이 너덜너덜해질 때까지 생선 골목 여자들은 진우를 가리켜 과거에 급제한 송 도령이라고 불렀다. 그러나 진우 엄마는 여전히 나리 엄마로 불렸다. 출가하는 전날에도 엄마 곁에서 생선 비늘을 긁던 맏딸 나리를 잊지 않으려는 듯이 시장 사람들은 한 번도 나리 엄마를 진우 엄마라 부르지 않았다.

진우 부부는 직장을 따라 서울로 살림을 냈지만 나리 엄마는 고향에 남았다. 장터 사람들의 부러움 반 비아냥 반의 유혹에도 생선 가게를 포기하지 않았다. 하루도 빠짐없이 천막을 내리고 걷고, 생선 뒤주를 잠그고 풀고, 생선의 배를 따고 토막 내면서. 삼십 년 남짓한 세월이 그렇게 흘렀다. 마을 북쪽의 강물처럼 조용히, 혹은 소용돌이치면서. 그 세월의 고단함과 쓸쓸함이 뒤섞인 듯한 생선 비린내를 나리 엄마는 이틀째 역겨워하고 있었다. 인생의 절반이 넘는 세월 동안 살을 섞어왔던 그 생선 비린내를. 마치 처음 맡아보는 사람처럼.

"나리 엄마, 여기 홍어찜!"

검은 비닐봉지를 양손에 쥐어 든 장꾼 두엇이 부랴부랴 생선 골목을 빠져나갔다. 어쩔 수 없이 파장으로 기우는 시간이었다. 은정이네가 오십 대의 여자를 보내며 손짓을 했다. 가오리를 찾는 장꾼인 모양이었다. 새벽에 농수산물 시장에 갔을 때 은정이네는 아귀 반 짝을 떼었고 나리 엄마는 가오리 두 마리를 샀다. 여름철이면 매물이 뜸한 생선은 그렇게 나누어 장을 보곤 했다. 그리고 장꾼이 찾는 생선에 따라 넘나들이로 장꾼을 주고받아 왔다. 아귀를 찾는 장꾼이 오면 은정이네, 여기 아귀찜, 하는 식으로. 그것은 장터에서 함께 생선 비린내에 찌들어가는 동안 굳어진 관습이었다. 서로 손해를 줄이며 적당히 이익도 챙기는 공존의 방식. 그러나 나리 엄마는 아직 은정이네를 부르지 못했다.

"얼마나 하실까?"

"사면 한 마리 통째로 가져갈 건데, 물은 좋은지 모르겠네요."

"물이야 틀림없지. 이거, 오늘 아침에 농수산물 시장에서 직접 떼 온 거라구."

나리 엄마는 가오리 꼬리를 움켜쥔 채 여자를 상대하는 목소리에 도무지 힘을 실을 수가 없었다. 강뺑구의 썩은 홍어가 머릿속으로 얼핏 스쳐 간 탓이었다.

"그래도 여름철이라 하루 이틀만 냉장고 밖으로 나와 있으면 금방 썩어버려서 말이에요."

"걱정 마쇼. 그건 진짜니깐."

은정이네였다. 은정이네가 여자를 쏘아보며 말했다. 모름지기 의심부터 앞세우는 장꾼에겐 자신만만한 어투가 최고였다.

"아줌마 참 재밌는 분이시네. 홍어도 진짜가 있구 가짜가 있어요?"

"아무렴. 세상 물건이 진짜와 가짜로 나누어지는 이치와 한가지지. 진짜 홍어는 따로 있다구. 값으로 치면 그것보다 스무 배나 비싼 게 진짜 홍어라구. 그건 나도 시어머니 돌아가신 뒤로 아직까지

58

구경도 못 했어."

"후후, 시어머니 돌아가신 게 언젠데 그러세요?"

"그게 아니구, 싼 홍어를 가오리라고 부르구 비싼 걸 참홍어라고들 하는데, 진짜 가짜 구별 없이 일반적으로다 썩지 않은 걸 진짜라고 말하는 거지, 그냥. 홍어나 가오리나 찜 해 먹으면 그 맛이 그 맛이니깐."

은정이네 말을 끊고 나선 게 아무래도 죄지은 사람 변명 같아서 나리 엄마는 불만이었다. 앞뒤 아귀가 맞지 않는 것도 그랬다. 쓸데없이 말품만 판 듯한 느낌이 들었다. 동태 토막 치듯 진짜, 가짜를 툭툭 잘라낸 것도 왠지 꺼림칙했다.

"그럼 이건 가짜 홍어네."

여자가 가오리와 나리 엄마를 번갈아 훑으면서 슬그머니 혼잣소리를 흘렸다. 은정이네가 주춤했다. 이건 진짜라니깐 그러시네. 나리 엄마는 한발 나서서 자근자근 토를 달았다. 물 걱정은 마시구랴. 무슨 일 있으믄 다 변상하니껜. 두 마리 중에 물 좋은 놈으로 들여가슈. 그 말끝에 나머지 가오리 한 마리를 들어 올리기 위해 허리를 굽혔다. 그때였다. 누군가 가오리 몸통을 잽싸게 낚아채 가는 것과 동시에 손에서 가오리 꼬리가 쭈욱 빠져 달아났다.

"어이쿠."

그 바람에 나리 엄마가 중심을 잃고 상자 위로 고꾸라졌다. 상자 밑바닥에 너부죽이 엎드려 있던 가오리가 눈앞으로 펄럭 날아올랐다.

"아니, 이분이 왜 이러신데요?"

"아무 일도 아니우. 아주머니는 내 덕분에 식중독 면할 줄 알고 다른 데 가보쇼."

시퍼런 구렁이 두 마리가 똬리를 틀고 있는 팔뚝이 여자의 눈앞으로 오르락내리락했다. 그제야 여자는 미적미적 뒷걸음질을 쳤다. 쓰러진 채로 쫓기듯 멀어지는 여자의 다리를 보면서 나리 엄마는 언뜻 떠올렸다. 플라스틱 바가지에 버걱버걱 꼬막 껍질을 닦는 듯한 목소리. 얼굴을 보지 않아도 누군가 알 만했다. 나리 엄마는 몸뻬를 털고 일어섰다.

무슨 짓이야, 강 씨. 이게 뭔 행패여? 행패라니? 그럼 이게 행패 아니고 뭐여? 이건 정당방위여. 뭔 소리여, 그게? 식중독 예방을 위한 정당방위. 인제 알아듣겠남. 썩은 홍어를 파는 부도덕한 상거래 질서를 바로잡으려고 시장 상인회 임원이 법 집행한 거라구. 시장 상인회라니? 법 집행은 또 뭐구? 장터 밥 먹고 꼬부라진 늙은이가 시장 상인회를 몰라? 장터 돌아가는 법을 모르냐구? 그게 언제 얘기여, 시방. 은정이네, 뭐라고 말 좀 거들어봐!

생선 비린내보다 더 역겨운 냄새가 풀풀 날렸다. 막걸리 냄새였다. 강뺑구의 입이 벌어질 때마다 순대 냄새가 뒤죽박죽된 입내가 한 주먹씩 쏟아져 나왔다. 논산댁이 죽일 놈, 살릴 놈 소릴 지르며 순대를 썰었을 게 분명했다.

"강 씨, 그만큼 마셨으면 인제 그만 마실 때도 됐잖어. 낼모레 환갑 나이에 이게 무슨 위세여?"

"이런 씨팔, 돈 몇 푼 더 벌어먹겠다고 가오리를 홍어라고 속여서 팔고 지랄하니까 그렇지."

강뺑구의 얼굴이 확 달아올랐다. 시동생 타이르듯 자근자근 꺼낸 은정이네의 말이 오히려 혹 떼려다 혹 붙인 격이 된 듯싶었다.

"속이다니? 누가 뭘 속였다구 그래?"

강뺑구의 뺨을 때리듯이 나리 엄마가 손바닥을 짝짝 털고 나섰다. 느린 소도 성낼 적이 있다고 했다.

"가짜라니? 그게 왜 가짜여?"

"니미, 가짜가 아니면, 가오리가 홍어여?"

움칠하던 강뺑구의 입에서 침이 튀겼다. 은정이네가 둘 사이를 벽처럼 가로막으면서 악을 썼다.

"어이구, 강 씨. 젊으나 늙으나 참 별종이네. 얼마 있으면 추석 대목이여. 이 좁은 골목에서 고래고래 소릴 지르면, 그게 대목장 날아가라고 고사 지내는 것 한가지 아녀?"

"그런 줄 알면, 왜 썩은 생선을 파느냔 말여. 왜 가짜를 팔어?"

"고장 난 녹음기여? 가짜는 뭐가 가짜라고 똑같은 소릴 지껄여. 그만큼 했으면 돌아가서 손자나 봐줘. 논산댁 순대 써느라 정신없을 것 아녀."

가짜. 도대체 뭐가 가짜란 말인가.

강뺑구가 은정이네와 눈을 맞춘 잠깐 사이, 나리 엄마는 생각했다. 중늙은이가 되도록 생선을 팔았지만 돈 몇 푼 벌겠다고 악한 마음을 지닌 적이 없었다. 생선이란 게 북어포나 대추처럼 열흘이고

석 달이고 날짜 가는 줄 모르다가도 때가 되면 돈으로 뒤바뀌는 게 아니었다. 하루 이틀 물때를 놓치면 고스란히 쓰레기가 되었다. 그 랬으므로 썩어서 버렸으면 버렸지 그 썩은 생선을 가지고 남 못할 일을 한 적이 없었다. 어쨌거나 가오리를 홍어라고 판 것이 가짜를 속여서 판 죄가 된다면, 그렇게 따지고 들자면, 도대체 이 장터에서 가짜 아닌 것이 과연 얼마나 될 것인가. 고창 산수박부터 완도 돌김, 거제도 멸치, 강경 까나리 액젓, 금산 인삼…… 나이키 운동화, 파 리채, 좀약, 수세미, 참빗, 흑설탕, 나훈아 테이프, 이쑤시개까지 다 가짜다. 가짜 브래지어와 가짜 파자마를 걸치고 있는 마네킹도 가 짜다. 앉은뱅이 방물장수 좌판에서 나부끼는 태극기도 가짜다. 그 러나 장돌뱅이든 장꾼들이든 장터 사람들은 이 모든 것을 진짜처럼 여기고 살아왔다. 아니, 처음부터 가짜와 진짜를 구별하지 않았다.

"가짜는 장터에서 사라져야 하는 거야, 응? 알겠냐구. 가짜를 파 는 사람도 사라져야 한다구. 씨팔."

따지고 들면 그렇다. 설사 장터에 깔린 수많은 장물들이 가짜라 해도 사람은 가짜가 아니다. 황 씨, 박 씨, 은정이네, 논산댁 모두가 마찬가지이다. 비록 강평구가 포악한 술주정뱅이 강뺑구로 살다가 장터에 쓰러진다 해도 강뺑구를 가짜라 할 사람은 아무도 없을 것 이다. 그리고 나는 다만 늙었기에 장터를 떠날 뿐이지 가짜라서 사 라지는 것은 아니다. 톱 장수 이 씨나 오복상회 대머리 오 씨가 하 나둘씩 장터를 떠났듯이.

"알아들어? 법을 어기면 이 바닥에서 사라져야 한다는 말씀이야."

은정이네에게 떠밀려 굴다리상회 쪽으로 두어 걸음 물러섰던 강
뺑구가 다시 나리 엄마 앞으로 성큼 다가서면서 팔뚝을 휘저었다.

"아, 때가 되면 어련히 사라지려구."

가게 안쪽으로 한 발짝 물러서면서 나리 엄마는 목에 힘을 주었
다. 강뺑구의 팔을 끌고 돌아서던 은정이네가 눈짓을 보냈다. 짐승
같은 인간 그만 상대하고 파장 준비나 해요, 그 뜻이었다. 나리 엄
마는 못 본 체했다. 머지않아 젊은 장돌뱅이에게 생선 뒤주를 넘기
고 장터를 떠나야 한다. 일 년 남짓 남았을까. 그 사이에 이런 일이
두 번 다시 반복되어서는 안 되었다. 이쯤에서 무언가 오금을 박아
둘 필요가 있었다.

"강 씨, 가짜를 파는 게 장터 법을 어기는 것이라고 했지."

허공을 향해 꼿꼿이 삿대질을 날리던 나리 엄마가 돌연 팔뚝을
꺾어 도마 위의 창칼을 집어 들었다.

"그럼 술 먹고 위아래도 모르고 행패 부리는 강 씨는 법을 지키
는 것이여? 어디 입 있으믄 말해봐."

아무도 예상 못 한 일이었다. 도마에서 퉁기듯이 뽑혀 오른 칼끝
이 허공에서 짧게 번득이다가 곧장 정면을 향했다. 오한이 든 것처
럼 칼끝이 부르르 떨렸다.

"니미, 칼 들면, 찔러보겠다는 거여?"

두어 발짝 뒷걸음질 치던 강뺑구가 남방을 까뒤집고 칼끝에 배를
들이댔다.

"찔러봐. 씨팔, 찔러보라구!"

"내가 왜 깨끗한 칼에 드러운 피를 묻혀."

나리 엄마는 강뺑구를 비켜 가오리 궤짝 앞에 섰다. 그러곤 다짜고짜 가오리를 내려찍기 시작했다. 조금 전 여자와 홍정을 하던 그 가오리였다. 얇은 가오리 살과 스티로폼 상자가 동시에 퍽퍽거리며 맞창이 나는 소리가 생선 골목 가득히 울렸다.

"도대체 뭐가 가짜라는 거여. 이게 가짜여?"

창칼 끝에 새끼손가락만 한 가오리 살점이 꽂혀 있었다. 나리 엄마는 그것을 뽑아 입속에 털어 넣었다. 씹는 시늉만 하다가 덩어리째로 삼키곤 곧장 또 한 점을 꿀꺽 삼켰다. 예순일곱의 어금니가 질긴 가오리를 씹도록 허락하지 않은 탓이었다. 가오리 살 두어 점을 더 쑤셔 넣었다. 여차하면 달려들 기세였던 은정이네가 강뺑구를 두어 걸음 뒤로 밀쳐내면서 뭐라고 지껄였다. 씨팔. 강뺑구가 농기구상 쪽으로 비척거리며 씨팔을 연발했다.

"이런 씨팔, 마누라 얼굴 봐서 대충 넘어가는 줄 알어."

창칼에 난도질당한 가오리의 형체가 거의 사라질 무렵이었다. 강뺑구가 떠밀리다시피 신발 가게 골목으로 사라진 것은.

"은정이네, 애썼어."

그제야 나리 엄마는 은정이네 손을 잡고 된숨을 뿜었다. 통나무 도마 위에 창칼을 꽂을 때까지 된숨은 멈추지 않았다. 생선 골목에 무슨 일이 있었냐는 것처럼 은정이네와 농기구상 양 씨가 멀뚱멀뚱

64

제자리를 잡고 나자 나리 엄마는 남은 가오리 궤짝을 좌대 위로 털썩 올려놓았다. 얼음이 완전히 풀린 중국산 새끼 조기들이 궤짝 옆에서 뭐라고 주둥이를 삐죽거렸다. 우리도 한때는 영광 굴비였어요. 황새기였다고요. 그렇게 항변하듯 눈을 부릅뜬 채.

그때였다. 갑자기 조기의 노르께한 등이 빛나기 시작했다. 나리 엄마는 얼른 돌아보았다. 굴다리상회 건물 틈새를 빠져나온 황혼 한 줄기가 섬뜩하니 조기 등에 내리꽂히고 있었다. 나리 엄마는 얼른 황혼을 따라잡았다. 조기의 등 비늘이 황새기의 그것처럼 황금빛으로 번득였다. 비늘 가까이 내려다보던 나리 엄마의 안면 역시 황금빛으로 빛났다.

잊었던 무엇인가 떠오른 사람처럼 나리 엄마는 신발 가게 골목을 향해 소리쳤다.

"이것 좀 봐. 이 조기 새끼 비늘 좀 보라구. 이게 가짜여, 가짜냐구!"

파편처럼 튀어 오르는 물방울들이 쉴 새 없이 양은냄비 뚜껑을 두들겼다. 물이 끓기 시작한 지 삼십 분도 더 지났다. 후춧가루나 맛소금 병 구멍마다 물 끓는 소리가 속속 파고들고도 남았을 시간이다. 5인용 냄비에 가득 채운 수돗물이었다. 밥그릇 서너 개쯤은 설거지를 하고도 넉넉할 만큼. 그것이 바락바락 악을 쓰며 주방에 날아오르고 있었다. 지금쯤 미닫이 찬장 속에 쟁여놓은 일회용 접시며 소주잔에 이똥처럼 눌러앉은 먼지들이 눅눅히 젖어 들었을 것이다. 어쩌면 낡은 환기통을 금방이라도 박살 낼 듯이 물 끓는 소리가 주방 가득 탱탱하게 들어차 있을지도 몰랐다. 주방이라야 양팔을 조금만 늘여서 뻗치면 동서남북 어디고 손끝이 닿을 만한 크기 아니던가. 그렇게 낡고 비좁은 주방의 풍경이 물 끓는 소리를 공연히 더 시끄럽고 쓸쓸한 쪽으로 몰아가는 것도 같았다.
　영복은 한밤중의 개구리 울음 같은 물소리를 처음부터 다 듣고 있었다. 오늘 밤 당장이라도 집에 내려가면 밤새 그 소리를 들을 수 있을 것이었다. 음력으로 팔월이면 때를 놓친 개구리 몇 마리가 불현듯 밀어닥칠 무서리에 지레 겁을 먹고 저마다 대성통곡을 하게 마련일 테니까.

"미연이 엄마, 일어나 봐. 냄비 다 타졌어."

담배를 꺼내 들고 영복은 방바닥에 엎어져 있는 아내의 엉덩이를 흔들었다. 아내는 목 잘린 풍뎅이처럼 엎드린 채 신음 같은 대답을 흘렸다.

"몰라. 당신이…… 끓여 먹어."

영복은 주방으로 나서면서 담배에 불을 붙였다. 등 뒤에서 쩌엉, 유리 깨지는 소리가 들렸다. 아내가 술잔을 훑고 빈 소주병에 부딪치는가 보았다.

"나 먼저 모란시장에 다녀올까?"

"젊은 놈들이 알아서 하겠지. 냉장고에서 소주나 한 병 줘봐."

아내의 말을 듣지 못한 것처럼 영복은 가스 밸브를 잠그고 조심조심 냄비 뚜껑을 열었다. 조금 전 바닥을 비운 소주병처럼 냄비의 밑바닥이 훤하게 드러나기 직전이었다.

따지고 보면 영복은 맹물 타는 냄새를 맡는 일이 그다지 놀랄 게 못 되었다. 술에 취한 아내가 냄비를 태운 게 어디 한두 번이었던가. 굳이 기억을 하자면 십여 년 전 자신을 만나 하룻밤을 꼬박 새우던 날이 아마 처음이었을 것이다. 새벽까지 술을 마시다 라면을 끓이던 냄비를 태웠다. 그러곤 잊을 만하면 그 일이 습관처럼 반복되었다. 외동딸 미연이가 고등학교를 졸업하자마자 동거를 시작했고, 그 어린것이 손녀딸을 보았다며 훌쩍거릴 때도 그랬다. 지난해 미연이의 출산을 보고 돌아왔을 때는 거푸 이틀씩이나 냄비에서 연기가 피어올랐다. 스물에 낳은 딸이 어느덧 손녀를 보았고, 마흔넷에 할머니가 된 것을 기뻐한 탓인지 슬퍼한 탓인지는 모르지만, 하여튼 영복이 퇴근할 무렵에 소주 두 병을 들이켠 채 아내는 오늘처럼 방바닥에 코를 박았다. 예외가 있긴 했다. 딱 한 번으로 기억된다. 미연이가 자신을 아빠라고 부르던 날, 그날만큼은 영복 자신이 먼저 취했다. 냄비에 수돗물을 부은 것도, 밑바닥이 연탄처럼 시꺼멓게 타들어 간 냄비를 쓰레기통에 버린 것도 자신이었다.

영복은 냉장고에서 소주병을 꺼내 들다가 제자리에 내려놓고 출입문을 열었다. 2층 난간에서 내려다보는 거리가 을씨년스러울 만큼 한산했다. 저쪽 네거리 모퉁이의 슈퍼에 진열된 과일 박스는 그 높이가 어제보다 절반쯤 줄어든 것 같았다. 일요일이 낀 나흘간의 황금연휴 첫날, 추석 하루 전이었다. 이제 성남시 변두리를 빠져나갈 사람은 대충 다 빠져나간 모양이었다. 이곳 모란시장 주변 사람들이야 거의 전부가 객지 사람들이고 보니 모란시장에서 대목장을 보는 장꾼들 말고는 어디론가 고향을 찾아 집을 비우면 비웠지 찾아드는 사람은 없을 터였다. 이곳에 터를 잡고 눌러앉은 사람들이나 귀향을 포기한 몇몇은 방 안에 앉아서 송편을 빚든지 아니면 추석 특집극을 보겠지만. 텅 빈 네거리 골목에서 잠시 후에 나타날 송 군과 최 군을 빼면 시꺼멓게 땅거미가 깔리도록 더 이상 사람의 그림자는 찾아보기 어려울 듯했다.

그놈의 공장이 문을 닫지만 않았어도, 도둑고양이처럼 남의 집 골목이나 두리번거리지는 않을 텐데.

코끝이 시큰해지는 느낌이 들면서 영복이 출입문을 열고 들어설 때였다.

"달라는 술은 안 주구 남자가 웬 궁상을 떨구 그란다."

냄비를 들고 나오던 아내가 가래 끓는 소리를 뱉었다.

"송 군하구 최 군 오는가 봤어. 좀 늦는 것 같아서."

"솔직히 말해. 당신, 집에 가구 싶어서 그라지?"

"엉뚱한 소리 말구 냄비나 씻어놔. 사람들 올 때 됐어."

"무슨 시아주버니나 온다구 난리여. 집 못 간 고아 신세들끼리 얼굴 맞대면서."

"말본새하군. 사람들 왔을 때는 입 조심해."

영복은 깊숙이 담배를 빨았다. 아내의 말이 맞는지도 몰랐다. 불현듯 자신이 고아처럼 갈 곳 없는 신세만 같았다. 또 한편으론 그랬다. 정작 짐을 챙겨 떠날라치면 어디든 갈 곳이 전혀 없지는 않았다. 텅 빈 집이든 처가든, 오늘 밤 떠나기로 한 낚시터든.

"당신 속마음, 내가 알어."

영복의 가슴을 쿡 찌르며 아내가 따지듯이 말했다.

"무슨?"

"당신, 발 끊겠다구 했지만 집 생각나는 거지?"

영복은 문득 텃밭의 마른 수숫대가 떠올랐다. 집에 대해 남아 있는 인상이란 게 언제나 그것뿐이었다. 관자놀이 근처의 핏줄 하나가 툭 뛰는 게 느껴졌다.

지난 구정 때 다녀온 뒤부터 발길을 끊기로 두 번 세 번 다짐한 집. 중학교를 졸업하고 그 집을 떠났으니, 올해로 꼭 삼십 년이 지났다. 광역시가 된 다음에야 가까스로 편입된 대전의 남쪽 변두리에서 뛰쳐나온 영복보다 북쪽 끝에서 떠나온 아내는 그보다 십 년 가까이 모자랐다. 마흔아홉, 마흔다섯으로 네 살 차이지만 객짓밥은 영복이 십 년쯤 더 먹은 셈이었다.

"쓸데없는 소리 그만하구 어여 냄비에 물이나 올려놔."

반강제로 떼밀다시피 아내를 주방으로 들여보내 놓고 영복은 난간에 기대섰다. 아무래도 처가는 내려가 보는 게 좋을 듯싶었다. 아내는 큰처남 둘째의 돌이 다음 달이어서 이번 추석엔 내려가지 않겠다고 했다. 만에 하나라도 길이 막혀 올라오지 못한다면, 그래서 결근하면, 그 즉시 목이 날아간다는 식당 일을 주워섬기며. 그럼에도 아내의 속은 추석 연휴가 시작되기 전부터 줄곧 양은냄비의 물처럼 부글부글 끓었을 게 분명했다. 손녀딸 때문에 눈물을 쥐어짜며 어젯밤처럼 오늘도 병나발을 불 게 뻔했다.

두어 달 전에도 그랬다. 손녀딸이 보고 싶어 어린애처럼 하루 종일 보채며 안달이 난 아내를 달랠 만한 묘약이 없었다. 결국 미연이가 딸을 데리고 올라와 한 주일을 맡겨두고 갔을 때였다. 이제 갓 돌 지난 아이가 걷고 뛰다가 콧잔등이 다 깨진 끝에 다시 애엄마 품으로 돌아가던 날, 아내는 술에 취해 밤새 울다 자다 했다. 아내가

진주조개잡이 73

소주 세 병을 해치우곤 결국 잠에 떨어질 때까지 영복은 마흔 중반을 넘기도록 처음 겪는 곤욕을 치렀다. 미연이, 저 불쌍한 것, 저 기특한 것……. 케케묵은 과거를 쏟아내며 오열하는 아내를 얼마나 어르고 달래야 했던가. 열다섯에 상경해 불씨 하나 없는 가구점에서 겨울을 날 때에도 그만한 고통을 겪은 기억이 없었다. 일 년 전, 공장이 파산하고 졸지에 실업자로 둔갑하던 날에도 그만큼 속이 아리고 뒤집히지는 않았다.

"열아홉에 결혼해서 가진 미연이가 엄마를 부를 때부터 품에서 떨어져 살았어. 외할머니 집에서 눈칫밥 얻어먹으며. 크으윽. 지 애비 잘못 만나 그렇게 되었지. 그 저주받을 놈을 눈에 흙이 들어가도 용서 못 해. 커억."

영복은 아내의 통곡을 그때 처음 들었던 것은 아니다. 십여 년 전 아내를 만났을 때에도, 만난 지 달포 만에 동거를 시작하면서도 보고 들었다.

번듯한 집칸이나 가지구 그런대로 살 만한 집안이었지. 맏며느리로 들어가 미연이를 낳자마자 둘째를 가졌어. 그게 잘못되어 자궁을 들어낸 거여. 미연이 애비가 집을 나갔지. 시부모들은 나를 애물단지 취급을 했구. 속궁합이 맞지 않는 년이 들어와 대를 끊어놓았다면서 말이여. 친정에 애를 맡기구 여기저기 식당 일을 다닐 때 소식을 들었어. 아들을 낳아준 계집년하구 미연이 애비가 딴살림을 차렸더구만. 그래서 갈라선 거야. 열아홉에 받은 진주 목걸이는 미련 없이 집어 던지구 나왔어.

서너 차례 반복해서 들었던 그 말끝에 영복은 동거 의사를 밝혔고, 아내는 눈물 빠진 소주를 들이켜는 것으로 동의했다. 특별히 주고받은 선물이라곤 없었다. 통성명을 하면서 그저 술잔에 소주 넘치듯 키득키득 눈물 반 웃음 반 흘렸을 뿐.

나도 전에 결혼했는데 실패했다구 했지. 그건…… 애를 못 가져서 그랬어. 남자 구실을 못 한 거지.

밤새 술잔을 돌리던 끝에 무슨 큰 죄를 저지른 사람처럼 영복이 머리를 조아렸을 때, 아내는 영복을 끌어안고 위무했다. 미연이가 있으니 오히려 잘된 일이유. 이제 우리도 구차하게 옛날얘기에 콧물 빠뜨릴 게 아니라 여봐란듯이 살아가면 되지. 아내는 그 말만 반복했다. 열심히 살다가 자리 잡으면 무엇인가 나중에 기념품으로 주고받자는 약속으로 쨍쨍 술잔을 부딪치면서. 그러곤 둘 다 쓰러졌다. 초저녁부터 방바닥에 나뒹군 소주병처럼.

지난해 겨울, 미연이의 출산을 돕기 위해 아내가 먼저 내려가던 날이었다. 고속버스 터미널에서 아내를 배웅하고 돌아서며 영복은 딱 한 번 울었다. 미연이 이름을 부르며 컥컥 헛기침을 쏟던 아내 때문이 아니었다. 영영 아버지가 되지 못할 줄로만 알았던 자신이 어느새 할아버지로 둔갑한 탓이었다. 도무지 현실감이 없었다. 영복은 그날 모란시장 술집에서 흠뻑 취했다.

"어차피 송 군하구 최 군이 온다구 했으니까 오늘 밤은 고기나 구워 먹다 내일쯤 당신 집에나 다녀오자구."

"밤낚시 간다더니?"

"다음에 가면 되지."

때가 너무 늦어서 국수는 그만두자며 냄비의 물을 쏟아붓던 아내가 토끼눈을 떴다. 이게 무슨 뜻밖의 횡재냐는 표정이었다. 영복은 주방 출입문을 열어둔 채 깊게 숨을 들이쉬었다. 정말이지 공장 문만 닫지 않았어도 이런 일은 없을 터였다. 다음 달에 내려갈 일을 염려해 추석 연휴에 밤낚시 갈 궁상이나 떨고 있다니. 어이없는 노릇이었다.

학원 수강료가 벅차 결국 포기하고 말았지만, 목공예 기술을 배운다고 학원에 다닌 게 서너 달이었다. 두어 주일 놀다가 다시 모란시장 근처의 건축 사무실에 들어가 현장 일을 시작한 지 반년이 지났다. 밑바닥부터 새로 시작한다는 각오로 손에 잡은 연장들이었다. 그럼에도 주머니에 지폐 뭉치가 제대로 들어앉은 적이 없었다. 조개껍데기를 못 만진 다음부터 줄곧 그랬다. 개구리 주저앉는 뜻은 멀리 뛰자는 것이라지만 거의 일 년이 지나도록 변변한 일자리를 잡지 못한 채 빈둥빈둥 집 밖을 드나드는 일이 영복은 내내 고통스럽기만 했다. 자정 늦게까지 삼겹살 철판을 닦다가 돌아오는 아내에게 도무지 면목이 서질 않았다. 그래서 아내의 뜻대로 이번 추석은 성남에서 그냥 머물기로 했다. 지난 구정, 집에 발길을 끊겠다고 작정한 탓이 결코 아니었다. 같은 시내의 남북에 집과 처가가 있지만 귀향한다 해도 처가만 들르고 상경하면 될 테니까.

돈이 문제였다. 한번 고향을 다녀오려면 잔돈푼 가지곤 어림도 없었다. 동생 집은 그만두고라도 처갓집 아이들이 도대체 몇인가.

손녀딸부터 조카들까지 어림잡아도 예닐곱이었다. 모란시장에 들러 싸구려 옷을 골라 한 사람에 하나씩만 돌린다 해도 십만 원을 훌쩍 넘어섰다. 게다가 팔순을 목전에 둔 장인, 장모님 먹거리로 개 뒷다리 한 짝이라도 마련하자면 얼추 사오십만 원을 웃돌았다. 아내의 한 달 월급이 흔적도 없이 날아갈 판이었다.

영복이 말꼬리를 감춘 사이에 아내는 방바닥에 배를 깐 채 추석맞이 특집 쇼 앞에서 낄낄댔다. 머리 꼭대기에서 출렁거리던 소주가 그새 배 속 밑바닥으로 짜부라든 모양이었다. 오히려 이젠 영복자신의 목구멍으로 취기가 느물느물 쳐 올라오는 느낌이 들었다. 아무래도 냉장고에 집어넣은 소주병을 꺼내 와야 할 것만 같았다. 밤낚시고 뭐고 초저녁부터 아예 취해버려 일찌감치 드러누웠으면 싶었다.

저녁 여섯 시에서 눈금 하나가 모자란 시간이었다. 영복은 담배를 꺼내 들까 하다가 그만두었다. 빈 주머니 생각해서 담배 좀 아껴 피워! 십중팔구 아내의 잔소리가 터져 나올 것이었다. 주방으로 나가기도 귀찮고 해서 문지방에 막 뒤통수를 댈 참이었다. 누군가 2층 계단을 오르는 소리가 들렸다. 발목에 모래주머니를 매달고 뛰는 듯이 묵직했다. 송 군과 최 군일 것이었다. 금방 갈 테니 국수물 올려놓으라는 전화를 받은 지 꼭 두 시간 만이었다.

"왜 이렇게 늦어. 어디서 맞선이라도 본 겨?"

"아, 형수님. 최동현이 저 자식 땜에 늦었어요. 모란시장 입구에서 만나기로 했는데, 자그마치 한 시간이나 기다렸으니."

"아우들, 좀 늦었구만."

"하행이고 상행이고 길이 꽉꽉 막혀가지고 말입니다, 형님. 안산에서 올라오는 길부터 조금씩 밀리는가 싶더니 성남 입구에서만 삼십 분이나 발목이 붙잡혀 있었다니까요."

"그런데 형수님, 요즘엔 차례상에 개도 올리는가 보죠?"

"왜? 송 군이 개라도 잡았남?"

"아니, 오다가 모란시장엘 들렀는데 웬 개새끼들이 그렇게 많이 죽어 나자빠져 있는지. 개장사도 추석 대목장 보는 것 같더라고요."

"아, 고향 내려가면서 부모님 몸보신시켜드리라는 말씀이지. 사람이 영리한 듯하면서도 꽉 막혀가지고."

"야 임마, 최동현. 누가 그걸 몰라. 조상님께 차례 지내는 날에 웬 보신탕이냐는 거지."

"마음이 병이여. 다른 짐승은 다 잡아먹으면서도 왜 하필 개만 붙들고 낑낑거리나."

"최동현 저 자식은 맨날 공자님 같은 설교쪼여. 하여간 형수님, 언제 들러도 전국 최고 개 시장답게 값싸고 고기도 좋더라고요."

그래서 모란시장에 들러 형수님 저녁거리 한 근 사 왔다는 말부터 명절도 못 가리고 저렇게 집단 살육된 개 팔자가 더럽다는 등등으로 송 군이 한참을 떠죽거린 다음 잠잠해질 때까지 영복은 조용히 고갯짓만 했다. 어느 틈에 냉장고에서 꺼내 왔는지 최 군은 아내와 소주잔을 부딪치고 있었다.

최 군이나 송 군 둘 다 자개장 공장에서 한꺼번에 쪽박 차고 나앉은 후배들이었다. 영복보다 네 살씩 아래지만 직장의 밥그릇 숫자로야 그 두 배쯤 밑이었다. 최 군은 어려서 소아마비를 앓아 절룩이는 다리를 이끌고 안산에서 거슬러 올라왔다. 지난해까지 영복의 집 근처에서 자취를 하며 출퇴근하다가 공장 문이 닫히자 홀어머니가 사는 집으로 내려갔다. 송 군은 고향의 동생 친구였다. 조실부모하고 객지를 떠돌다 자개장 공장으로 스며들었다. 불혹을 넘겼음에도 결혼은 엄두도 못 냈다. 오로지 번듯한 방 두 칸짜리 전세금이라도 마련할 욕심으로 휴일 특근까지 도맡아 했다. 그랬기에 영복은 공장 문이 닫히리란 감도 못 잡은 채 하루아침에 쫓겨난 일이 마치 자신의 잘못으로 그렇게 된 것처럼 후배들에게 공연히 미안한 생각이 들곤 했다.

"하여튼 왕년의 조개잡이들 다 모였구만."

아내와 최 군이 한 잔씩 돌리던 술잔이 송 군을 거쳐 다시 아내에게 넘어갔다. 한입에 소주를 털어 넣고는 아내가 목청을 다듬는 것처럼 큰 소리로 지껄였다. 낌새로 보아 한창 진주조개 얘기가 나올 판이었다. 지난해 실직하기 전까지, 출근할 때마다 영복과 최 군이 곧잘 진주조개 캐러 간다고 으쓱거리곤 했다. 그 말을 아내가 지금까지 기억하는 모양이었다.

"진주는 많이들 캤어?"

"진주요? 진주는커녕 홍합 껍데기라도 만져보는 게 소원이요."

"아니, 왜? 송 군은 아직도 자리를 못 잡았나?"

"어디 농 공장이라고 그놈의 불경기가 눈감아 주겠어요? 집 짓는 데서 못질하고 있어요."

"최 군은?"

"손바닥만 한 가구점에서 합판 쪼가리로 짝퉁 장롱이나 만들어요."

"다들 미연이 아빠하구 똑같은 신세구만. 그러다 영영 손가락에 녹슬면 어쩌려구."

"벌써 녹물이 뚝뚝 떨어지는걸요."

"그러게 내가 뭐랬어. 진주 캐려면 왕소금 서너 말쯤 삼켜야 된다구 하잖어."

"서너 말이 아니라 가마니 뙈기로 들이켰어도 이 모양인걸요."

"야, 최동현. 암만 소금을 들이켜야 뭐해. 세상이 바뀌어야지. 이게 어디 우리 같은 놈 살라는 세상이냐?"

"송 군아, 세상이 드러워서 쪽박 찬 거 누가 몰러? 그러니 단단히 각오를 했어야지. 물속에 거꾸로 처박히는 잠녀潛女들처럼 목숨을 걸어야 한다는 말이여."

"목숨요?"

"그려, 목숨."

목숨, 하면서 아내는 영복을 돌아보았다. 가시를 삼킨 것처럼 목구멍에 통증이 느껴졌다. 단단히 각오를 했어야 한다는 말이 입 밖으로 튀어나올 때부터 그랬다. 영복은 말없이 담배를 빼어 물었다. 하루에 한 갑씩 피우던 것이 공장 문이 닫힌 뒤부터 갑절로 늘었다. 아내의 말마따나 진주를 캐기 위해 해녀가 들이켜는 바닷물로 치면 영복의 경우는 입에 오르내린 담배 개비만큼 되고도 남았을 것이다.

세상에서 흔히 떠도는 말대로 하자면 남편 영복은 나전칠기 기술자이다. 자개장을 만드는 고급 기술자인 것이다. 열다섯에 상경해서 침식을 해결하려고 들어갔던 가구점을 떠나 삼십여 년 넘게 오로지 한 우물만 팠다. 그 나전칠기 기술이 하루아침에 습득되는 게 아님을 누구보다도 잘 알고 있는 아내였다. 어쩌다 일이 없는 날, 도시락을 싸 들고 영복의 직장에 두어 번 다녀본 이력만으로도 그것은 충분히 짐작이 가고도 남았다. 자개장을 만들기 위해선 먼저 장롱의 틀을 짜고 밑그림을 그린다. 그 위에 전복이나 진주조개 껍데기를 갈고 다듬어 장식한다. 장식이 끝나면 네댓 차례 옻칠을 한 뒤 광택을 내고서야 비로소 완성된다. 자개장 크기에 따라 조금씩 차이는 있지만, 대개 열두 자짜리 한 세트를 만드는 데 세 사람씩 조를 이루어 꼬박 석 달을 매달려야 한다. 하루 종일 쭈그려 앉거나 등을 굽히고 작업하는 바람에 허리뼈가 기역 자로 굳을 것만 같고 손바닥 전체에 누룽지 같은 굳은살이 박였음에도 손가락 끝이 하루도 성할 날이 없는 게 나전칠기공이다. 그 지난한 노동을 떠올리면 아내는 삼겹살 철판을 닦아내는 식당 일쯤은 아무것도 아닌 것처럼 여겨졌다. 그런 사정의 앞뒤를 가늠해볼 때, 비록 영복이 문화재급의 나전칠기 장은 만들지 못해도 평범한 장롱이나 짜는 여느 가구장이와는 엄연히 격이 달랐다. 아마 그 때문일 것이었다. 아내가 영복의 얇은 월급봉투에 헛바늘이 서도록 육두문자를 퍼붓곤 하던 것은.

"도적놈의 새끼들. 이십 년을 넘게 조개껍데기를 갈구 닦았는데

도 월급이 조개껍데기만두 못하다니. 벼룩의 간을 빼 먹다 토사곽
란으로 죽을 놈들."

아내는 지난해 가을에 또 한차례 욕을 쏟았다. 영복이 하루아침
에 실업자가 된 것이다. 영복과 함께 거리에 나앉은 사람은 모두 열
넷이었다. 정권이 바뀌었음에도 서민 경제가 바닥으로 곤두박질친
데다 뒤바뀐 시대를 값비싼 자개장의 효용성이 미처 따라붙지 못한
탓이었다. 사장은 곧장 공장 문을 닫았고, 퇴직금 조로 출고 가격
천삼백만 원짜리 자개장 두 세트를 내놓았다. 그것을 공장 직거래
형식으로 거래처 전시실에 보관해온 게 어느덧 일 년이 지났다.

"어쨌거나 올겨울엔 국수 먹어야지."

아홉 시 뉴스가 막 시작되고 있었다. 아내가 국수 가락을 들먹였다.

"누가 먼저 국수 먹여줄 겨? 최 군여? 아니면, 송 군?"

화면엔 캄캄한 고속도로에 주저앉은 귀성 차량 행렬이 마치 불
에 달구어진 철근 가락처럼 죽죽 늘어서 있었다. 올해도 어김없이
추석 연휴 내내 교통대란이 예상되며……. 그 말을 허겁지겁 토해
내던 기자가 제 이름 석 자를 또박또박 지껄이곤 화면 속으로 사라
졌다.

"형수님, 진주를 캐야 국수를 먹든가 라면을 먹든가 하지요."

지글지글 끓는 양은냄비를 받아 들며 최 군이 뒤통수를 긁었다.

"나이가 뚝 부러진 팔십여. 그깟 진주 못 캐면 어때. 이것 봐. 나
처럼 가짜 진주 목걸이라두……."

아내는 양념하는 것을 깜박 잊은 사람처럼 말끝을 맺지 못한 채

주방으로 나갔다.

"형수님, 그거 짝퉁이요?"

"짝퉁이면, 착한 형님이 국수 먹을 때 속였다는 얘기잖어."

송 군과 최 군이 술잔을 주고받듯 한 번씩 아내의 말을 뒤틀었다. 영복은 미적미적 재떨이를 끌어당겼다.

자자, 목걸이 얘기는 그만두구 잔이나 돌려. 그럽시다, 형님. 그런데 말이야, 오늘 밤은…… 오늘 밤이 뭐요? 낚시 못 갈 것 같어. 왜요? 붕어 새끼들도 추석 쇠러 갔는감? 니 형수 얼굴 좀 봐라. 얼굴이 어때서요. 부끄럼 타는 숫처녀처럼 불그죽죽하구먼. 술발이 올라 혈색도 좋고. 눈물! 예? 잘 봐, 니 형수 눈물 자국. 형수가 눈물을 짰어요? 별일이네. 집에 가구 싶어서 저렇게 하루 종일 훌쩍거린다. 아하, 그래서 형수님 진주 같은 입술에서 술기운이 폴폴 날리는구먼. 뭐, 진주 같은 입술? 예. 와하하하.

영복의 눈에는 아내의 눈물 자국이 분명히 보였다. 비록 초저녁에 말라붙긴 했지만. 그러나 자신들은 그것을 전혀 발견할 수 없다는 듯이 송 군과 최 군의 손과 입에선 왁자하니 술잔이 돌았다. 아내의 그 진주 같은 입술을 거치며 완전히 발가벗겨진 갈비 몇 대가 추위에 떨듯 가끔씩 술상 위에서 흔들렸다. 초저녁에 들이켠 국숫발이 어느덧 삭아 없어졌는지 시장기와 취기가 뒤죽박죽되면서 떡라면 냄비가 또 한 차례 밥상에 올랐다. 낚시터에서 먹을 밤참이었다. 형님, 고스톱 판이나 돌려요. 송 군이 코를 쑤셨으나 영복은 손사래를 쳤다. 술잔을 비울 때마다 다들 한두 번씩 추석 특집극에 건성으로 눈이 돌아 나오곤 했다. 어지러운 술상처럼 경황이 없다가도 모두들 어떤 슬픈 일을 당하여 술에 취한 것처럼 분위기가 쓸쓸하고 무료한 쪽으로 언뜻 기우는가 싶었다.

"형님, 궁금한 게 있어요."

갑자기 송 군이 등잔눈을 뜨고 나섰다.

"뭐, 다른 게 아니라, 형님이 왜 집을 등졌는가 해서요."

"……."

영복은 마른침을 꿀꺽 삼켰다. 예기치 못한 일을 당한 사람처럼 아내 역시 눈만 씀벅거렸다.

"입버릇처럼 고향에 내려가 살고 싶다던 형님이 고향의 가족과 인연을 끊는다니 말입니다."

"고향엔 남동생 하나만 남았으니 뭐 가족이랄 것두 없어. 그래서 길 막히는데 억지루 내려갈 필요가 없어진 거지."

아내가 김치보시기를 쓰다듬던 엄지손가락을 쪽 빨며 남의 일처럼 말했다.

"형수님, 그래도 부모님 산소가 있잖아요."

"동생하구 다퉜어, 전번 구정 때."

"미연이 엄마, 그만둬."

이대로 두어서는 안 되겠다 싶은 표정으로 영복이 아내에게 눈을 흘겼다. 목젖에 잔뜩 탄력을 실어 송 군이 따지듯이 물었다.

"형님이 다퉈요? 무슨 일로?"

"송 군, 술상 치우구 고스톱 판이나 돌려."

"객지에 산다는 구실루 장남이 아버지 제사두 모시지 않구 벌초
두 안 한다며 동생이 멱살을 잡았어. 벌초는 그만두구라두 제삿날
엔 꼬박꼬박 다녀오는데두 말이여. 아무리 취했다지만, 네 살이나
아래 것이 싸가지 읆이. 아직은 형편이 그렇구 그래서 좀 나아지면
챙겨보겠다구 했지만 막무가내였지."

"그것참, 그만두래두 그러네."

"아니 왜? 못할 말두 아닌데. 따지구 보면 집 지키는 동생 말이
야 백번 옳지. 그런데 미연이 아빠두 가슴에 옹이처럼 박혀 있는 한
이 있거든."

"한이라니요? 무슨?"

아내가 숨을 고르며 술잔을 집어 들자 영복이 낚아챘다.

"양조장 사장이라두 그렇게 술을 퍼마시지는 않을 거여."

영복은 술잔을 밥상에 내던져 버렸다. 취기 탓인지 알 수 없는 분
노 탓인지 흰자위에 풀뿌리 같은 핏발이 죽죽 뻗쳐 있었다.

"한이야 많지. 중학교 졸업하구 삼십 년을 객지에 떠돌도록 아버
지가 젓가락 하나 보태주지 않았으니까. 그것뿐인가. 텃밭 딸린 집
하나 있는 것마저 동생 몫으로 해놓구 눈을 감았으니."

영복은 술잔에 소주를 가득 부어 단숨에 들이켰다. 텃밭의 마른
수숫대가 눈앞에서 어지럽게 흔들렸다.

"그러니 고향에 무슨 미련이 남아 있겠어."

"……"

"그래두 싫든 좋든 고향은 고향이구 부모는 부몬데. 집이 좁구 사

는 게 빌어먹는 거지꼴이면 어때. 나 같으면…….”

“당신 같으면 얼싸 좋다 하구 제사 모시겠다, 이거네?”

“그럴 수두 있다는 말이지.”

“그러면 당장이라두 모셔 와. 내일이라두 내려가서 모셔 오라구.”

“까짓것 못 모셔 올 것두 없지.”

“형수님, 그만두세요. 제가 괜히 쓸데없는 말을 꺼내가지고.”

“손녀딸 하나 데려다 놓고두 얼굴을 다 부숴놓은 사람이 제사상 잘두 차려내겠네. 허구헌 날 눈물이나 질질거리는 사람이.”

“아아, 형님. 그만두세요. 어여 판이나 돌립시다. 동현아, 판 깔어.”

“집에 못 내려가니깐 쓸데없이 술주정이나 하려구 들어. 사람들 앞에서 민망한 줄두 모르구.”

“뭐가 어떻다구 민망햐. 옷이라두 벗었남?”

“애 보구 싶으면 내일 아침 첫차로라두 내려가. 나는 이 친구들하구 낚시나 다녀올 테니까.”

“거기가 어딘데 혼자 가. 가면 같이 가야지!”

　　망향휴게소를 통과한 고속버스가 급경사를 오르내리는 것처럼 속도를 붙였다 떨어뜨렸다 하면서 벌써 반 시간 가까이를 달렸지만 버스 전용 차선 밖의 차량들은 꿈쩍도 하지 않았다. 흡사 도로포장을 해놓은 것처럼 고속도로는 완전히 귀성 차량으로 덮여 있었다. 뉴스에서는 추석 연휴 나흘 동안 일백만 대의 귀성 차량이 움직일 거라고 예상했다.

해마다 두 차례씩 귀성 전쟁을 치르는 광경을 목격할 때마다 영복은 기분이 묘했다. 웬일인지 조개껍데기 같은 각질로 굳어버린 피로가 몸 밖으로 빠져나가는 것처럼 몸과 마음이 가볍게 느껴지곤 했다. 다른 이유가 아니었다. 오늘 같은 교통지옥을 거침없이 관통하는 대중교통을 이용하는 때문이었다. 지난해까지만 해도 영복은 잔업에 쫓겨 남들보다 뒤늦게 성남을 떠나야 했다. 그럼에도 자가용을 끌고 가는 사람들보다 고향에 먼저 닿을 수 있다는 사실을 남몰래 흐뭇하게 여겨왔다. 그게 비록 자동차 일천만 대의 시대를 살면서도 아직 중고차 한 대를 마련하지 못한 덕분이긴 했지만.

그러나 오늘만큼은 달랐다. 버스에 오를 때부터 가슴 한쪽이 비어 있는 듯한 느낌이 내내 떠나질 않았다. 영복은 물끄러미 창밖을 보던 시선을 거두어 어깨 너머를 보았다. 버스에 오르기가 무섭게 곯아떨어진 아내가 목운동을 하듯 코방아를 찧었다.

"형수님 성격에 화병이 도지고도 남을 겁니다. 차라리 다녀오는 게 낫지."

"형수님 댁이라도 다녀오세요."

어젯밤 자정을 넘기면서 아내가 쓰러지고 나자 판을 벌였다. 새벽 서너 시까지 화투짝을 두들겼을 것이다. 소주는 병과 술잔을 송 군 혼자 꿰차고 홀짝거렸다. 서너 장의 지폐가 쌓인 곳도 송 군 앞이었다. 대충 판이 끝날 무렵에 누가 먼저랄 것 없이 아내를 화제로 올렸다. 그러다 불현듯 영복의 코앞에 송 군이 바닥의 판돈을 몰아

주며 말했다.

"형수님 집이라도 다녀오세요. 차비는 추석 선물 하는 셈 치고 제가 마련했으니까."

오전 아홉 시가 넘어서야 한 사람씩 겨우 눈을 떴고, 아침 겸 점심을 때우자 허둥지둥 가방을 챙겼다. 고속버스 터미널에서 버스 세 대를 보낸 다음 성남을 빠져나올 때까지 아내는 신혼부부처럼 들떠 있었다. 그동안 영복은 동생의 집 텃밭에서 휘청거리고 있을 수숫대만 떠올렸다.

"어디여. 어디쯤 온 거여?"

"청주."

버스가 잠깐 출렁거리면서 아내가 잠을 깼다. 청주 나들목 2킬로미터 표지판을 조금 전에 지나쳤다. 대전까지는 이제 넉넉잡고 한 시간이었다.

잠 깼어? 응. 무슨 잠을 그렇게 험하게 자. 부산까지 가다간 목뼈 부러지겠더라. 피곤해. 팔다리에서 누가 힘줄을 모조리 뽑아 간 것 같아. 집에 간다구 마음이 들떠서 그렇지. 그런가? 저기, 그런데…… 미연이 엄마. 왜? 자개장 말이야. 자개장이 왜? 그것, 큰처남 주면 어떨까? 누굴 줘? 큰처남이 부모님 모시구 사니깐 안방에 들여놓으면 남늘 보기에두 좋을 것이구. 무슨 소리야, 그게 얼마짜린데? 돈이 문제가 아니잖아. 당신 퇴직금으로 받은 건데 왜 돈이 문제가 아니야. 그렇다구 덩치가 커서 팔리지도 않는데 마냥 진열장에 처박아둘 수두 없는 노릇이잖어. 돈이 문제가 아니라구 쳐. 개

네들 장롱 주면 들여놓을 방이나 있어? 경대까지 딸린 장롱 세트니깐 일곱 등분으로 쪼개어 내 몫만 떼어내면 불가능할 것두 없지.

아내의 말대로 큰처남 형편을 고려해 그쯤에서 말을 거두어들였어야 했다. 그러면 맏사위로서 처가를 위해 할 만큼 다 했다는 말이라도 곱게 얻어들을 판이었다. 영복은 한참 생각하고 말을 꺼낸다는 것이 그만 허방다리를 짚고 말았다.

"당신 생각해봐. 내년이면 처남 결혼한 지 십 년이야. 장롱 바꿀 때두 됐잖어."

"십 년? 누군 십 년 아니구? 당신, 살림 합치면서 술잔 주구받은 게 일 년 모자라는 십 년인 줄 몰라?"

"우리하군 사정이 다르잖어."

"무슨 소리야? 결혼 십 주년 때 진주 목걸이 걸어준다구 술잔 부딪친 사람이 누군데."

"진주 목걸이?"

"그래, 진주 목걸이. 잊었어?"

청주를 멀찍이 비껴 달리던 버스의 주행속도가 밑바닥까지 뚝 떨어졌다. 추석 연휴 임시 운행 버스에다 구 인승 승합차까지 뛰어든 버스 전용 차선 역시 귀성 차량으로 정체되기는 마찬가지였다. 뒤에서 목덜미를 잡아채는 것처럼 버스가 끙끙대는 동안 영복은 말이 없었다. 아내 역시 입에 자물통을 채우고 있었다.

그러고 보니…… 아내는 진주 목걸이를 기다려왔다. 잊은 듯, 포기한 듯 십 년 동안을.

청원교차로 1km. 표지판이 어깨를 툭 치듯 지나가자 영복은 힐끗 아내를 보았다. 아내는 잠이 들었는지 눈이 감겨 있었다. 고속버스 터미널에서 마신 소주가 실내의 퀴퀴한 온기로 열이 올라 머릿속을 헤집고 다니는 모양이었다. 쌀뜨물 같은 눈물이 눈가에 살짝 묻어 있었다. 무슨 할 말인가를 잔뜩 베어 물다 포기한 사람처럼 힘없이 벌어진 입술은 깊고 무거운 날숨을 위태롭게 내뿜었다. 그 날숨이 목구멍을 통과할 때마다 하나뿐인 가짜 진주 목걸이 알맹이가 앙가슴에 떼구루루 굴러 내릴 듯 불안하게 떨렸다. 그것은 십여 년 전, 영복이 아내와 동거를 시작하면서 처음 보았던 그 모습 그대로였다.

서른여덟에서 마흔아홉. 돌이켜 보면 그 십여 년의 간격이 세월에 대한 영복의 판단을 물과 기름처럼 상극으로 벌려놓았다. 허덕허덕 마흔 고개를 넘어서기 전까지만 해도 어떻게든 무사히 지나치기만을 희망하던 세월은 이젠 더 이상 흘러가면 안 될 세월이 되었다. 손발에 누룽지 같은 굳은살이 박이도록 앞만 보고 달려온 세월보다 남은 그것이 턱없이 모자란다는 위기감 때문이었다. 객지를 떠도는 세월이 깊어갈수록 고향에 대한 애증이 늘어가는 것처럼 궁핍한 일상에서 벗어나고자 새벽밥을 먹으면 먹을수록 한낮의 허기가 깊어가는 듯한 상실감. 그 상실감으로부터 탈출할 시간이 어느덧 황혼 쪽으로 기울고 있다는 위기감이 자신의 몸을 휘감고 있음을 영복은 똑똑히 알고 있었다.

버스 전용 차선 밖에선 태엽이 풀린 장난감 자동차처럼 승용차와

트럭이 끝없이 뒤뚱거렸다. 뒤늦게 귀성길에 오른 영복 자신의 모습이 그 차량과 더불어 희뜩희뜩 사라지는 것만 같았다. 거기 술 취한 아내의 얼굴도 언뜻 비쳤다.

　장마철 무더위 같은 지루한 시간을 달래며 다섯 시간, 열 시간씩 귀성길에 오른 사람들. 고향과 가족을 떠난 사람들이 이토록 많은가. 영복은 생각했다. 이들은 미연이처럼 불쌍하고도 기특한 자식들을 고향에 얼마나 남겨둔 것일까. 마흔아홉에 할아버지나 할머니가 되어 돌아가는 사람은 또 몇몇인가. 그리고 이토록 기를 쓰고 돌아가는 고향은 도대체 무엇인가.

　"내일 점심 먹구 올라올 겨."

　"왜? 하루 더 쉬지 않구."

　"식당 출근해야 돼. 당신은 집에 들렀다 천천히 와."

　"누군 일 없나? 현장에 하루만 얼굴 안 들이밀어두 당장 모가지여."

　버스 안에서 아내와 주고받은 세상은 무서웠다. 여차하면 발목이 날아가는 지뢰밭 같았다. 처음부터 명절 연휴를 즐기고 자시고 할 겨를이 없었다. 송 군과 최 군도 그랬다. 연휴에 밤낚시라도 다녀올까 했지만 그것도 진주조개 껍데기를 만질 때의 얘기였다. 일 년에 한두 번, 행복했던 추억일 뿐이었다. 하루 쉬어야 못질이든 톱질이든 제대로 먹이죠. 2층 계단을 내려가면서 작별 인사를 대신해 헛헛한 웃음을 뿌린 것도 두 번 다시 실직자로 나자빠질 수 없다는 비장한 각오일 터였다. 계단 위에서, 계단 아래에서 나뭇잎처럼 나부끼던 손. 흔들리는 누군가의 손끝에선가 알싸하게 번지던 냄비 타는 냄새. 객지에서 한솥밥을 먹었다는 인연이, 그 핏줄 같은 인연의 끈이 시나브로 끊어질 듯한 두려움. 그것은 낡은 아파트의 외벽처럼 죽죽 갈라 터진 삶의 균열이었다. 그 균열의 한 줄기를 목도하듯, 영복은 잠든 아내를 곁눈질하면서 내내 가슴이 무거웠다.

어떻게든 균열을 메워야 한다. 진주조개 껍데기를 갈고 닦던 솜씨라면 못 할 게 없지만……. 어쨌거나 아내는 불쌍하고 기특한 자식을 만난다. 그러면 되었다. 그러면 당장은 둘 다 몸이 좀 가벼워질 수 있겠다.

쏴아아, 엄습해 온 추위에 진저리를 치듯 몸 전체를 한 번 뒤흔든 버스가 금강대교를 건너기 시작했다. 세 시간 남짓 내달린 끝에 이제 대전의 북쪽 관문에 들어선 것이다. 미연이 모녀가 살림을 낸 신탄진이 멀리 눈에 들어왔다. 금강대교를 건너 1킬로미터쯤 남쪽이 신탄진교차로이다. 호남고속도로로 갈라지는 회덕분기점과 종착지인 대전 톨게이트는 그로부터 각각 4킬로미터 간격으로 나란히 놓여 있었다.

전국에서 가장 정체가 심하다는 구간을 앞둔 탓인지 주행선의 차량은 마치 뒷바퀴가 진흙탕에 빠져 겉도는 것처럼 제자리걸음을 했다. 그렇게 몇 번씩 흔들리던 버스도 아예 멈추는가 싶었다. 갑자기 주행선 차량의 틈새를 비집고 차체가 오른쪽으로 기울었다. 그렇다면……. 영복은 자리에서 벌떡 일어나 운전석 계기판을 넘겨다보았다. 운전기사의 팔뚝 너머로 오른쪽 깜빡이가 급하게 점멸되고 있었다. 신탄진교차로로 빠져나간다는 뜻이었다.

"미연이 엄마, 일어나 봐."

"으응? 왜 그래?"

"버스가 신탄진으로 빠지는 모양이여. 일어나 가방 챙겨."

"신탄진?"

아내는 밑바닥에 불이 붙은 양은냄비를 발견한 사람처럼 자리에서 솟구쳤다. 조금만 지체해도 가스가 터져 주방이 날아갈 듯한 표정이었다.

"그럼 기사에게 내려달라구 해야지."

"내가 나가볼게. 가방이나 챙겨."

"아녀, 당신은 그냥 자리 지키구 있어. 이런 일은 여자가 나서야 쉽게 풀리는 법이라구."

90도를 꺾어 돌아 매표소 입구로 들어서던 버스가 급정거를 했다. 급회전하는 차체를 따라 비틀거리던 아내의 몸이 선 채로 한 바퀴를 돌았다. 아내의 목에서 진주 목걸이가 튕겨 나갈 듯이 출렁였다. 아내는 잽싸게 진주알을 움켜쥐었다.

돌아오는 구정 전까지는 장롱을 처분해야 된다…….

매표소를 빠져나온 버스의 머리가 오른쪽으로 갸우뚱, 고갯짓을 했다. 아내를 지켜보던 영복은 가방을 품에 안고 일어섰다. 아내는 벌써 출입문의 계단을 내려서는 중이었다. 같이 내려요! 누군가 영복의 뒤통수에 대고 소리쳤다.

그물

처음부터 내가 원했던 일이긴 하지만, 아무래도…… 돌이킬 수 없는 잘못을 저지른 것만 같다. 이제 와서 무얼 어쩌겠다는 말인가. 삐끗하니 길을 잘못 잡으면 처음보다 못하리란 낭패감이 자꾸 앞선다. 물물교환 하듯 일을 추스르는 게 아니었다. 하나씩 나누어 다잡았어야 했다. 애초의 계획을 뒤집은 나의 생각이 자라목처럼 짧았다. 어쩌면 이번 일로 어머니의 가슴속에 켜켜이 쌓여 있는 한의 더께가 한 꺼풀 벗겨지기는커녕 그 부피와 무게를 기형적으로 더 부풀릴지도 모르겠다.

　일요일이었지만 식구들은 아침부터 부산하게 움직였다. 새벽 여섯 시에 도착한 작은누님은 밥상을 물린 조금 전까지 세 시간가량을 주방에 그대로 서 있었다. 막내는 절뚝절뚝 거실을 왕복하며 밥상을 깨끗이 비웠다. 네댓 번 이불을 걷어붙여야 엉덩이를 들썩이는 남동생도 쓰레기 봉지를 들고 부지런히 아파트 문밖을 드나들었다. 장인어른, 장모님 곁으로 붙어 앉으세요. 술잔 좀 드시고요. 사진관 작은매형은 밥상이 차려지기가 무섭게 펑펑 사진을 찍어댔다.

"아무짝에도 쓸모없는 사진을 뭘 그렇게 많이 박어."

목구멍에 대추나무 가시가 박힌 듯한 어머니의 말을 못 들은 것처럼 작은매형은 부지런히 셔터를 눌렀다. 손주를 안아라, 놓아라, 케이크의 촛불을 붙여라, 꺼라, 박수를 쳐라, 웃어라, 하면서. 경황이 없기로 말하면 집안의 맏며느리인 아내가 단연 으뜸이었다. 비록 한기가 들 만큼 초라한 안방 잔치에 불과했지만 시어머니 회갑상을 마련하랴, 엊그제 백일을 넘긴 딸아이의 우유병을 챙기랴, 그야말로 발바닥에 화약 냄새를 풍기며 전용면적 스무 평의 아파트 실내를 떠돌았다. 그나마 일요일 아침의 평온한 시간을 맞이한 사람은 딱 한 사람, 아버지뿐이었다. 아버지는 늘 그래왔던 것처럼 일찌감치 밥상에서 물러나 신문을 펴 든 채 구시렁거렸다. 그러나 어쩌면 오늘 아침엔 신문 기사가 그 대상이 아닌지도 몰랐다. 저렇듯 대하처럼 구부러진 아버지의 품 안에 이 순간 당신이 감추고 앉아 있을 그 무엇인가가 어렴풋이 떠올랐기 때문이다. 오 척 단구에도 앉아서나 걸을 때에나 옷섶에 대쪽을 맞댄 것처럼 등이 꼿꼿했던 아버지였다. 당신의 행색을 장남인 내가 모를 리 없었다. 그것은 오늘 아침 심기가 평소와 크게 다르다는 뜻이 분명했다.

다용도실에 쭈그려 앉아 있는 아버지와 나의 침묵과는 상관없이 주방의 그릇 소리와 개숫물 소리는 벌써 한 시간 가까이 트럭 엔진 소리를 내고 있었다. 아침 밥상에 오른 그릇 수를 생각하면 터무니

없이 긴 시간이 음식 찌꺼기에 뒤섞여 배수구로 쭈우욱 빠져나가는 중이었다. 그러나 일요일 아침이 이렇듯 어수선한 것은 마땅히 할 일이 많고 그만큼 시간에 쫓기는 탓만은 아닐 것이었다. 회갑상이라고 해야 겨우 밥상 하나가 전부였다. 그 밥상 위를 오르내린 그릇과 음식물은 평소의 식탁과 크게 다를 게 없었다. 수북이 쌓아 올려진 잡채와 갈비찜과 절편의 형상이 오히려 쓸쓸하게 느껴지는 회갑상. 풍찬노숙하듯 견뎌낸 육십 년의 삶에 대한 기념치고는 형편없이 초라한 잔칫상. 막내가 준비한 생크림 케이크만이 오늘 아침 밥상이 누군가의 생일상임을 증명해줄 유일한 그것. 그랬으므로 굳이 부산 떨어야 할 또 다른 이유가 있는 것처럼 식구들은 과장된 표정을 감추지 않았을 것이었다.

"참 푸닥지게도 차려놓았구나."

"죄송해요."

"이까짓 밥상 하나 차리는데 새벽부터 그렇게 야단법석을 떨어?"

미역국에 숟가락 꽂는 시늉만 하다 그만둔 어머니의 눈에서 금방이라도 눈물이 쏟아질 것만 같아 안절부절 눈치만 살피던 나는 그렇게 오늘 아침의 들뜬 분위기를 해석했다. 그랬던 것이 손바닥 뒤집히듯 분위기가 바뀌었다. 설거지가 끝날 무렵 막내와 어머니가 작은방으로 자리를 옮기면서였다. 마치 누군가의 지시를 받은 것처럼 식구들 모두가 일제히 입을 다물었다.

가슴이 터질 듯한 침묵이 한 시간 가까이 이어졌다. 그것은 아침 밥상을 차려낼 때의 공허한 소란보다 더 불안하고 긴 침묵이었다.

그 침묵을 못 견디겠다는 듯이 작은매형은 잔칫집 촬영을 앞세워 먼저 자리를 떴다.

성남의 큰누님 때문이었다. 납덩이 같은 침묵이 식구들과 집 안의 사물을 짓누른 것은.

"교통사고라도 당한 것 아니에요?"

아홉 시가 지나도록 큰누님 부부가 아파트 초인종을 누르지 않았다. 아무도 예상하지 못한 일이었다.

"도대체 오늘이 어떤 날이야. 밥상 물린 지가 언젠데 아직도 안 와."

작은방의 어머니 귀에 닿지 않도록 소리를 낮춰 아내와 내가 한마디씩 주고받았다. 목구멍에 복숭아씨가 끼인 것처럼 숨이 턱턱 막혔다. 없는 살림에 맏딸로 태어난 죄로 살아오는 동안 내내 발 짧은 큰누님이었다. 그러나 이번은 경우가 달랐다. 무슨 큰 사달이 벌어졌으면 차라리 다행이겠지만 그렇지 않고서야 있을 수 없는 일이었다.

해가 한 팔 거리쯤 하늘에 떠올랐을 시간이었다. 아파트 흉내를 낸 연립주택들이 대개 그렇듯 앞뒤의 건물에 가려 언제고 때를 놓친 햇살이 는적는적 들었다. 방 안은 완전히 밝아 있었다. 이제 막 초가을 문턱에 올라선 구월 중순의 나른한 일요일 아침이 꼭두새벽부터 혼비백산 달아난 식구들의 잠 때문에 한여름처럼 일출이 빨랐나 보았다.

그러나 집의 구조상 지푸라기만 한 햇살조차 들지 않는 곳도 있었다. 막내가 사용하는 작은방이 그랬다. 작은방은 사람이 들어가 앉으려면 실내 화장실처럼 대낮에도 형광등을 켜놓아야 했다. 그곳에서 지금쯤 모녀가 마주 앉아 울고 있을 것이다. 사십 년 가까운 세월의 먼지를 뒤집어쓴, 그러나 생생하게 살아 있는 추억들을 어머니는 눈물을 헤집으며 낱낱이 반추하고 있을 터였다.

원수 같은 오빠, 원수 같은 사내, 원수 같은 딸자식······.

불혹의 문턱을 막 넘어선 큰누님은 어머니만큼이나 일찍 출가했다. 어머니보다 한 살 적은 열아홉이었다. 큰누님은 외동딸 미연이를 스물에 낳고 자궁을 들어냈다. 미처 손을 못 쓴 둘째의 자궁외임신 때문이었다. 장손 집안의 맏며느리로 들어간 누님이 집안의 대를 끊어놓고 말았다. 한밤중에 응급실로 누님을 업고 뛴 매형은 이내 딴살림을 차렸다. 거의 같은 시기에 누님은 젖먹이를 데리고 시댁을 떠났다. 그리고 십오 년 가까이 객지에서 떠돌았다. 큰누님이 가정을 꾸리고 정착한 것은 순전히 지금의 매형 덕이었다. 자개장 기능공인 매형을 성남의 모란시장 변두리에서 만나 살림을 합친 것은 사 년 전의 일이다. 눈에 헛거미가 잡히는 유년 시절을 탈출해 객짓밥으로 잔뼈가 굵은 매형은 한마디로 법이 필요 없는 사람이었다. 어떻게든 의지가지가 필요한 친정 식구들로 볼 때 매형이 한식구가 된 것은 과분한 복이었다. 비록 부정父情을 모르고 컸던 미연이가 아빠라는 낱말을 입에 담기까지에는 적지 않은 시간과 설득이 필요했지만.

그런 사정의 앞뒤를 꿰고 있었기에 어머니는 당신의 열 손가락처럼 매형 부부를 끔찍이 아껴왔다. 큰누님에겐 마치 당신이 감당해야 할 속죄의 세월이 잘못 흘러든 것 같은 죄책감으로, 매형에겐 팔자 드센 당신 딸을 받아들여 준 은인으로서. 당신의 회갑상이 들고 난 시각까지 얼굴을 들이밀지 않아도 원망의 헛기침조차 보이지 않은 이유도 다 거기 있을 터였다. 어쩌면 어머니는 떠날 시간이 대책 없이 뒤처지는 사십 년 만의 근친길에 대한 조바심보다 오히려 죄 많은 당신 자신으로 인해 무엇인가 일이 뒤틀릴 것만 같은 불길한 예감을 주체하기에 바빴을지도 몰랐다.

"어떻게 된 거야, 전화도 없이."

큰누님 부부가 현관문에 들어선 것은 열 시가 다 되어서였다.

"미연이 아빠가 철야를 했어, 새벽까지."

"밤샘을 했단 말이야?"

"그려. 중간에 빠져나오려고 하는데 씨발놈들이 일당을 줘야 말이지. 개새끼들."

기껏해야 하나뿐인 회갑상 진설로도 휘청거리던 식구들은 일제히 엉덩이를 떼고 두 사람을 맞이했다. 늦은 사연은 다른 게 아니었다. 일요일 오후에 지방으로 내려보낼 자개장 때문이었다. 납품 시간에 맞추기 위해 꼬박 밤샘을 하고 내려오는 중이었다. 철야를 한 탓인지 시르죽은 얼굴로 장모님께 큰절을 올리는 맏사위를 어머니는 그러나 한마디의 지청구도 없이 반색하며 맞았다.

"잔칫상 차린 것도 아니구, 미연이 에미나 보내면 되었지 뭣하러 내려와."

그 말끝에 어머니는 불에 덴 사람처럼 현관문을 나섰다.

"아버지, 이제 그만 나오셔요."

나는 비닐 가방을 집어 들고 아버지를 불렀다. 아버지는 신문을 접은 채 베란다 아래 청기와집을 넘겨다보고 있었다. 동쪽 하늘에 햇살 몇 점이 묻어날 무렵, 어머니와 춘천에 간다, 못 간다 한바탕 언성을 높인 뒤에도 아버지는 청기와집 지붕만 보았다.

원수 같은. 안 가면 될 것 아녀. 지금까지도 친정 없이 살았는데, 내가 왜 욕 처먹으면서 거길 가.

전기밥솥이 화차 연기 같은 수증기를 뿜어댈 때, 사십여 년이 지난 오늘까지 이럴 필요가 있겠냐며 내가 아버지를 설득하고 있을 때, 어머니는 비닐 가방을 훌쩍 까뒤집었다. 아버지가 돌연 춘천을 가지 않겠다고 태도를 바꾼 탓이었다. 손수건부터 내복까지 하나하나 확인하여 다시 정리해드린 비닐 가방을 아버지 품으로 들이밀며 나는 신발장에서 아버지의 백구두를 꺼냈다.

어머니는 큰누님과 벌써 큰길 하나를 건너가고 있었다. 매형과 작은누님이 두 사람을 미적미적 따라잡았다. 그 옆에서 마치 돌부리에 걸려 넘어지는 것처럼 막내가 봉충다리를 끌며 절뚝였다. 조금도 서두르는 기색이 없는 칠순의 아버지 걸음으로 앞선 가족들을 따라잡기에는 꽤 먼 거리였다.

한낮이 가까워진 탓인지 초가을 햇볕이 반소매 남방을 걸친 내 팔뚝을 따끔따끔하게 찔렀다. 구월 중순이었지만 햇볕은 아직 한여름의 땡볕 쪽으로 기울어 있었다. 그 햇볕에 쫓기는 사람처럼 나는 아버지의 팔목을 잡아끌며 잰걸음을 놓았다.

오늘까지 양친과 한지붕 아래 살면서 들은 것으로 기억건대, 어머니가 아버지를 만나 신혼살림을 꾸린 것도 구월이었다. 휴전이 되고 한 차례 대통령 선거를 치른 뒤였다. 아버지의 고향 근처로 피난 내려온 어머니가 그대로 머물러 아버지와 살림을 합쳤다. 아버지는 읍내에 싸전을 벌였다. 고향의 텃밭만 한 논밭을 등지고 약관의 나이에 일찌감치 대처로 나돌았던 덕분인지 싸전은 소금 가마니가 수북이 쌓일 만큼 그 규모가 여봐란듯이 늘어갔다. 그런데 집안 귀신이 사람 잡아먹는다더니, 영락없이 그 꼴이 눈앞에 들이닥치고 말았다.

결혼 후 어머니의 가족은 곧바로 춘천으로 떠났다. 작은오빠만 보호자처럼 남았을 뿐. 객지에 달랑 남겨진 어머니는 작은오빠의 잔류가 구멍이 숭숭 뚫린 듯한 당신의 가슴에 그나마 바람막이 같은 위안이 되었을 터였다. 그 가슴을 영영 잿더미처럼 폭삭 무너뜨리는 사건이 벌어졌다. 작은오빠가 홀연 떠난 것이다. 빗자루로 쓸어내듯 아버지의 금고를 털어낸 다음 아버지 몰래 쌀가게를 팔아넘긴 매매 계약서만 달랑 남겨둔 채.

그 돌연한 사건이 결국 집안을 거덜 내고 말았다. 아버지를 칠순이 넘도록 객지의 장터에서 톱 장수로 떠돌게 만들었으며 그 세월만큼 어머니의 근친길을 싹둑 베어냈다. 우리 오 남매가 마치 이산가족인 양 외가 없이 산 것은 물론이었다. 어떻게든 풍비박산한 집안을 다시 일으켜 보려는 아버지의 노력은 소금 장사든 옷 장사든 하는 일마다 실패로 끝났다.

때려죽일 도적놈이여. 그 도적놈의 집안도 마찬가지구.

아버지가 쇠톱 봇짐을 짊어지고 오일장 장터를 떠돌기 시작하면서, 그리고 어머니가 인삼 광주리를 이고 두어 달씩 대둔산 기슭을 헤매면서 양친의 싸움은 걷잡을 수 없이 늘어갔다.

멸칫국을 끓였으면 죄다 발라 먹어야지 무슨 배때기 터질 것을 처먹었다구 멸치 대가리를 건져내구 그랴.

돈이 싸래기눈 떨어지듯 어디서 풀풀 떨어진다구 저녁마다 새끼줄에 연탄 매달구 싸돌아다녀. 그냥 얼어 죽어버려!

그 싸움의 중간중간 영문도 모른 채 두 동생이 태어났다. 막내가 젖을 뗄 무렵부터 어머니는 인삼 광주리를 포기했다. 그 대신 일당이 센 고추밭과 마늘밭을 찾아 여기저기 떠돌았다. 아버지의 폭언 때문이 아니었다. 그 원수 같은 도적놈의 빚을 갚겠다던 아버지와의 약속을 지키기 위해서였다. 그러나 약속은 지켜지지 않았다. 어머니가 집을 비운 사이 막내가 다쳤고, 그 일이 집안을 영영 뒤집어 놓은 것이다.

막내가 네 돌을 막 넘긴 겨울이었다. 마당의 우물가 빙판에서 넘어져 무릎을 다쳤다. 그게 관절염이 되었고 막내를 세상과 격리시키고 말았다.

괴나리봇짐 하나로 장터를 떠도는 아버지도, 담배 공장을 드나들다 열아홉에 출가한 큰누님도, 일수를 찍어 고등학교를 마친 작은누님도 막내의 병에 대해 아는 게 없었다. 등록금에 쫓겨 지방의 고등학교에서 장학금으로 전전하던 나 역시 마찬가지였다. 무릎을 넘어선 결핵균이 허벅지뼈를 갉아 먹고 골반뼈와 척추를 뚫어 마침내 머릿속으로 쳐 올라와 막내가 쓰러지는 순간까지 막내를 위해 양친이 했던 일은 두 가지뿐이었다. 세월이 흐르는 대로 늙어가는 것과 끊임없이 폭언을 쏟아놓는 일. 그뿐이었다. 사 년 전, 막내가 결핵성 뇌막염으로 입원했을 때, 담당 의사는 보호자에게 각서를 쓰도록 했다. 70%의 치사율이 예상되니 치료 도중 사망해도 병원이 책임지지 않는다는 내용이었다. 나는 아버지 대신 각서를 쓰고 서명했다. 죽어도 좋다고. 아버지는 각서를 쓸 만한 자격도 없다는 것처럼 알리지도 않은 채.

입원한 지 삼 개월 만에 막내가 퇴원했을 때, 그즈음에 이씨 집안의 맏며느리가 되었던 아내가 막내의 사정을 같은 여자의 입장에서 얼마나 이해하고 있었는지는 알 수 없다. 다만, 뼈가 썩어 56°가 꺾인 막내의 척추를 아내가 직접 확인한 뒤부터 나와 아내의 말다툼이 새새틈틈 불거져 나온 것만은 확실하다.

식구들 가운데 아무도 부모님을 원망할 수는 없어. 부모님뿐만이 아니야. 식구들 모두가 어떻게든 살아남으려고 몸부림치던 시절이었어. 그 시절은 그랬어.

그래서 형편이 나아졌다고는 하지만, 구성원 가운데 한 사람의 삶이 영영 반쪽이 되어버린 가족이란 게 얼마나 성공적인 것이며 과연 얼마나 정당화될 수 있는 거죠?

어머니, 이번 회갑 잔치, 한식으로 할까요, 뷔페로 맞출까요?

달포 전이었다. 나는 어머니의 회갑 날짜를 확인하면서 말했다. 어머니는 회갑연을 극구 만류하고 나섰다.

돈이 어디 썩어 난다고 남들 불러다 잔칫밥을 먹여.

사흘쯤 지나서였다. 나는 마치 그것 말고 본래 다른 계획이 있었던 것처럼 어머니의 귀 가까이에 대고 말했다.

회갑 잔치 대신…… 춘천을…… 다녀오시는 게 어떨까요?

회갑연 예약 문제로 펄쩍 뛰었을 때와는 다르게 어머니는 이렇다 저렇다 말이 없었다. 장남이 제시하는 뜻밖의 계획에 몹시 당황하는 것 같았다. 며칠 뒤 조심스럽게 다시 그 말을 꺼냈다.

이번 기회에 아버지를 설득하시는 게 어떻겠어요?

…….

벌써 삼사십 년 전 일인데 이만하면 아버지도 분기가 가라앉지 않았겠어요? 식구들이 나서서 설득을 하면…….

설득은 필요 없다.

예?

간다면 당장에 나 혼자라도 갈 수 있어. 춘천이 몇천 리 떨어진 남의 나라라고 못 가냐. 내가 안 가니깐 안 가는 거고, 내가 간다면

가는 거지.

어머니의 대답은 뜻밖이었다. 육십 년 만에 회갑 잔치를 하든 사십 년 만에 춘천을 가든 마음만 먹으면 금방이고 아무것도 걸릴 게 없다는 듯이 단호한 어조였다. 그 말끝에 어머니는 억양을 바꾸어 나지막이 덧붙였다.

죽은 목숨처럼 한평생을 등지고 살다가 이제 와서 친정을 찾아가는 일이 송구스럽고 죄스러워서 그런다.

나는 한 달 남짓 두 누님 부부와 동생들을 번갈아 만나며 어머니의 근친 계획을 잡아나갔다. 양친의 화해를 위해서 더 늦기 전에 무엇인가를 해야 될 것 같아요. 그 말을 반복하면서 이번 회갑연이 가장 적당한 기회라는 것을 몇 번씩 강조했다. 아버지에 대한 설득은 의외로 싱겁게 끝났다. 회갑연을 칠순으로 미루고 이번엔 춘천 외가를 다녀왔으면 좋겠어요. 이 말을 처음 전할 때부터 아버지는 침묵으로 일관했다. 침묵은 평소 긍정의 뜻을 나타내던 당신만의 표현 방식이었다. 어렵겠지만…… 아버지가 동행하는 것이 좋을 듯해요. 더듬더듬 두 번째 제의를 건넬 때에도 별다른 반응을 보이지 않았다. 이다, 아니다가 확실한 아버지의 태도를 두고 볼 때, 어머니의 근친이 조금이라도 심사가 뒤틀릴 일이었다면 아예 처음부터 칼질을 하고 나섰을 터였다. 마치 내 결혼식을 앞둔 어느 날에도 그랬던 것처럼.

이제 그만 외삼촌을 용서해주세요, 아버지.

이런 멍충한. 내가 이 나이 먹도록 장바닥에 쑤셔 박힌 게 누구 때문인데 그 도적놈을 용서해!

아버지, 그 도적놈 소리 좀 그만하세요.

뭣여? 이런 멍충한 새끼가.

제발 그만 좀 하세요. 집안 애경사에 외갓집 식구들이 한 사람도 안 나타나면 그게 무슨 꼴이겠어요. 사람들이 뭐라고 손가락질하겠 냐고요.

실랑이가 벌어질 때마다 나는 당장 아버지의 멱살이라도 잡아채 고 싶었다. 아버지 세대에 벌어진 일을 대물림할 생각이세요? 아버 지의 얼굴을 내 눈앞에 끌어당기며 소리 지르고 싶은 충동을 꾹꾹 쑤셔 넣은 게 한두 번이 아니었다. 수십 년째 우리 집안을 휘젓고 다니는 도적놈과 멍충한 새끼의 씨를 말릴 수만 있다면 아버지 앞 에 어머니와 함께 무릎 꿇고 빌고도 싶었다. 그러나 쉽지 않은 일이 었다. 아버지에 대한 설득은 번번이 실패하고 말았다. 외갓집과 관 련된 일만큼은 맏딸이든 장남이든 누구의 말도 듣지 않는 황소고집 때문이었다. 비록 수세미처럼 육신이 폭삭 짜부라든 노구라 할지라 도 그 황소고집과 울뚝성은 견고한 성곽 같아서 도무지 무너뜨릴 수가 없었다.

내가 양친에 대한 태도를 바꾼 것은 설득이 불가능하다는 것을 깨달은 뒤였다. 나는 철저한 무관심과 냉소로 일관하겠다고 작정했 다. 외갓집 소식은커녕 외사촌과 이종사촌의 안부 따위에도 관심을 두지 않았다. 외가라는 단어조차 양친이 먼저 꺼내기 전엔 결코 내 입에 담는 일이 없었다. 집 안팎의 대소사도 마찬가지였다. 꼭 필요한 말만 아파트 경비실의 방송처럼 한두 번 전하고 그만두었다. 이 게 최소한의 자식 된 도리라는 정도만으로. 조용히, 물 흘러가듯, 양친을 중심으로 한 모든 일이 스쳐 가기만을 빌었다. 더 이상 라디 오가 박살 나지 않고, 쇠톱이 붕붕 날아다니지도 않길 바라면서. 다 시는 멍충한 놈이 되고 싶지 않았기에.

이번의 경우도 그랬다. 처음부터 어머니의 근친길을 염두에 둔 것은 아니었다. 회갑연을 극구 물리치는 어머니의 의중을 가늠하면 서 장남인 내가 대안으로 떠올린 게 근친이었다. 이번 기회에 끊어 진 근친길도 다시 잇고, 더 늦기 전에 양친의 화해도 성사시키자. 두 마리의 토끼를 잡고 싶은 욕심으로 은밀히 계획을 세웠다. 남은 문제는 아버지를 설득하는 일이었다. 이번에도 여차하면 말을 끝내 기도 전에 도적놈과 멍충한 새끼가 집 안에 천방지축으로 날뛸지 몰랐다.

그러나 정작 우리가 설득에 목매달아야 할 사람은 아버지가 아니 었다. 어머니였다. 어머니가 느닷없이 춘천을 가지 않겠다며 가족 들의 요구를 완강히 물리친 것이다.

제 몸 생겨난 에미 품도 모르고 육십을 살아온 죄 많은 년이 무슨 염치로 친정 문턱을 밟아.

나는 당혹감과 조바심을 감추면서 어머니의 의중을 가늠해보았 다. 일이 잘못되었을 경우를 고려해 그만큼 신중할 수밖에 없었다. 애초에 계획을 잡았던 내 판단엔 그랬다. 우리 집안을 거덜 낸 작은 외삼촌이든 누구든 틀림없이 외가 식구들이 얼마간은 살아 있을 것이고, 살아 있다면 마땅히 고향에 자리를 잡았을 것이다. 그 가정의 앞뒤 아귀를 불안하게 맞추어가면서 설득은 이어졌다.

어머니의 뜻은 알지만 아버지도 생각을 바꾸셨잖아요.

아니다.

아버지 생각엔 아무래도 돌아가시기 전에 어머니와 함께 다녀오시겠다는…….

그런 게 아니래두 그런다.

…….

두려워서 그런다. 춘천 떠난 지가 언젠데, 길두 잃어버렸을 것 같구, 아무두 살아남았을 것 같지두 않구. 사람이 살아 있구, 또 나를 알아본다구 하더라두…….

회갑 때 입을 양친의 한복 맞추는 일로 이미 절반이 잘려 나간 나머지 시간들이 순식간에 지나갔다. 가면 그냥 갈 수 없다며 근친길 여비 걱정을 툭툭 던지던 그사이, 어머니는 늘 새벽잠이 부족했다. 아버지의 일상은 변화를 엿볼 수 없었지만 어머니는 분명히 달라져 있었다. 어머니는 늘 무슨 일엔가 쫓기듯이 허둥댔다. 갑자기 집안의 빨랫감이 늘어난 것도 같았고 밥상에 오르는 찬그릇도 전과는 눈에 띄게 달라져 있었다. 만성 신경성 위염은 씻은 듯이 사라진 것처럼 식성도 좋아졌다. 평소 시외전화비 걱정으로 가족들에게 지청구를 늘어놓던 어머니가 성남의 큰누님과 통화하는 시간은 어처구니없이 길기만 했다.

모든 게 다 잘될 테니 걱정 마세요.

어머니의 회한 어린 삶을 담담히 반추하면서 나는 다짐하듯 어머니에게 말했다. 그 엇비슷한 말을 아버지에게도 두어 번 건넸을 것이다. 그러나 새로 맞춘 한복을 입고 벗으면서도 결코 칼로 물 베기가 아닐 양친의 대립은 끈질기게 이어졌다. 그것은 이미 당신들 스스로도 걷잡을 수 없을 만큼 굳어진 습벽 때문일 것이었다. 사흘 전만 해도 그랬다. 막내가 지체장애자로 등록하여 운전면허 시험에 합격하고 돌아와 싱글벙글할 때였다. 고등학교를 중퇴한 뒤로 막내가 이때처럼 기뻐한 날은 내 기억 속 어디에도 없었다.

엄마, 나 운전면허 땄어. 놀랐지? 근사하게 한턱 쏘는 거야, 큰오빠.

운전면허 시험에 합격한 뒤 막내는 거의 뛰어다니다시피 집 안팎을 드나들었다. 5cm가 짧은 한쪽 다리도 잊은 듯했다. 처음부터 운전면허 시험을 들먹였던 내가 들뜬 목소리로 아버지에게 말했다.

지은이가 운전면허 땄으니 축하 좀 해주세요.

아니, 여자가 그걸 뭣하러 따. 면허증을 따면, 차는? 누가 거저 준다냐?

아픈 몸으로 애를 썼다는 얘기인지 쓸데없는 짓을 했다는 핀잔인지 모를 아버지의 말을 어머니가 나 몰라라 흘려버릴 리가 없었다.

갑갑하니깐 그렇지. 남들처럼은 못 돌아다녀두 세상 귀퉁이라두 밟아보아야 할 것 아녀? 더군다나 친구들은 하나둘 날 받아서 시집가는데 집구석에만 틀어박혀 있으니.

찌리찌리 가면 되지, 뭘 속 썩여.

어이구, 제발 그렇게 속 터지는 소리 좀 하지 마셔. 찌리찌리는 어디에 짝 맞는 사람이 있다구 찌리찌리 가!

어머니가 춘천으로 떠나고 두 시간 남짓 지나자 점심이었다. 점심은 냉장고에 들어 있던 아침 밥상의 먹거리들을 그릇만 바꾸어 내는 것으로 해결했다. 시늉도 못 낸 회갑상을 맞은 어머니처럼 큰누님은 두어 번 국그릇만 집적거리다 그만두었다. 아내와 나도 마찬가지였다. 점심상을 물릴 때까지 매형은 안방에서 코를 골았다. 지방 은행원인 남동생은 행원 평가 영어 시험 때문에 집을 나선 지 오래였다. 저녁때 다시 오겠다며 작은누님은 조카들을 데리고 점심상을 펴기도 전에 집으로 돌아가고 없었다.

홉사 물 위에 뜬 기름처럼 아침 밥상을 물릴 때와 엇비슷한 침묵이 KBS 전국노래자랑과 주말 연속극 재방송을 휩싸고 돌았다. 아내는 설거지를 하고 젖병을 삶으면서 분주히 주방을 드나드는 동안 한마디도 꺼내지 않았다. 마치 그렇게 하는 것이 맏며느리의 미덕인 것처럼. 큰누님은 거실에 앉은 채 TV 채널만 만지작거렸다. 몇 시간째 흐느끼고 있을 막내는 아예 작은방 문을 열지도 않았다. 잊었던 무엇인가 문득 떠오른 것처럼 나 혼자 주방과 다용도실을 어슬렁거렸다. 마음 한구석에 오롯이 남아 있는 긴장감을 잊을 수만 있다면 지극히 무료한 일요일 오후였다.

"민철아."

최면에 걸린 듯 잠깐 다용도실에 누운 채 딸아이의 엉덩이를 두 드리고 있을 때였다. 큰누님이 나를 향해 손짓을 했다.

"어머니 회갑을 그냥 넘긴 것 말이다."

"예."

"너무 괴로워할 것 없다. 자식들이 성의가 부족하고 못난 탓만은 아니야."

"……."

아무 할 말이 없는 것처럼 나는 마른침을 삼켰다. 따지고 보면 큰 누님 말대로 자식들이 성의가 없었던 것은 아닐 터였다. 십일 년 전 에 치렀던 아버지의 회갑연만 해도 그랬다. 회갑일이 다가오자 큰 누님과 작은누님이 통장을 털어 전셋집을 옮겼다. 모자라는 돈은 일수를 찍어 동네잔치를 벌였다.

눈이 있으면 막내 꼴 좀 봐. 무슨 영화를 보겠다고 빚잔치를 벌 려?

내가 밥상 차려달라고 했어? 차려놓았으니 숟가락 꽂은 거지.

회갑 잔치 끝에 한바탕 고성이 오고 갔다. 예상했던 일이었다. 양 친의 설전과는 상관없이 우리는 자식 된 도리를 다 했다며 모르는 척했다. 궁핍한 장돌뱅이 부친의 육십 년 생애를 그냥 넘어갈 수 없 있나는 생각으로. 그 뒤 하루살이같이 연명하던 집안 형편이 좀 나 아지긴 했다. 그러나 오 남매 누구도 아버지의 회갑연처럼 무리해 서 어머니의 잔칫상을 마련할 생각은 품지 않았다.

숲 속의 창문을 열고 나온 뻐꾸기가 정확히 네 번 코방아를 찧고 들어갔다. 지금쯤 어머니는 춘천에 도착해 더듬더듬 골목을 헤매고 있을 것이다. 결혼 직후, 친정아버지의 부고를 받고 딱 한 번 다녀왔던 그날처럼.

"아버지랑 같이 춘천 가시도록 한 것도 잘한 짓인지 모르겠다. 당신 눈감기 전에 한 번은 다녀오셔야 될 것 같아서 그랬는데."

"나도 잘 모르겠어요, 어느 게 옳은 일인지."

갑자기 다용도실에 잠들어 있던 딸아이가 자지러지게 울어댔다. 아내가 다용도실로 뛰어 들어갔다. 기다렸다는 듯이 큰누님이 내 곁으로 바짝 다가앉았다.

"민철이 너한테…… 해줄 말이 있다."

"무슨?"

큰누님이 방바닥을 향해 목을 꺾으면서 된숨을 몰아쉬었다. 무엇인가 꺼내기 어려운 말이 있는 눈치였다.

"어머니는 감추고 살라 했지만 이제 춘천에 가셨으니 말할 때가 된 것 같다."

"무슨 일인데요?"

"아버지가 말이야……."

"아버지가 뭘?"

"첩살림을 했어."

"예?"

명치를 얻어맞은 것처럼 숨이 컥, 막혔다. 그게 무슨 말이냐고 반문하고 싶었지만 입술이 떨어지지 않았다.

"아버지가 싸전을 할 때니까, 너 태어나기 전이다. 장손 집안에 아들이 없다며 광주 여자하고 일 년 가까이 살림을 냈어. 그걸 눈치 챈 작은외삼촌이 집안을 싹 쓸어서 달아난 거야. 아버지를 용서할 수 없다며. 그해 네가 태어났고. 그래서⋯⋯."

말끝을 흐리며 큰누님은 돌아앉았다. 그래서⋯⋯ 집안이 주저앉 았다. 나는 큰누님이 말꼬리를 감춘 게 무엇인지 알 만했다. 그래서 아버지가 장터를 떠돌았다. 썩은 나무토막처럼 막내가 쓰러졌으며, 사십여 년 동안 어머니의 근친길이 끊겼다. 그래서⋯⋯. 몸속에서 한꺼번에 수분이 빠져나간 것처럼 갈증이 느껴졌다. 이미 뼛속까지 각인된, 지나간 세월의 편린들이 망막을 찌르며 슬라이드 화면처럼 찰칵찰칵 떠올랐다.

일찌감치 제 살길을 찾아 떠난 두 누님과 아직 자신의 존재조차 모르는 두 동생의 틈바구니에서 나는 외로웠고 두려웠다. 문이 닫 힐 때까지 학교 도서관에 파묻혀 지낸 것은 그 외로움과 두려움 때 문이었다. 내 머릿속에 꽉 들어찬 것은, 어떻게든 가족들 품에서 탈 출해야 된다, 그뿐이었다. 내 등짝에 쇠톱을 후려치던 아버지의 폭 력과 생존을 위한 어머니의 폭언은 오직 궁핍한 가계가 남긴 흉물 로만 여겨졌다. 나를 규정하는 신분과 조건을 뒤집겠다는 다짐을 수없이 반복했다. 경제적 형편이 뻔해 선택의 여지가 없긴 했지만 지방의 고등학교와 대학을 장학생으로 졸업한 뒤 대입 학원 강사가 되었다. 페스탈로치의 후계자가 되겠다던 꿈을 포기한 것은 오로지 단기간에 승부를 걸 수 있다는 욕망 탓이었다. 아내의 만류에도 불구하고 야간대학원에 진학한 것 역시 그런 승부욕 때문이었을 게 분명했다.

출가한 두 누님과 내가 가계에 직접 도움이 되는 시기부터 아버지의 폭력은 시나브로 자취를 감추기 시작했다. 막내가 기적처럼 살아난 뒤 내가 가정을 꾸린 탓인지 그즈음부터 양친의 반목과 질시 또한 형태가 달라졌다. 절망적인 폭언과 참담한 회한의 눈물에서 송곳처럼 날카로운 냉소와 침묵으로.

그러나 아버지의 태도가 달라진 것은 그런 이유만이 아닐 듯싶었다. 오래전 한의 뿌리가 드리워졌던 당신의 나이를 어느덧 아들딸이 넘어서 버린 그 장대한 세월을 가늠했기 때문일 것 같았다. 고비 늙은 칠십 평생의 삶에서 배어나는 시디신 비애감으로부터 당신 스스로 자유롭지 못했을 것이며, 그 절박한 인식의 뒤안에 사십여 년을 외가 없이 살아온 아들딸과 그들의 어머니가 쭈그려 앉아 있음을 뒤늦게 발견했을 것이다. 그만큼 당신의 분노에 찬 삶이 어이없이 늙어버렸고, 늙은 만큼 또 지쳐 있음을 어느 순간에 깨달았는지도 몰랐다. 아니 어쩌면, 우산살처럼 접힌 육체를 절뚝이며 살아가는 막내 때문일지도 몰랐다.

뻐꾸기시계에서 한 번 더 뻐꾸기가 드나든 다음에 작은누님이 돌아왔다. 삼 남매가 나란히 앉아 마치 남의 일처럼 춘천 소식을 묻는 한두 마디를 나누다 어물쩍 저녁이 되었다. 매형은 여전히 안방에 누워 코를 골았다.

"민철아, 고스톱이나 치자."

"다음에 해요."

"심심하잖아. 저녁 먹을 때까지만 치자구."

"저, 그냥 쉬고 싶어요."

큰누님이 화투 방석을 치우고 아내가 저녁상을 차린다며 주방으로 나설 때까지 음량을 완전히 줄여놓은 TV 화면처럼 실내의 풍경이 적요하게 가라앉아 있었다. 나와 마찬가지로 모두들 뻐꾸기시계를 흘긋거리며 한 눈금씩 떨어져 나가는 시간의 무게만 확인하고 있는 듯했다. 나는 내내 불안했다. 춘천까지 서너 시간을 가려면 멀고도 지루한 거리였다. 그새 버스 안에서 양친이 싸움은 벌이지 않았는지. 낯선 춘천의 거리에서 길은 제대로 잡고 있는지. 그 한편에선 불현듯 춘천에서 날아들 소식도 궁금하기 짝이 없었다.

그렇게 초가을의 하루가 저물면서 아침 밥상을 물렸을 때와 같은 침묵이 순간순간 반복되고 있었다.

"하루 종일 밥도 굶고, 넌 도대체 뭘 어쩌자는 거냐?"

앉은뱅이밥상 다리가 삐걱거리며 무릎을 펴들 때였다. 큰누님이 작은방 문을 벌컥 열어젖혔다. 방바닥에 엎드려 있는 막내가 큰누님의 가랑이 사이로 보였다.

"엄마는 춘천 갔으니 이제 모두들 소원 푼 것 아녀?"

큰누님이 막내의 뒤통수에 대고 한마디를 마저 던졌다.

"나이가 몇 살인데 등신같이 눈물이나 짜고 그러니, 도대체."

"지금 뭐라고 했어?"

"그렇게 울고 짜고 하니까 지 몸뚱이 쓰러지는 줄도 모르지. 어여 일어나 저녁 먹어!"

막내를 밥상머리에 불러낼 생각으로 툭, 던진 말이었다. 그러나 막내의 반응은 그게 아니었다. 마치 일전을 벌일 사람처럼 눈을 부릅뜨며 일어났다.

"등신? 그래, 나는 등신이여. 병신이라고."

"애가 지금 무슨 소리를 하는 거야?"

"그걸 이제 알아? 참 복도 많지. 이렇게 똑똑한 언니를 둘씩이나 두었으니."

"뭔 소리여, 그게?"

"그리고 뭐? 울고 짠다고? 당연하지. 기껏해야 일 년에 한두 번 날 받아서 언니가 올 때마다 울었으니깐."

"아니, 애가 왜 이래?"

"언니고 오빠고 잘 들어둬. 우리 식구 중에 나만 병신인 줄 알아? 나만 절름발인 줄 아느냐고!"

"! ……."

"남의 식당에서 끙끙대다가 명절에나 집에 오는 큰언니는 뭐, 병신 아니야? 친정도 모르고 사는 엄마는, 엄마는 나하고 다를 줄 알아? 외가도 없는 우리는 또 어떻고. 도대체 우리 집안에 정상인 사람이 누가 있어!"

눈 깜짝할 사이에 벌어진 일이었다. 눈 찌를 막대라도 집어 든 것

처럼 벌떡 일어나는 막내를 내가 달려들어 가 돌아앉힐 때까지 큰
누님은 제대로 말을 잇지 못한 채 눈만 씀벅거렸다. 조금 전 막내에
게 내던진 자신의 말이 과연 무엇이었는지조차 몰라서 어리둥절해
하는 표정이었다.

폭발 후의 거대한 후폭풍 같은 충격이 전용면적 스무 평의 아파
트 실내를 휩쓸고 지나갔다. 부서지고 무너진 폐허 속의 풍경처럼
작은누님과 아내가 일그러진 얼굴로 나를 지켜보았다. 펴다 만 앉
은뱅이밥상 다리를 거머쥔 채, 딸아이의 우유병을 흔들다 말고.

부스스 잠에서 깨어난 매형을 포함해 다들 한 번씩 막내에게 다
녀가고 저녁상이 얼추 꼴을 갖추었을 때, 나는 누구에게랄 것 없이
말했다.

"다 잘될 거예요. 아버지도 춘천까지 별일 없이 어머니를 모실 거
고."

"……."

"쉽게 찾을 수도 있을 겁니다. 요즘엔 컴퓨터 덕분에 일이 아주
쉬워졌어요. 어머니께 찾는 요령을 적어드렸으니 살아만 계신다
면……."

나는 춘천에 동행하지 않은 일을 불안하게 떠올리며 말했다. 조
금 진 눈앞에서 벌어진 상황에 대한 수습 때문이 아니었다. 장남으
로서 어머니의 근친길을 적극적으로 마련하지 못한 데 대한 강박관
념 탓이었다. 그러나 밥상의 휴대용 가스레인지에서 한우 갈비가
다 눌어붙을 때까지 한마디도 대꾸하는 사람이 없었다. 어여 와서

저녁 먹어! 작은방을 향해 매형이 젖은 목소리로 한 번 내질렀을 뿐.

흡사 갇혀 있던 견고한 그물로부터 탈출한 물고기 떼같이 모두들 긴장의 눈빛을 휘둥휘둥 밝혀두고만 있었다. 그것은 캄캄한 심연에서 미처 벗어나지 못한 그 무엇의 완전한 탈출을 기다리는 눈빛 같기도 했다.

서로들 그 시선을 피하면서 말이 없었다. 나는 혼자만이라도 이러한 상황과는 냉정하게 거리를 유지하고 싶었다. 잠이 덜 깬 매형과 술잔을 주고받으면서도 부러 소리 나게 부딪쳤다. 매형이 밥상에서 물러난 뒤에도 나는 밥그릇을 붙잡고 있었다. 그러곤 오늘 안으로 깨끗이 비우기로 작정한 사람처럼 갈비찜을 물어뜯었다.

칼자국

북부역 광장은 아스콘 냄새로 가득했다. 퇴근 무렵 한바탕 쏟아진 소나기 때문이었다. 폭죽이 터지는 것처럼 철로 위에서 십여 분 남짓 빗방울이 튀었다. 나는 횡단보도를 건너 광장 맞은편 골목으로 다가섰다. 북부역 앞 국도와 직각으로 뚫린 골목이다. 그 형태가 T 자 같아서 마을 사람들은 곧잘 T 골목으로 불렀다.

골목으로 들어서며 심호흡을 했다. 붉은 머리 여자가 어깨를 툭 치고 지나갔다. 여섯 시 이십오 분. 이 시간이면 흔히 있는 일이었다. 여자의 걸음만 보아도 골목 사람이라는 것을 알 수 있다. 빠르고 정확한 걸음. 지금 한창 출근을 서두르는 사람들은 두리번거리는 법이 없다. 시간에 쫓기기도 하지만 어디로 갈 것인가, 목표가 분명해서 그렇다. 골목 밖 사람들의 걸음은 완연히 다르다. 느리고 부정확하다. 어디로 향할지 목표가 정해져 있지 않아서이다. 골목의 불빛에 부유하는 먼지 조각과도 같이 그들의 걸음은 일정한 방향이 없다.

붉은 머리 여자가 사라진 3층 건물을 올려다보았다. 전면을 덮은 검푸른 유리 한복판에서 손바닥 두 개가 짝짝짝, 박수를 쳤다. 미인 클럽 갈채의 입체 네온사인이다. 룸살롱 아방궁으로 적갈색 파마머리 둘이 또각또각 말발굽 소리를 내며 파묻혔다. 그 뒤를 붉은악마 티셔츠가 수박 두 통을 들고 뛰었다. 고등학교 후배다. 나처럼 여기서 나고 자랐으므로, 어머니의 과일 가게에 진열된 과일을 보듯 이 바닥을 훤하게 들여다보고 있을 녀석이다. 골목 하나를 지나 오른쪽으로 몸을 틀었다. 허리춤에 골목을 끼고 앉은 토속 마을엔 파리한 마리 날지 않는다. 소나기 때문인가? 기와지붕을 헐어내고 감자탕집으로 둔갑시킨 것은 공간이 여관이나 단란주점 따위의 건물을 올리기엔 턱없이 부족했던 탓이었다. 집주인의 판단은 옳았지만 현명하지는 못한 것 같았다. 아무래도 감자탕집보다는 24시 야식집이 더 나을 뻔했다. 골목 하나에 감자탕집이 자그마치 다섯 개씩 늘어서 있으니, 다섯 명의 식당 주인 가운데 다리 뻗고 잠들 수 있는 사람이 과연 몇이나 되겠는가. 24시 야식집이야 열 개가 생긴들 무슨 상관이랴. 야식집을 먹여 살리는 여관들이 골목을 향해 벌 떼처럼 몰려 있는 것을. 귀빈장, 행복장, 모텔로망스, 꿈의궁전, 청남파크……. 그리고 하나뿐인 송학여인숙까지.

WORLD INN─旅館. T 골목 입구에 서 있는 안내판의 타이틀이다. 광역시의 북쪽 변두리에 있는 동사무소는 댐과 공업단지를 양 겨드랑이에 끼고 앉은 지리적 조건을 십분 활용이라도 하듯 골목 주변 몇 개의 블록을 분홍색으로 묶어놓은 뒤 그곳에 일련번호로 삼십팔 번을 새겨놓았다. 동양파크부터 알프스모텔까지의 고유 번호였다. 일 년 전 수정된 안내판이 세워진 뒤에 새로 들어선 모텔을 합쳐 숙박업소 사십여 개가 골목을 중심으로 누에처럼 꿈틀거렸다.

갑자기 골목이 환해졌다. 이용범참치병장이 막 웃기 시작했다. 한성장 출입구의 호박등이 조명탄처럼 번쩍, 빛나는가 싶더니 항아리식당과 청기와집 간판이 차례로 깜박거렸다. 가요주점, 단란주점, VIP ROOM…… 이름만 다르고 실내 구조와 술과 여자들의 모습과 기능이 엇비슷한 貴族과 맨하탄과 퀸과 토마토와 옥녀궁의 불빛이 골목 이쪽저쪽에서 번득였다.

여섯 시 사십 분. 서둘러야겠다. 골목 하나를 더 돌아 나오면서 나는 휴대폰을 열었다. 아무래도 출근 시간에 늦을 것 같았다. 옷을 갈아입고 술마당에 닿으려면 종종걸음을 쳐도 모자라는 시간이었다. 오랜만에 비 그친 골목을 한 바퀴 둘러보겠다며 길을 잡은 게 너무 멀리 돌았던 모양이었다. 아동미술·입시미술. 전봇대에 매달려 있는 비둘기 집만 한 간판이 보였다. 간판을 스치는 순간 양철 대문이 나타날 것이다. 나는 손가방 끈을 당겨 잡고 뛰었다.

"늦었다."

"미안해요, 언니."

술마당 출입문을 밀고 들어선 게 일곱 시 십오 분이었다. 십 분

일찍 출근해야 되는 것을 반 시간이나 늦은 셈이다. 문자메시지 때문이었다.

오늘 밤 내려간다.

경희였다. 원피스의 어깨끈에 팔뚝을 막 집어넣는 순간, 책상 위에서 휴대폰이 덜덜 떨었다.

몇 시 도착?

0시 25분.

경희의 문자를 읽으며 나는 원피스를 벗어 던지고 청바지에 다리를 꿰었다. 열두 시 이십오 분이면, 퇴근하고 바로였다. 술마당에서 봐. 문자를 찍은 뒤 나는 양철 대문 밖으로 후닥닥 뛰쳐나왔다.

"무슨 일 있니?"

"아니. 왜, 이상해요, 언니?"

"뺨 때깔이 누구한테 한 대 얻어맞은 것 같다."

손걸레를 빨면서 화장실 거울을 봤다. 오늘 아침 고객 상담실에 출근했던 그 얼굴이 아니었다. 화장을 하지 않았는데 볼 터치를 한 것처럼 광대뼈 부근이 불그레했다. 경희 때문인가? 아직 모든 게 잊힐 만큼의 시간이 흐르지 않았다는 뜻인가? 테이블 네 개가 차면서 실내가 시끄러워졌다. 주방에서 과일 안주를 들고 나오며 언니가 호랑이 눈썹을 했다. 강수빈, 얼굴 좀 펴. 그 뜻이었다.

감정을 감춰야 돼. 그래야 이 바닥에서 살아남는다. 술마당에 처음 출근한 게 이 년 전이었다. 언니는 문을 닫을 때면 한마디씩 충고했다. 정강이에 핏물이 잡히도록 허겁지겁 홀을 왕복하다가 틈틈이 언니 대신 카운터에 앉아 주문표를 만지작거리던 무렵이었다. 호칭이 사장님에서 언니로 바뀐 것도 그즈음이었다. 크고 싶니? 프로가 되고 싶어? 그러면 미련 없이 고향을 떠. 그 말을 찜질방에서 내 왼쪽 젖에 쿡쿡 쑤셔 넣었다. 너, 함몰 유두구나? 크려면 그것도 살려. 스물에 집을 떠나 객지에서 마흔을 넘긴 언니였다. 기껏해야 생맥주와 국산 양주가 전부인 술마당의 소유주면서도 언니는 T 골목에서 통뼈로 불렸다. 손님들이 유리창을 박살 내는 일 따위로도 눈썹 하나 까딱하지 않는 프로 근성 때문이었다.

어떤 씨발놈이 타이어를 찢어놨어! 테이블 절반 가까이에 사람과 술과 안주가 뒤섞여 흥청거렸다. 열 시가 막 지나는 중이었다. 이미 한차례 술에 젖은 듯한 사각턱 사내가 들어서면서 툴툴거렸다. 개새끼, 잡히기만 해봐라. 몇 마디를 더 뱉도록 사각턱을 따라온 일행은 대꾸가 없었다. 마치 절대로 잡힐 리 없으니 그만 좀 떠들어라 하는 것처럼. 어느 식당이나 술집 곁에 차를 세웠다가 당한 게 분명했다. T 골목 안팎에서 종종 벌어지는 풍경이었다. 운전석 열쇠 구멍에 이쑤시개가 박히거나 백미러가 풍뎅이 목처럼 한 바퀴 돌아가는 소란 따위들. 쩽그랑. 한두 개의 테이블이 비워지고 다시 채워지면서 아르바이트 여대생과 언니와 내가 부지런히 주방 안팎을 드나들고 있었다. 사각턱 테이블 바닥으로 맥주병이 나뒹굴었다. 일행이 동요하지 않는 것으로 보아 일부러 깨뜨린 것은 아닌 듯했다. 언니가 주방에서 얼굴을 내밀었다. 나는 언니에게 눈짓을 했다. 괜찮아. 이 정도는 내가 처리할 수 있어.

손님, 잠깐만요. 치워드리겠습니다. 여대생이 빗자루를 들고 뛰었다. 유리 조심하세요, 손님. 나는 사각턱에게 다가가 정중하게 말했다. 저희가 치워드리겠습니다. 넌 또 뭐야. 유리 조심하세요. 이 씨발, 너나 조심해. 못 들은 것처럼 카운터로 돌아서는데 사각턱이 악을 썼다. 야, 너. 예, 손님. 술 가져와! 예. 야, 너처럼 탱탱하고 쭉 빠진 걸로. 오케이?

헛구역질이 났다. T 골목에선 그래도 일당이 세다는 이유로 술마당을 견디고는 있지만, 이런 일을 겪을 때마다 속이 뒤집혔다. 강수빈, 넌 아직 멀었어. 언니가 말한 대로 나는 아직 멀었다는 뜻일까. 목구멍에서 한 움큼 신물이 쳐 올라왔다. 나는 여대생에게 카운터를 맡기고 화장실 문을 열었다.

골목을 떠나야 한다. 하루라도 빨리 이 골목을 벗어나야 해.

얼굴에 물을 끼얹고 거울을 보았다. 눈앞이 흐렸다. 손등으로 눈두덩을 눌렀다. 친절과 봉사 정신으로 철도 고객 열차표 예매를 했던 얼굴이 아니었다. 금방이라도 개새끼를 토해낼 것처럼 교양 없이 입을 실룩거리는, 일에 지친 젊은 계집 하나가 서 있었다. 수돗물인지 눈물인지 모를 물 한 방울이 턱 밑으로 주르륵 미끄러졌다.

"사람이고 과일이고 골목에 있는 것은 전부 썩는 냄새가 나."

"썩는 냄새가 난다고? 말하는 게 어쩌면 그렇게 니 애비랑 토씨 하나 안 틀리냐?"

"아버지하고 나를 비교하지 마."

"니 애비랑 틀려서, 틀려서 니가 집을 나가겠다는 거냐?"

무리인 줄 알면서도 내가 서울로 진학하면서부터 어머니는 돌변했다. 집을 떠나 독립을 하겠다는 말만 꺼내면 어머니는 허둥지둥 아버지를 불러왔다. 그때마다 기억조차 가물가물한 아버지는 나와 함께 방바닥에 곤두박질을 당했다.

"이 골목 사람들이 얼마나 열심히 사는 줄 아니?"

"눈에 흙이 들어가서도 그 말을 하겠어, 정말."

"네 눈엔 이 골목이 온통 사기꾼이나 더러운 연놈들만 들끓겠지만, 그들이 얼마나 성실하고 정직하게 사는 줄 알기나 해?"

어머니의 눈 흰자위에 핏발이 서기 시작하면 나는 어떻게든 자리를 박차고 빠져나갈 궁리를 해야 했다. 침대 시트를 만지면서 널 생각한다. 니가 서울에서 무얼 하고 사는지. 소금물에 전 배춧잎처럼 축축 늘어진 그 말이 어머니의 입에서 언제 튀어나올지 몰랐으므로. 이십 년이 넘도록 골목을 드나들지만, 어머니는 아직도 이 골목 사람이 아니잖아. 수없이 내 목젖을 때리던 그 말을 나는 어머니에게 차마 털어놓지 못했다. 그러나 오늘 밤만큼은, 어머니가 아니라도 누군가에게, 그 말을 꼭 하고 싶었다. 그렇게 성실하고 정직해서 어머니는 아직도 정액이 줄줄 흐르는 콘돔이나 줍고 있어?

나는 눈두덩을 손등으로 찍어 누른 다음 화장실을 나왔다. 홀 맞은편 벽시계의 짧은바늘이 수직에서 한 눈금 모자랐다. 경희가 북부역 개찰구를 빠져나오려면 한 시간 남짓 남아 있었다. 담배 연기인지 술 냄새인지 모를 매캐한 것들로 실내는 터질 듯했다. 카운터에 서서 언니가 나를 향해 미간을 찌푸리고 있었다. 강수빈, 넌 아직 멀었어.

비즈니스클럽M에서 홍싯빛 원피스를 입은 여자가 튀어나왔다. 삼촌, 애들 좀 보내. 애들이 딸려! 여자는 휴대폰을 열기가 무섭게 악을 썼다. 빨리. 안 그러면 쪽박 찬다구! 경희가 힐끗 여자를 훔쳐보면서 내가 갈까, 했다. 나는 경희의 팔뚝을 살짝 꼬집었다. 퀸 단란주점 입구의 지하 계단에 놓인 장미 다발이 반짝거렸다. 오늘 밤에도 물을 뿌려놓은 모양이었다. 아무도 장미에 손대지 않았다면, 서른세 송이가 분명했다. 퀸 여자의 나이와 같아. 일 년에 한 송이씩 늘려가는 중이지. 매일 밤 축축이 빛나는 장미를 궁금해하는 내 귀에 대고 무슨 비밀 이야기를 하듯 언니가 속삭였다. 지난해 겨울이었다. 눈을 들자 어둠 속 멀리에서 야자수 두 그루가 번쩍거렸다. 모텔허니문의 네온사인이었다. 그 옆으로 불화살이 날아다녔다. 꿈의궁전 뾰족지붕에 걸린 하트를 향해 오늘도 밤새 불화살이 꽂힐 것이다. 나는 경희의 손을 끌고 좁고 어두운 골목을 빠져나갔다. 집으로 가는 지름길이었다.

"이 집 기억하니?"

"청남…… 파크?"

피읖이 꺼져버린 청남파크 네온사인을 경희가 떠듬떠듬 읽었다.

"나 휴학했을 때, 너 내려와서 며칠 묵었잖아."

"아, 그 감나무 집."

"그래, 감나무 아래에서 목욕했다는 집. 기억하지?"

주차장 옆 후문 앞에서 걸음을 멈췄다. 감나무가 있던 자리였다.

"그러고 보니 수빈이 너, 그때 첫사랑에 마침표 안 찍었잖아."

첫사랑? 그날 밤…… 내가 첫사랑을 말했던가. 경희와 새벽까지 술마당에서 젖던 밤, 그날, 사랑이라는 말을?

"수빈아, 여기서 자자."

후문을 열면서 경희가 나를 향해 턱짓을 했다. 집이 코앞인데, 하는 표정으로 나는 손사래를 쳤다. 경희는 콧노래를 흥얼거리며 후문 안으로 성큼 들어갔다. 무슨 좋은 일이라도 있는 것일까. 막차로 내려와 북부역을 빠져나올 때부터 경희는 연신 콧노래를 불렀다. 술마당에서도 그랬다. 언니와 안부를 나누고 발렌타인 17년을 마시는 동안에도 혼자 중얼거렸다.

"삼백오 호!"

경희가 후문을 열고 검지를 까딱거렸다. 그새 방을 정한 모양이었다. 경희가 후문 속으로 사라지는 것을 보면서 나는 제자리걸음을 했다. 그냥, 자고 가? 오랜만에 따뜻한 물로 샤워도 하고 깨끗한 침대에 누우면…… 불빛 한 점 없는 폐광 같은 집. 비좁고 녹이 슬어 드나드는 순간순간 살갗과 옷이 찢길까 식은땀이 흐르는 양철 대문. 그곳으로부터 단 하루만이라도 벗어날 수 있을까. 감나무 집에선 그렇지 않았다. 비록 소방도로에 절반이 잘려 나가 담조차 없었지만 집을 벗어나면 단 하루도 살 수 없을 것만 같았다. 계절마다 꽃대궐을 이루었던 감꽃과 채송화와 봉숭아. 감나무 아래 수돗가에서 이불 홑청을 둘러치고 언니들과 은밀하게 즐기던 냉수욕. 집을 날리고 떠나버린 아버지도, 아버지가 사라진 세월만큼 여관방을 떠도는 어머니도 잊고 살았다. 오로지 꽃대궐과 물소리에 파묻힌 채. 감나무 집이 헐리면서 양철 대문 속으로 박스 살림을 옮기던 열아홉까지 그랬다.

첫사랑. 아직 마침표를 찍지 않았다는 첫사랑도 그 감나무 아래에서 시작되었다. 그러나 첫사랑은 아니었다. 첫 남자였을 뿐. 고등학교 동창 창수였다. 이 학년 여름방학이었다. 집이 비던 밤, 나는 창수에게 안겼다. 아버지와 어머니 대신 꽃잎과 물소리만 가득하던 시절, 문득 쓸쓸하고 무언지 그립던 나이였다. 그해 여름, 식구들이 집을 비우는 밤마다 내 방을 다녀가면서 창수는 등산용 칼로 감나무에 正 자를 새겼다. 그러나 창수는 나에게 격렬한 통증을 남긴 첫 남자였을 뿐, 첫사랑은 아니었다.

그리고 내 기억 속에 잘못 꾼 꿈처럼 남아 있는 남자들. 내가 그랬듯 그들 역시 내 육체의 일부를, 혹은 전부를 탐닉했을 뿐, 애초부터 사랑이란 없었다. 혼자서 서울을 견디는 동안 왠지 두렵거나 허전할 때, 더듬더듬 추억에 잠기고 싶거나 까마득히 잊고 싶을 때, 그리고 문득 내 몸 어딘가에서 아릿한 통증이 느껴질 때면 나는 남자가 필요했고, 육체를 품었을 뿐이었다.

"야, 강수빈."

언제 후문을 열고 나왔는지 경희가 내 코끝에 손가락을 휘둘렀다. 경희의 손가락 끝에서 밤꽃 향기 같은 비릿한 냄새가 풍겼다. 울컥, 헛구역질이 났다. 오늘 밤 양철 대문을 열고 들어서면 집 안

구석구석 그런 냄새가 풍길 것이다. 그것은 벌써 이십여 년째 여관
의 침대 시트를 만져온 어머니의 몸에 배어 있는 정액 냄새였다.

"노닥거리다니? 아니, 어떻게 노닥거린다는 말을 해?"

"죄송합니다."

"차표 한 장 때문에 내가 이 사람 저 사람에게 굽실거려야 되겠
어? 더군다나 아들뻘도 안 되는 젊은 놈한테?"

쾅! 실장이 벌떡 일어서면서 책상을 내리쳤다. 메모지 받침대에
꽂혀 있던 연필이 바닥으로 툭, 떨어졌다.

"도대체 일을 하겠다는 거야, 말겠다는 거야?"

"죄송합니다."

객차를 비껴 서 있던 화물차가 실장실 유리창을 두드리며 우르르
릉 굴러갔다. 여섯 시 반. 퇴근 시간이, 아니 술마당 출근 시간이 턱
없이 지나고 있었다. 창수가 와서 기다리고 있는지도 몰랐다.

"아무튼 고객한테 정중히 사과 전화를 한 다음에……."

실장실을 나와 상담실 부스에 돌아와서도 입속에서 죄송합니다
가 떼굴떼굴 굴러다녔다. 노닥거리다니. 왜 그랬을까. 말없이 전화
를 끊기만 했어도 일이 이 지경으로 꼬이지는 않았을 것이다. 동대
구행 좌석 한 장을 사정하던 젊은 놈이 철도청 민원실과 지역 책임
자와 실장에게 차례로 항의 전화를 했고, 실장은 젊은 놈이 전화번
호를 찍었던 숫자만큼 허리를 굽혔다. 조심해. 어쩌다 지푸라기라
도 잡는 심정으로 좌석을 원하다 보면 막말을 하는 사람이 있어. 선

배 직원들로부터 몇 번씩 주의를 들었음에도 왜 그런 실수를 저질렀는지 모를 일이었다. 이봐, 아가씨. 더 뒤져봐. 서울역에서 안 나오면 영등포를 뒤져보고 그래도 안 나오면 수원이나 평택에서 뒤져봐. 툭툭 몇 마디를 던지는가 싶더니 아예 반말로 둔갑한 젊은 놈의 목소리에서 술 냄새가 끈적끈적 묻어났다. 좌석 없으면 아가씨 무릎이라도 내줘야 된다는 생각으로 뒤져봐. 거기까진 참을 만했다. 낮술 한잔하고 객기를 부리거니 했다. 뒤지다 보면 틈이 보인다구. 틈이든 구멍이든 보이면 집어넣고……. 무엇인가 가슴속에서 한 움큼 쳐 올라왔다. 이봐요, 당신 같은 사람하고 노닥거릴 시간 없습니다. 쾅!

이제 막 연등제가 시작된 사월 초파일 밤의 강물처럼 북부역 광장 맞은편은 불빛들이 출렁거렸다. 길을 건너자 WORLD INN—旅館 안내판 한복판이 붉게 빛났다. 여덟 시 반. 어제보다 술마당 출근이 한 시간이나 늦었다. T 골목에 들어서기 전, 나는 숨을 몰아쉬며 건너편 북부역을 보았다.

강수빈 씨, 월급봉투를 두 번씩이나 받았는데도 출근 시간을 못 지켜? 아침에 지각 사유서를 쓰라고 할 때부터 실장은 벼르고 있었던 게 분명했다. 미처 두 달을 채우기도 전에 세 번씩이나 지각을 했으니 그럴 만도 했다. 술마당에 손님이 넘치는 날엔 퇴근 시간이 따로 없었다. 새벽 한 시도 좋고 세 시라도 좋았다. 양철 대문을 열고, 몸을 씻고, 베개에 머리를 붙였나 싶으면 탁상시계가 울렸다. 그 소리를 못 들은 게 세 번이었다. 오늘 오후 열차표 예약 시비는 우연히 벌어진 일이었다. 그러나 실장은 예상했다는 것처럼 책상을 쳤다. 아무리 대학생이라도 그렇지, 나이가 스물여섯이면 세상 돌아가는 물정은 알 것 아냐! 퇴근하면서 나는 화장실 거울 앞에서 잠깐 울었다.

"수빈아, 한판 붙었다며?"

고객과 시비가 붙어 좀 늦겠다고 전화를 한 게 잘못이었다. 일손이 모자랄까 싶어 언니가 경희를 부른 눈치였다. 경희의 입에서 술냄새가 풀풀 날렸다.

"털고 잊어버려."

"때려치우면 되지. 뭐가 아쉬운 게 있다고."

언니와 경희가 한마디씩 건네고도 다들 내 얼굴에서 눈을 떼지 않았다. 미친년, 그깟 일로 눈에 핏발을 세워. 경희가 눈을 흘기며 등을 돌린 뒤에도 언니는 나를 마주 보고 서 있었다. 너, 괜찮은 거니? 나, 괜찮아요. 그렇게 눈만 마주칠 뿐 말이 없었다. 막막한 침묵이 시끄러운 실내를 방향 없이 떠다녔다. 흰자위의 실핏줄 하나가 터진 것처럼 눈에서 통증이 느껴졌다. 넥타이를 반쯤 풀어 헤친 남자들 넷이 출입문을 열고 들어섰다. 언니가 미간을 찌푸리며 홀로 나갔다. 잊어버려. 이제 겨우 시작일 뿐이야. 언니의 눈빛 때문인지, 불현듯 슬퍼졌다.

하루 종일 그랬다. 온몸이 나른하고 가슴이 답답했다. 아침부터 지각 사유서를 몇 번씩 고쳐 쓰는 동안 몸 전체로 슬픔이 번지는 것을 느꼈다. 그 슬픔이 고이면서 발가락이 퉁퉁 부은 것처럼 오후 내내 걸음이 불편했다. 슬픔은 어디에서 오는가. 쓰면서 물었다. 어젯밤, 아니 오늘 새벽 마신 술에서 슬픔은 나왔을 것이다. 사유서를 찢고 포개어 또 찢는 동안 목이 메었다. 경희의 입에서 창수만 튀어나오지 않았어도…….

언제까지 이렇게 살래? 삼백오 호에서 잠들기 전이었다. 경희가 불쑥 물었다. 이 골목에서 아예 썩을 거냐고? 북부역을 떠날 때까지만 있을 거야. 넌 여기가 안 어울려. 왜? 니 말대로 콘돔 썩는 냄새가 나지 않니? 일 년은 견딜 수 있어. 니가? 정말이지 나는 일 년 아니라 이 년도 견딜 수 있었다. 아니, 견뎌야만 했다. 북부역을 완전히 떠날 때까지, 일 년분의 생활비와 옥탑방 전세금이 통장에 채워질 때까지. 수빈아, 나 왜 이 골목에 다시 왔는지 아니? 왜? 여기 눌러앉으려고. 뭐? 여기저기 다녀보았자 다 똑같더라. ……. 창수에게 다리 좀 놓아줄래? 전혀 예상하지 못한 일이었다. 경희가 창수의 이름을 기억하고 있을 줄은.

두 번째 휴학을 하고 집에 내려와 있던 무렵이었다. 경희는 보름 남짓 청남파크와 양철 대문집에서 지냈다. 삼 학년 일 학기를 마치고 자퇴서를 낸 경희는 유랑하듯 친구들 집을 떠도는 중이었다. 남자 때문이었다. 일 년 가까이 동거하던 남자가 짐을 싸서 사라진 게 경희를 자퇴생으로 만든 설정타였다.

경희가 남자를 만나기 전, 한 학기가량을 경희의 옥탑방 신세를 졌던 나는 경희와 함께 남자가 옥탑방으로 올라오면서 지하실로 내려앉았다. 그리고 내가 지하실에서 빠져나와 양철 대문집으로 돌아오던 그즈음에 남자와 경희는 옥탑방에서 차례로 내려왔다. 욕실이 딸린 옥탑방 전세를 얻을 만큼 지방 출신치고는 제법 여유가 있던 경희였지만 경희는 늘 돈을 입에 달고 살았다. 무엇이든 돈이 되는 일이라면 발 벗고 나서서 지갑에 두둑이 돈을 채워놓아야 직성이 풀렸다. 그 넘치면서도 부족한 경희의 돈 덕분에 나는 때로는 감격적으로, 때로는 우울하게 서울의 낮과 밤을 즐길 수 있었다. 그리고 그 추억에 사로잡혀 경희를 T 골목으로 불러들였다. 경희라는 이름 대신 옥탑방으로 더 자주 불렀던, 유난히 발렌타인 17년을 고집했던 음성 촌년을.

 T 골목에서 경희가 증발한 것은 내가 첫사랑을 말했다는 그다음 날이다. 바다를 다녀왔다고 했다. 일하던 단란주점이 내부 수리 중이어서 때마침 쉬고 있던 창수와 함께. 경희가 아니라 창수의 입에서 나온 말이었다. 차를 몰고 이 박 삼 일간 동해안을 돌아본 뒤, 창수는 출근했다. 경희는 돌아오지 않았다. 나는 그대로 잊힐 줄 알았다. 아니, 그렇게 경희가 아주 사라져주기를 바랐다. 경희와 함께했던 서울의 시간들뿐만 아니라 창수가 바다를 다녀온 이 박 삼 일마저 와이퍼에 닦인 차창처럼 내 기억 속에서 깨끗하게 지워지기를 원했는지도 모른다. 그러나 경희는 어젯밤 골목에 나타났고, 경희의 입을 통해 창수의 바다 역시 내 앞에서 철썩철썩 파도 소리를 냈다. 소주 두 병을 바닥낸 뒤 쓰러졌다. 입에 술을 대면 손가락을 자를 거야. 언니와 약속한 금주령을 까맣게 잊고서. 열 시가 넘어서야 눈을 떴다. 하루 종일 날은 무더웠고, 몸은 끈적거렸다. 지각 사유

서를 썼고, 젊은 놈에게 사과했다.

"창수 좀 늦는다고 하더라."

테이블 네 개가 찼고 다섯 개가 비어 있었다. 과일 안주를 들고 나오면서 언니가 창수 소식을 전했다. 약속대로 꼴찌가 쏘는 겁니다. 당연하죠. 벌주도 마시는 거야. 중년의 남자 하나에 여자 여섯이 출입문을 열면서 시끌벅적 뛰어들었다. 사장님, 여기 맥주! 회식을 끝내고 노래방을 들른 모양이었다. 여자들이 노래방 점수와 멕시칸 사라다와 불갈비 치킨을 번갈아 지껄이는 사이, 테이블 하나가 더 찼고 두 개가 빠졌다. 어디 한번 맘껏 즐겨보라는 식으로 입을 다문 채 술잔만 만지작거리던 남자는 여자들이 웃을 때마다 따라서 웃다가도 여자들보다 한 박자 앞서서 박수를 쳤다. 여자들은 남자의 태도를 힐끗거리면서 박수와 환호성을 연발했다. 처음부터 치밀하게 계산된 듯한 남자의 침묵. 무엇인가 비어 있는 듯하면서도 역시 빈틈을 보이지 않는 여자들의 웃음과 박수. 이제 막 생의 반환점을 돌아섰을 저들의 젊은 날은 어떤 모습이었을까. 꿈은, 사랑은. 열 시 오 분. 창수와 약속한 시간에서 두 시간 남짓 지나고 있었다. 남자의 침묵과 여자들의 소음에 자맥질하듯 시간은 느릿느릿, 그리고 덤벙덤벙 흘렀다.

"수빈아."

실내가 잠시 조용해지는가 싶을 때였다. 경희가 다급하게 불렀다. 경희 옆에 엉거주춤 걸터앉아 나는 경희가 따르는 대로 한 잔을 비웠다.

"지금도 발길질이 느껴져."

"……."

"아이를 포기하지 말았어야 했어."

짐작했던 말이었다. 경희는 눈을 지그시 감으면서 손바닥으로 조심스럽게 아랫배를 쓸어내렸다. 눈가에서 반짝, 빛이 났다.

"그만 마시자, 경희야."

"어젯밤도 휠체어 탔다. 흐흐. 배꼽에 또 불이 붙었다구."

경희는 손가락을 꼿꼿이 세워 아랫배를 움켜쥐었다. 그랬구나. 그 소리에 내가 잠을 깬 거였어. 두통 때문이 아니라 가위눌린 경희의 신음 소리 때문이었어. 뜨거워서, 휠체어 밖으로 또 뒹굴었을 것이다. 나는 경희의 술을 한입에 털어 넣었다. 전기 충격을 받은 것처럼 어깨가 찌르르 뒤틀렸다.

"수빈아, 난 유두가 넷이야, 넷. 가슴에 둘, 배꼽 밑에 둘. 흐흐흐."

옥탑방에서 함께 삼겹살을 구워 먹던 여름이었다. 몸살이 난 경희가 카페 아르바이트를 쉰 적이 있었다. 옥탑방 신세도 갚을 겸 대신 아르바이트를 나갔다. 양주를 팔긴 했지만 룸카페가 아니었기에 별일 없을 줄 알았다. 이틀째 되던 날, 사장은 휠체어를 주며 옷을 벗으라고 했다. 단골에게만 베푸는 이벤트였어. 몸에 과일 조각을 올려놓고는 휠체어로 한 바퀴 도는 거야. 그러면 이쑤시개로…….술에 취한 경희가 횡설수설한 대로 등받이가 뒤로 젖혀지도록 제작된 휠체어였다. 지독한 년. 카페 지하 계단을 뛰어오르며 나는 경희를 씹었다. 그 돈으로 우리가 삼겹살을 먹고 강의실에서 낄낄거렸다니. 옥탑방으로 돌아왔을 때, 경희는 쭈그려 앉아 화상 연고를 바르고 있었다. 몸살이 아니었다. 경희가 아르바이트를 빠진 것은 화상 때문이었다. 이쑤시개로 과일 안주를 찍어 먹던 단골 하나가 흥분을 참지 못해 담뱃불로 배꼽 아래를 지진 것이었다. 두 군데였다. 화상이 아물던 일주일 내내, 경희는 휠체어 대신 옥탑방에서 회전의자를 탔다. 회전의자가 돌기 시작하면 나는 기다렸다는 듯이 경희의 핸드백에서 꺼낸 콘돔을 천장으로 불어 날렸다. 삼겹살 타는 냄새와 죽부인만 한 콘돔 풍선과 낡은 회전의자의 삐거덕거리는 소리가 뒤섞인 옥탑방은 찜질방처럼 푹푹 쪘다. 그 여름 끝에 남자가 옥탑방으로 올라왔다. 경희의 아랫배가 부르다는 소문과 옥탑방에서 남자가 내려왔다는 소문과 병원을 다녀왔다는 소문이 학기가 바뀔 때마다 강의실에 떠돌았다. 딱한 년. 자퇴서를 내고 잠적한 경희를 찾아 옥탑방에 갔을 때, 나는 잠긴 문고리를 흔들며 울었다. 참 딱한 년이다, 경희 너는.

얼음 좀 가져올게. 경희의 손에서 술병을 빼낸 뒤 나는 일어섰다. 언니가 주방 앞에서 불안한 눈빛으로 바라보았다. 창수 많이 늦는다고 했어요, 언니? 글쎄, 하다 말고 언니가 출입문을 가리켰다. 창수가 실내로 들어서면서 손을 흔들었다.

"누님한테서 소식 들었다. 아주 내려온 거냐?"

"아니, 곧 올라갈 거야. 오늘은 일 안 해?"

"속 썩이는 애를 찾아왔어. 피곤해서 하루 쉬기로 했고."

동해안을 다녀온 뒤 처음 만나는 창수였다. 경희가 일어나 화장실 쪽으로 발을 옮기며 비틀거렸다. 출입문을 등지고 앉은 탓에 아직 창수를 못 본 것 같았다. 창수 역시 경희를 알아보지 못한 듯했다.

"서울 생활은 어때?"

"그저 그래."

"낮에도 일을 한다면서, 힘들지 않아?"

"견딜 만해. 너는?"

"자리 잡았어. 일도 재밌고."

견딜 만하다는 말끝에 나는 마른침을 꿀꺽 삼켰다. 창수가 따라 준 맥주를 단숨에 들이켰다. 사는 게, 걸어서 터널을 빠져나가는 것 같아. 어둡고 답답하고 두렵고. 창수에게 그렇게 털어놓고 싶었다. 겨울비를 흠뻑 뒤집어쓴 것처럼 안면에서 스멀스멀 미열이 오르는 게 느껴졌다. 몸살이 날 것만 같았다. 잔을 내려놓고 화장실 쪽을 보았다.

"나, 여기 떠날 거야."

"완전히?"

"응."

"언제? 어, 어 저게 누구야?"

경희가 화장실에서 나오고 있었다. 경희, 어젯밤 내려왔어. 나는 창수에게 하려던 말을 또 삼켰다.

"얘, 이쪽."

경희는 곧장 다가와 창수 옆에 앉았다. 마치 창수가 온 것을 이미 알고 있었다는 것처럼. 오랜만이에요. 경희가 먼저 손을 내밀었다. 또 보네요. 창수는 경희의 손가락 끝을 잡고 가볍게 흔들었다. 멋져 보입니다. 많이 변한 것 같아요. ……. 살맛 나는 세상이죠. 언제든 먹고 마시고 즐기고. 돈이 문제죠. 돈이 사람의 목을 쥐어흔드는 세 상이니. 사람이 더 문제죠. 돈이야 거짓말을 못 하지만 사람은…….

대충 이런 말들이 순서 없이, 누구의 입을 통해 나왔는지도 모르게, 테이블 위로 둥둥 떠다녔다. 나는 카운터를 오가며 중간중간 끊겼다 이어지는 두 사람의 말과 술잔 사이에서 갈팡질팡했다. 날파리가 날아든 것처럼 언제부턴가 귓속이 윙윙거렸다. 귓속뿐만이 아니었다. 몸 전체가 어떤 소리엔가 파묻힌 느낌이 들었다. 여자들의 웃음소리와 박수 소리가 이명처럼 울리는가 싶다가도 뒤통수 어디쯤에선가 한강철교를 건너는 열차의 굉음 같은 게 들렸다. 온갖 소리들에 떠밀려 핏줄에서 붉은 피가 쭈우욱 빠져나간 것처럼 자리를 옮겨 앉을 때마다 어질어질했다. 여대생에게 얼음물을 시켜 단숨에 들이켰다. 소음과 빈혈 증세가 겨우 진정되는 듯싶었다. 실내는 한낮의 북부역 아스팔트 광장처럼 이글이글 달아올라 있었다. 오늘 하룻밤을 위해 지금까지 살아온 것처럼 사람들은 거침없이 술을 들이켰다. 지금까지 잘못 살아온 것을 후회한다는 양 안주를 씹고 또 씹었다. 자정을 넘겼지만 아무도 일어설 줄을 몰랐다. 화장실을 한 번 더 다녀온 경희가 창수 앞으로 쓰러진 것은 넥타이를 풀어 헤친 남자들이 오징어와 맥주잔을 치켜들고 지화자를 외칠 때였다.

"그만 마셔, 경희야."

나는 창수 품에서 경희를 떼어냈다.

"내버려 둬."

창수 앞으로 다시 쓰러질 듯 비틀거리면서 경희가 술병을 잡았다.

"민경희, 취했어."

"민경희? 수빈아, 애 이름이 민경희야?"

술병을 잡아채면서 창수가 물었다.

"그런데, 왜?"

"그럼 문주란은 뭐야?"

문주란? 문주란이 뭔데, 하면서 내가 더 궁금하다는 것처럼 창수를 바라보자 경희가 소리쳤다. 그래, 내 이름은 문주란이다. 뭐 잘못됐냐? 어라? 너는 이름도 감추고 사냐? 야, 너는 그래서 이름도 없이 꽃미남으로 팔려 다니냐? 경희가 가운데 손가락을 세워 창수의 코를 찌를 듯이 흔들었다. 창수의 목이 뒤로 꺾이는가 싶다가 경희 앞으로 퉁겼다. 이런, 니기미. 나? 난 윤창수다, 윤창수. 나는 분명히 이름이 있어. 내 이름을 가지고 산다고. 그게 너 같은 인간하고 다른 점이야. 알간?

사장님! 남자를 앞장세우고 여자들이 카운터로 몰려갔다. 예, 손님. 언니가 달려갔다. 얼씨구, 니가 나하고 다른 인간이라 이거지. 출입문이 닫히는 사이 창수의 얼굴 앞에 경희가 코를 들이밀었다. 주춤, 한 걸음 물러설 줄 알았다. 창수는 경희의 가슴에 닿을 듯이 바싹 다가섰다. 이 불쌍한 여자야, 꽃미남은 아무나 부르는 게 아냐. 너처럼 돈이고 분비물이고 철철 넘쳐서 주체를 못 하는 골 빈 인간들이 부르는 이름이라고. 문주란아, 알간? 미친 자식, 꼴에 사내새끼라고 떠들어? 그만해! 누가 먼저였는지 모른다. 호소하듯 둘 사이에 끼어든 것은 언니였는지, 나였는지. 너 바다 갔을 때 그랬지? 내 것 빨면서 역시 꽃미남은 다르다고. 뭐야? 너는 새끼야, 내 배꼽 밑에 있는 유두 보고 멋진 훈장이라며 거품 물고 핥았…… 그만해! 둘 다 그만해! 핏줄 속으로 흐르던 온갖 소리들이 한꺼번에 머리끝으로 역류하는 것처럼 웅웅거렸다. 어디랄 것 없이 몸이 축축 늘어지고 있었다.

"야, 꽃미남. 너 똑바로 들어. 나도 이 골목에서 자리 잡을 거라고. 너보다 멋지게 말야."

목이 말랐는지 경희가 자리에 앉아 술잔을 입에 물었다. 문득 코끝으로 알싸한 냄새가 풍겼다. 바락바락 악을 쓰는 경희의 입속에서 새 나오는 발렌타인 17년 같기도 하고 주방에서 노가리 타는 냄새 같기도 했다. 창수의 머릿기름 냄새였는지도 몰랐다. 아니면 나도 모르게 몸에 밴 T 골목의 냄새였는지도. 시디신 음식 찌꺼기가 금방이라도 식도를 타고 올라올 것처럼 역겨웠다.

냄새가 난다고 집을 떠나? 떠나면, 누가 거저 먹여준다고? 내 코앞에 입을 들이대고 어머니가 악을 쓴다. 대학 가겠다고 큰언니 결혼 밑천을 잘라먹어. 너만 살겠다고, 이 독한 년아! 어머니의 입에서 꾸역꾸역 밤꽃 냄새가 풍긴다. 엄마, 수빈이 좀 그냥 내버려 두세요, 제발. 어머니의 팔뚝에 매달려 큰언니가 운다. 결혼도 못 하고 애엄마가 된 큰언니의 눈물에서도 밤꽃 냄새가 번진다. 너, 이년. 빚진 것 같아. 큰언니에게 끌려가며 어머니가 팔을 휘젓는다. 빚 갚으라고…… 강수빈, 이 흉터, 이 유두 말이야. 나는 매일 아침 거울 앞에 서서 이 유두를 바라보며 산다. 어린애 젖꼭지 같은 유두만 보고 살아. 너, 그 기분 아니? 아가씨, 좌석 없으면 무릎이라도 내줘야 된다는 생각으로 뒤져봐. 뒤지다 보면 구멍이 보인다구. 야, 술 가져와. 너처럼 탱탱하고 쭉 빠진 걸로. 너만 살겠다고 집을 떠나? 강수빈, 너만 살겠다고. 그만, 그만해. 이제 그만하라고!

"재웠니?"
"응."
근화장으로 경희를 질질 끌고 들어간 지 한 시간이 지나서야 밖으로 나왔다. 경희 옆에 누워서 잠깐 눈을 감았다 뜬 게 그 한 시간이었다. 창수는 현관 앞에서 나를 기다리고 있었다. 얼음물을 뒤집어쓴 창수의 자주색 남방이 어둠침침한 아크릴 간판 불빛을 받아 낡은 군복처럼 번들거렸다. 숙박비는 누님이 계산했다. 그 말끝에 창수는 툴툴 털고 일어섰다. 그러고 보니 창수 너, 군복도 못 입어보았구나. 창수의 뒤를 따라가며 나는 속으로 중얼거렸다.
"물 뿌린 것, 미안해. 속이 상해서."
"어떻게 된 거냐?"
그깟 물벼락쯤이야 하는 투로 창수는 딴 얘기를 했다. 민경희는 뭐고 문주란은 또 뭐야? 그게 궁금하다는 뜻이었다.

"아르바이트를 한 적이 있었어. 그때 쓴 이름 같아."

"룸에서? 너도?"

"좀 걷자, 그냥."

오래전의 일이었다. 창수와 어깨를 나란히 해서 걸어본 것은. 길이 끝날 때까지 아무 생각 없이 걷고 싶었다. 기껏해야 여행용 가방만 한 스무 살의 짐. 그것을 풀어놓을 공간조차 마련하지 못해 두 학기 동안 허둥허둥 열차로 서울을 오르내리며, 나는 자주 울었다. 단 한 사람도 함께 걷지 못하는 서울의 길들이 낯설고 두려워서. 그러다 경희를 만났다. 옥탑방을 오르내리며 나는 또 울었다. 경희와 함께 걷는 길이 낯설고 두려워서. 이제 일 년 후면 서울로 뜬다. 그러나 길도 익숙하지 않지만, 그 길을 함께 걸어갈 사람이 누구인가 예측도 할 수 없는 스물여섯. 첫사랑을 추억하기엔 너무 이르고, 첫사랑을 갈망하기엔 좀 늦은 나이.

"부탁이 있어."

"무슨?"

"경희 도와줄 수 있어?"

모텔앙상블. 감나무만 한 모텔 표지판을 올려다보면서 경희를 꺼냈다.

"경희 좀 도와줘."

"경희를? 왜?"

"갈 데가 없어. 여기저기서 흔들리다 쓰러질지 몰라."

"민경희, 걔는…… 안 돼. 근성은 좋은데 감정에 치우쳐."

"감정?"

"이 바닥에서 감정 따위는 독이야. 감정이 앞서면 오래 못 버텨. 그리고 걔는 너무 복잡해."

옥탑방, 남자, 수술, 휠체어, 유두, 자퇴, 발렌타인 17년, 문주란, 창수, 음성……. 경희라는 낱말만 입에 담아도 경희보다 앞서는 경희의 것들. 창수의 말대로 경희는 복잡했다.

"여기서 살아남으려면 냉정하고 단순해야 돼. 나처럼."

그러고 보면 창수는 T 골목을 떠난 적이 없었다. T 골목이 고향이고, 직장이고, 집이었다. 밥상이고, 화장실이고, 감나무고, 열차였다. 이제 갓 고등학교나 졸업했을까. 빨강 미니스커트가 인사불성이 다 된 중년 남자의 품에 안긴 채 파라오 앞에서 흔들리고 있었다.

"경희 얘긴 그만두고……, 결정했으면 떠나."

두어 걸음 앞서 걷던 창수가 힘없이 말했다.

"떠나. 떠날 거라면 빠를수록 좋아."

얼음물을 덮어쓴 것처럼 창수의 목소리가 싸늘했다. 단란주점 신세계 네온사인이 파르르 잦아들었다.

"아직, 준비가 안 됐어."

"준비?"

돈이 부족해. 차마 그 말을 하지 못했다. 문득 궁금해져서, 빨강 미니스커트를 돌아볼 만큼의 침묵이 이어졌다. 보람파크 후문이 있는 주차장 입구에서 모자를 눌러쓴 남녀가 나오려다 마주치면서 멈칫, 고개를 꺾었다.

"수빈아, 돈 좀 만져볼래?"

"무슨 뜻?"

"골목을 뜬다고 했잖아. 뭉칫돈이 필요할 거고."

"그래서? 그래서 나보고……."

"뜰 때까지만이라도 같이 일을 했으면 하고."

"제정신이야?"

모자 쓴 남녀는 T 골목이 처음인 게 분명했다. 이제 머지않아 저들도 골목이 익숙해질 것이고, 그러면 골목 풍경의 일부인 것처럼 자연스럽게 모텔을 드나들 것이다. 모자를 쓰지 않고도, 언제든 누구를 마주쳐도 얼굴을 피하지 않으면서. 뭐 문제 있어요? 그런 표정으로.

"졸업도 해야 되잖아. 스물여섯이야, 스물여섯."

"괜찮아, 아직은."

"술마당보다 오히려 더 조용하고 편해. 눈먼 돈도 깔렸고."

"됐어."

"테이블 뛰라는 게 아냐. 카운터에서 얼굴만 내놓고 있어. 어쩌다 고급 테이블에서 한두 번 웃어주기만 하면 되고. 너라면 그 정도 역할만으로도 충분해. 나버진 내가 알아서 할게."

"창수야, 나는 아니야. 언젠가는 무너지겠지만 아직은 아니야."

"너, 참 답답하다. 세상이 어떻게 돌아가는지 아직도 모르는 거야? 눈먼 돈 만지자는데 뭘 무너진다고 그래?"

"여긴 세상의 끄트머리야. 바닥이라고. 여기서 주저앉을 순 없어."

"끄트머리? 야, 강수빈. 너, 꼭 딴 동네 사람같이 말한다. 여기가 세상인 줄 몰라? 세상의 끝이 아니라 세상의 중심이라고."

느닷없이 술마당 언니의 목소리가 들렸다. 강수빈, 넌 아직 멀었어. 빈혈 증세처럼 눈앞이 어지러웠다.

"너, 혹시 내 직업이 더럽다고 여기는 거 아니냐?"

"직업이 문제가 아니라 이 골목이 싫을 뿐이야. 뜨고 싶을 뿐이라고."

"그래. 네 말대로 뜨겠다면 확실히 뜨란 말이야. 그러자면 돈이 필요하다는 것이고."

"……."

"뜨려면 하루라도 빨리 떠. 아니면 눌러앉든지. 누구처럼 떠돌지 말고."

"노력하고 있어."

"뜨더라도 골목 사람들 무시하지 마라. 나처럼 물장사를 하든, 돼지 뼈를 삶든, 가랑이를 벌리든 코피 터지게 열심히 산다. 이 바닥에서 살다 보면 누가 누구를 무시하는 게 얼마나 같잖은 일인 줄 아니? 여기서 잔뼈가 굵은 사람들은 남을 함부로 무시하지 않아. 남들 등쳐 먹고 사는 것처럼 보이는 우리든, 돈푼이나 있다고 꼴값하는 눈먼 놈들이든 서로서로 필요한 존재라고 생각해."

창수, 너 깊어졌구나. 감꽃 목걸이를 만들어주던 네가 아니야.

창수의 장황한 말끝에 독백하듯 그렇게 지껄였나 싶었다. 시체처럼 늘어진 경희를 눕히고 뻣뻣한 나를 휘어지게 만드는, 한밤중에 벌어진 이 상황들이 낯설고 힘들었는지 창수가 보도블록에 주저앉았다.

"어쨌든 떠나면, 내 몫까지 잘해. 학교 포기하지 말고."

창수는 담뱃불을 붙이면서 하늘을 올려다보았다. 멀리, 어둠 속 허공에 야자수 두 그루가 매달려 있었다. 목표물이 사라졌는지 불화살은 날지 않았다. 내 몫까지…… 짧게 입술이 떨렸다. 어떤 비애 같은 게 덩어리로 굳어져 위벽을 두드리는 것처럼 속이 또 울렁거리면서 눈앞이 흐려졌다. 옷을 제대로 입지도 못한 채 끌려가면서 창수는 입술을 깨물었다. 칠 년이 지나도록 생생한 모습이다. 대학 입시를 앞둔 삼 학년 여름방학이었다. 불심검문이었다. 여관 입구에서 마주쳤던 남자가 찌른 게 분명했다. 내가 죽을게, 너라도 살아남아라. 허겁지겁 바지를 꿰면서 창수는 성폭행으로 입을 맞추자고 했다. 창수의 뜻대로 나는 입을 다물었다. 창수 역시 미성년자였지만, 미성년자 성폭행으로 소년감호소에서 반년을 살았다. 쉬쉬하면서 나는 졸업했고, 달아나듯 서울로 진학했으며, 떠들썩하게 자퇴서를 낸 창수는 T 골목 지하 깊숙이 파묻혔다.

그닐 밤, 북부역 파출소로 불려 나온 어머니는 창수의 멱살부터 잡았다. 이 나쁜 자식아, 니가 몇 살이나 처먹었다고, 이 미친놈아. 감나무 집 근처에서 자란 창수를 친아들처럼 여겼던 어머니였다. 그러나 어머니의 말처럼 창수는 나쁜 자식이 아니었다. 술에 취해 나를 여관으로 끌고 간 것은 창수였지만 몸을 연 것은 나였다. 나를 포함해 T 골목의 아이들 대개가 그렇듯 창수는 모범생은 못 되어도 미친놈은 아니었다. 그저 T 골목에서 나고 자랐을 뿐. WORLD INN−旅館 명찰이 붙은 T 골목을 드나들며 같은 또래들보다 몇 걸음 앞서서 어른들의 세상을 엿보았을 뿐이었다. 그리고 그 세상의 일부가 된 지금, 나와 마찬가지로 지우기 힘든 기억이나 갚기 어려운 빚 하나씩을 심연에 가라앉힌 채 살아가는 중이었다.

"저기……."

툭툭 털고 일어서던 창수가 턱으로 길 건너 모텔을 가리켰다. 융프라우. 뾰족지붕의 절반을 잘라 붙인 듯한 스위스풍의 모텔이었다. 리모델링을 끝낸 건물 외벽을 뜯어내면 이화령이 나올 것이다. 칠 년 전, 그곳이었다.

"칼자국 남아 있지?"

"본 지 오래됐어."

그날 방문을 열기 직전, 칼로 위협했다는 상황을 만들기 위해 허벅지를 찔렀다. 방법도, 칼 솜씨도 서툴러 상처가 깊었다. 머뭇거리는 창수의 칼을 빼앗아 직접 찌른 게 실수라면 실수였다. 그 칼자국을 들여다본 게 언제였는지 기억이 가물가물했다. 잊은 적은 없었다. 잊은 듯 외면하고 지냈을 뿐. 너, 참 독종이다. 출소하면서 창수가 했던 말이 맞는다면, 지우고 싶어도 지워지지 않는 그 칼자국이 오늘, 여기까지 나를 끌고 왔는지 모른다. 골목을 드나들며 흔들릴 때마다 허벅지 근처에서 시큰거리던 그 통증이.

"경희 좀 도와줘."

칼자국이 숨겨져 있을 허벅지 뒤를 가볍게 주무르며 나는 경희의 유두를 떠올렸다. 칼로 도려내고 싶어. 술에 취한 경희는 종종 배꼽 밑의 담뱃불 자국에 칼끝을 들이대곤 했다. 선명하진 않겠지만, 그곳에도 칼자국이 남아 있을 것이다.

"여기서 자리 잡게 해줘."

"생각해볼게."

"고마워."

"집까지 바래다줄까?"

"괜찮아. 눈 감고도 갈 수 있는 길이잖아."

세 시 반. 어제보다 두 시간이 늦었다. 실장실에 불려가 지각 사유서를 쓰지 않으려면 조금이라도 눈을 붙여야 한다. 창수가 T 골목으로 돌아가는 것을 보면서 나는 휴대폰을 껐다. 등 뒤에서 언뜻 자전거 구르는 소리가 들렸다. 철길 위를 달리는 무쇠 바퀴 소리 같기도 했다. 밤낮이 뒤바뀐 어머니의 불면증을 확고하게 다져놓은 그 쇳소리들.

청남파크 2층 유리창에서 반짝, 불이 켜졌다. 이 새벽에, 누가 목욕을 하는가. 한밤중에 몸을 씻다 보면 감나무에서 떨어진 감꽃이 세숫대야에 둥둥 떠다녔다. 수건을 내려놓으며 아하, 하고 감꽃에 놀라곤 했다. 내일 밤은 누가 또 감나무 아래에서 목욕을 할까. 피 옆이 죽어버린 청남파크 네온사인을 올려다보는 사이, 어디선가 졸졸졸 물소리가 새 나왔다.

154

서울까지 152km. 지금 당장 북부역으로 달려가 첫차를 타면, 물소리가 잊힐 수 있을까.

골목 저쪽 가로등 밑에서 비둘기 집만 한 간판이 희끗거렸다. 나는 조금씩 걸음에 속도를 붙였다.

거인의 방

빗발은 완전히 기세가 꺾여 있었다. 폭설 끝에 눈 몇 송이가 나풀거리듯 푸슬푸슬 가랑비가 이어졌다. 곳에 따라 호우주의보가 예상되며…… 기상통보관의 말대로, 장마철 첫날인 오늘 아침부터 물대포를 쏘아대는 듯이 기세등등하던 장맛비였다. 그랬던 것이 한나절이 지난 뒤부터 낚싯줄만 한 빗줄기로 곤두박질치더니 저녁 무렵까지 끊어질 듯 이어지는 중이었다.

선영은 현관 계단에 쭈그리고 앉아 그 광경을 지켜보았다. 한 손엔 새우깡 봉지를, 다른 한 손엔 세 살짜리 아들 철민이를 오종종하니 나무 열매처럼 매단 채. 전기밥솥에서 뚜르르뚜르르 귀뚜라미 울음소리를 내며 취사 버튼이 올라가고도 한참이 지났을 것이었다. 502호 호미 할머니는 아직 쓰레기를 줍고 있었다. 여섯 시 반. 어김없이 어제 그 시간이었다. 호미 할머니의 등은 주워 든 비닐 조각이나 시금치 이파리같이 폭삭 젖어 있었다. 우산살처럼 접힌 등 때문이었다. 등만 펼 수 있어도, 그래서 한 손으로 우산을 받쳐 들 수만 있어도, 예순아홉이면 이따위 가랑비쯤은 거뜬히 피할 수 있는 나이였다.

지금 막 불에 달구어낸 호미 한가지라니깐.

그 굽은 허리춤에 밀가루를 뒤집어쓴 곶감처럼 호미 할머니의 얼굴이 걸려 있었다. 선영은 언젠가 보았던 걸개그림을 떠올렸다. 볏단을 안고 선 농부의 얼굴에 죽죽 그려놓은 진흙빛 주름살. 호미 할머니의 얼굴엔 그것이 다섯 개도 더 되었다. 그 주름살 한 가닥을 잘라낸 것 같은 입술은 틀니를 빼냈는지 목구멍 속으로 쏘옥 빨려 들어 갈 것처럼 위태로워 보였다.

"총무, 이것 좀 봐. 손바닥만 한 집구석에 웬 쓰레기가 이렇게 많어?"

주차장의 쓰레기 분리수거함을 엎어놓고 호미 할머니가 퍽퍽 우유팩 밟히는 소리를 냈다.

"할머니, 내일 있을 반상회 말이에요."

선영은 내가 그걸 어떻게 아느냐는 식으로 목청을 높였다.

"절반도 모이지 않는 반상회는 왜 한대요."

"이번엔 다들 모이겠지."

선영은 하루 앞으로 다가온 2차 반상회가 도무지 못마땅했다. 두 주일 전에 가졌던 1차 반상회가 어떻게 막을 내렸던가. 입주자 대표에게 이구동성으로 욕이나 퍼붓다가 마지막엔 제풀에 지친 것처럼 미적미적 집 안으로 기어들지 않았던가. 선영은 그날처럼 행여

자신에게 날아들 불똥을 눈앞에 떠올려 보았다.

"이럴 바엔 차라리 그냥 예전대로 사는 게 낫겠어요."

"아 글쎄, 하자 보수 땜에 그라지."

"아파트가 당장 무너진다 해도 전부가 세입자뿐인데 누가 나서 겠어요. 당장 이사 가면 그만인걸."

"그러니까 총무라두 나서서 해결을 보아야지. 총무가 안 나서면 누가 그 일을 햐? 내가 햐? 이 꼬부랑 늙은이가?"

총무. 선영은 그 말이 듣기 싫었다. 자신이 어쩌다 총무가 되었는 지 그 연유를 곰곰이 따져보았다. 생각할수록 어처구니가 없는 노 릇이었다. 총무라는 게 입주자 대표도 없는 반상회에 불려 나가 이 만 원도 못 되는 한 달 관리비 때문에 된통 욕이나 얻어먹고 돌아오 는 직책이라니.

"하여튼 법을 몰랐다가 이제 법을 알았으니 법대루 하자는 거지. 구청 직원 말로는 법대루 해결해야 결과적으루다가 주민들이 살기 좋아진다는 얘기여."

"살기 좋아지긴요. 닭장 같은 원룸에서 뭘 얼마나 더 잘 살겠다 고. 아홉 평을 구십 평으로 늘려준다면 또 모를까."

"어이구, 총무. 그런 소리 하덜 말어. 아홉 평짜리 집구석도 뒤치 다꺼리를 못 해서 이 지경으루 쓰레기 천국인데, 뭔 구십 평?"

"그렇다는 얘기지요."

그러나 결코 그렇지 않다는 것처럼 호미 할머니가 쓰레기 분리수 거함을 엎어 놓고 엉망으로 뒤섞인 쓰레기를 하나씩 꺼내놓을 때쯤에서 선영은 자리에서 일어섰다. 찔끔, 무릎이 결렸다. 대추나무 가시로 찌르는 것처럼 오금도 콕콕 쑤셨다. 접혔던 허리뼈는 몸속에서 부스스 마른 수세미 소리를 내며 가까스로 펴지는 것 같았다. 초복이 멀지 않았는데, 똥개도 안 걸린다는 여름 감기에 걸린 것처럼 어디랄 것 없이 몸 전체가 깨나른했다. 분명히 간이 문제일 것이었다. 요즘 와서 딱딱하게 굳어가는 느낌이 부쩍 늘고 있는 그 간덩어리가.

선영이 기우뚱 일어서는 바람에 철민이가 계단 아래로 미끄러질 뻔했다. 현관 출입문 안까지 파고들던 아침의 장대비 탓으로 현관 주변이 물청소한 것같이 질펀했다.

부실 공사 현장 같은 이놈의 집구석. 이게 어디 사람 사는 집이라고 만들어놓은 것인지.

선영은 자신도 모르게 입에서 버글버글 욕지거리가 튀어나왔다. 벌써 석 달 가까이 멈춰 있는 엘리베이터. 6층이나 7층에 입주한 누군가가 홧김에 때려 부쉈을 전자 기판이 생선 내장처럼 흘러나온 흉물. 그게 왜 하필 자신의 출입문 정면에 놓여 있는지. 화장실 천장을 통째로 뜯어 날릴 듯한 환풍기 소리. 아침저녁으로 찔끔거리는 수도꼭지. 비만 내리면 깜박 죽어버리는 형광등……. 전세 계약 기간 이 년만 채우면 미련 없이 뜬다. 그런데 아직 일 년 반이 남았다. 아찔하다.

선영은 맞은편 벽을 보았다. 자신의 집인 106호 출입문 옆에 나란히 게시판이 붙어 있었다. 박제된 호랑나비처럼 압정으로 꽂혀 있는 반상회 안내문을 선영은 한눈에 읽었다.

알립니다. 하자 보수와 관리비 책정 문제로 2차 반상회를 합니다.

입주자 대표인 204호 노할머니가 써 붙인 것이었다. 게시판에 나붙은 지 사나흘이 지났다. 노할머니는 여전히 ㅂ 대신 ㅁ을 사용했다.

1차 반상회 안내문은 선영 자신이 썼다. 두 번인가 고쳐 쓰면서 눈물을 삼켰다. 언제까지 무보수로 총무를 맡아야 하는지. 입주자 대표와 한통속이라며 욕은 욕대로 얻어먹으면서.

입주하고 인사차 노할머니 방에 들렀다가 덥석 일을 맡은 게 잘못이었다. 집에서 쉬는 애엄마 가운데 왜 하필 자신이 선택되었는지. 102호 놀이방 여자도 있고 303호 새댁도 있고 406호 진주 엄마도 있었다. 딱 일 년만 맡기로 했지만 아직도 절반이 남았다. 해가 바뀌기 전까지는 꼼짝없이 수도 계량기를 검침해야 하고 계산기를 두드린 다음에 고지서를 써 붙여야 한다. 도대체 지금 세상이 어떤 세상인가. 컴퓨터로 돌아가는 세상 아닌가. 그런데 이런 짓을 하다니. 그것도 엘리베이터가 고장 난 7층까지 걸어서 오르내리며.

선영은 수수깡처럼 약한 몸만 아니면 오늘 당장이라도 방을 박차고 콜라 공장에 출근하고 싶었다. 사표를 던지기 전처럼 경리가 못 되면 하다못해 빈 콜라병이라도 닦고 싶은 심정이었다. 그러면 남편의 짐승 같은 술주정을 피할 수 있을 테고 남편 덕분에 무보수 총무가 된 이 비굴한 꼴을 더 이상 겪지 않아도 될 것이었다. 선영은 아랫입술을 깨물었다.

퐁당퐁당 돌을 던지자. 누나 몰래 돌을 던지자. 냇앳물아 퍼어져
라. 멀리멀리 퍼져라……

갑자기 시냇물이 퐁당거리는 소리가 들리는가 싶더니 고무풍선
터지는 소리로 아이 서넛이 한꺼번에 울었다. 복도 저 안쪽, 102호
놀이방이었다. 놀이방 여자가 아이를 둘러업다 잠들어 있는 다른
아이의 발이라도 밟은 모양이었다. 놀이방 여자는 밟힌 아이보다
더 고통스럽고 애처로운 목소리로 자장, 자장, 자장을 연발했다.

놀이방의 저녁은 늘 그런 식이었다. 아이의 부모가 귀가할 시간
만 되면 금방이라도 숨넘어갈 듯이 야단법석을 떨어댔다. 따지고
보면 놀이방 시간이 끝날 무렵뿐만이 아니었다. 아이를 돌본다는
게 하루 종일 아이를 울리기에 바쁜 형국이었다. 태어난 지 채 돌도
지나지 않은 303호 아이부터 유치원에 다녀도 될 만한 여섯 살짜리
406호 진주까지 원룸에 사는 대여섯 명의 아이들을 맡아보면서 놀
이방 여자는 마치 무면허 놀이방을 운영하는 사람처럼 허둥댔다. 아
이들에게 들려주는 노래만 해도 그랬다. 도대체가 그 하고많은 유
아용 정서 음악이라든가 엄마와 함께 듣는 클래식 같은 것은 어디
에 처박아두고 날이면 날마다 초등학생용 동요 테이프만 녹음기에
잔뜩 쑤셔 넣는지 알 수 없는 노릇이었다.

퇴근 무렵, 놀이방이 어수선해지면서 동요가 흘러나올 때마다 선
영은 생각했다. 아무리 대학물을 먹었어도 애는 아무나 키우는 게
아니지. 선영 자신보다 두어 살쯤 손아래로 보이는 놀이방 여자는
결혼 삼 년째인데 아직 아이가 없었다. 전문대학의 유아교육과를

졸업하고 어떻게 자격증은 획득했다지만 아무래도 아이 다루는 솜씨가 산통을 겪고 자신의 피붙이를 길러본 생모만큼은 어림도 없어 보였다.

놀이방 여자에 대한 반감과 놀이방에서 하루 종일 칭얼대는 아이들에 대한 연민이 증폭될 때마다 선영은 철민이를 집에서 직접 돌보고 있는 자신이 한없이 다행스럽게만 여겨졌다. 비록 다른 애엄마들처럼 직장에 나가지 못해 가슴이 답답하고 생활비에 쪼들리는 게 불만이긴 했지만.

목 잘린 풍뎅이처럼 출입문이 활짝 뒤집힌 106호를 건너뛰어 선영은 107호를 넘겨다보았다. 집에 있는 날이면 밤낮으로 출입문을 열어놓고 지내는 사람들인데 오후 내내 닫혀 있었다. 물소리도, 그릇 소리도 들리지 않았다. 삼교대 근무를 들어갔다는 뜻이었다. 부부가 함께 제지 공장에 다닌다고 했다. 이곳의 입주자 절반 이상이 107호와 엇비슷한 사정이었다. 올빼미처럼 낮과 밤을 뒤집어 살았다.

2층 계단을 돌아 오르며 선영은 힐끗 뒤를 보았다. 106호 출입문과 정면으로 설치된 엘리베이터 앞 복도에 줄줄이 유모차가 늘어서 있었다. 엘리베이터가 고장 난 다음부터 엘리베이터 앞 복도는 유모차의 주차장이 되었다. 코끝이 퀭한 풍경이었다.

아무리 젊은 새댁들이라 해도 하루 이틀도 아니고 7층까지 어떻게 걸어서 오르내린단 말인가. 게다가 이제 겨우 두서너 살짜리 아이들을 데리고. 호미 할머니는 또 몇 개의 계단을 밟아야만 502호에 닿는가. 교통사고로 아들이 죽자 집 나간 며느리를 기다리며 손자와 살아가는 705호 할아버지는 올해 일흔여섯이라고 했다.

206호는 오늘도 출입문이 반쯤 열려 있었다. 지금쯤 두 여자가 나란히 경대 앞에서 화장품을 찍어 바르고 있을 것이다. 출근 때문이었다. 언젠가 207호 남자와 노할머니가 토닥거리는 내용을 곁에서 엿들은 적이 있었다. 개나리색 남자는 206호 여자들 때문에 종종 잠을 설친다고 했다. 새벽 두세 시쯤 악몽에 가위눌린 것처럼 깨고 나면 어김없이 야릇한 신음 소리가 벽을 타고 새 나온다는 거였다. 노할머니는 짐짓 무표정한 어조로 말했다. 길 건너 술집 여자들인데 석 달 전에 입주했어. 새벽에 퇴근하면 술기운 때문에 잠을 못 자고 비디오를 보거나 가끔씩 술 취한 남자들을 데려와 헐떡거리며 밤을 새우는 겨. 엄연히 제 돈 주고 들어온 세입자인 데다 이웃 주민에게 큰 피해를 입히는 것도 아니어서 직업을 문제 삼아 강제 퇴거시킬 수도 없는 노릇이고……. 선영은 206호 출입문 안에서 부스럭거리는 소리를 들으며 생각했다.

하긴, 이 원룸에서 206호 여자들만큼 밤낮이 분명한 사람은 없을 것이다.

204호 앞에서 발을 돌린 선영은 3층 입구의 계단에 쭈그려 앉아 생각했다. 유리병 속에 담긴 개미를 관찰하듯 이곳에서 반년 가까이 사는 동안 얻어들은 정보는 한두 가지가 아니었다.

딱 한 채뿐인 7층짜리 대일원룸. 건물 뼈대가 세워질 무렵과 준공 무렵에 두 번씩이나 부도를 맞아 집주인이 하청업자와 건축자재

납품업자로 갈가리 찢긴 아홉 평짜리 다세대 공동주택. 전체 마흔 아홉 세대 가운데 마흔다섯 세대가 세입자이고 집주인은 고작 네 세대뿐이다. 입주자의 연령은 완전히 양분되어 있었다. 회갑을 훌쩍 넘긴 중늙은이와 기혼이든 미혼이든 새파란 이십 대로. 정체불명의 삼십 대 후반은 서넛 안팎에 불과했다.

아홉 평짜리 방 한 칸에서 혼자 살거나 많게는 네 명이 동거한다. 노할머니의 경우는 자녀를 모두 서울로 올려 보내고 혼자 살고 있다. 호미 할머니 부부도 가족들과 별거 중이다. 양로원 대신 고향의 원룸을 택하자 아들과 며느리가 십시일반 전세금을 마련한 경우다. 은행원으로 소문난 207호 남자처럼 직장 출퇴근을 위해 하숙집 드나들듯 잠만 자는 사람이 예닐곱. 세입자의 절반은 맞벌이 부부이다. 그 대부분이 인근 공단에서 맞교대나 삼교대로 근무한다. 그래서 현관을 출입하는 입주자는 낮과 밤뿐만 아니라 주말이고 일요일이고 구분이 없다. 그러나 정작 따지고 들자면 스물네 시간, 출퇴근 시간을 빼고는 남아 있는 사람들이 죽은 듯이 잠들어 있는, 강변의 러브호텔 같은 집. 대일원룸은 그런 집이었다.

"방 하나에 살림 들여놓고 어떻게 세 식구가 같이 살아."

남편은 처음부터 원룸을 반대했다. 지난겨울, 원룸에 이삿짐을 푸는 순간까지도 선영과 팽팽하게 의견이 맞섰다.

"집 꼬락서니를 좀 보라고. 변소하고 부엌하고 방이 하나에 뭉뚱그려 있는 데서 어떻게 산단 말이야."

"철민이도 어리고 하니까 이 년만 견뎌요."

"나 참, 기가 막혀. 지붕도 없는 게 무슨 집이야. 이게 방이지 집이야!"

새우깡이 바닥났는지 칭얼대는 철민이를 선영은 둘러업었다. 선영은 내처 4층까지 올라갔던 계단을 되밟아 내려왔다. 등에서 새우깡 봉지가 털썩 떨어졌다. 철민이가 업힌 채 잠들었는가 보았다. 106호 출입문은 벌렁 뒤집힌 그대로였다. 남편이 귀가하려면 아직도 다섯 시간 가까이 남아 있었다. 선영은 방 안을 들여다보았다. 싸구려 대발이 보였다. 대발을 젖히고 불쑥 남편이 튀어나올 것만 같았다. 보통 사람들보다 머리 하나는 더 있을 만큼 장대한 체구인 남편은 언제나 위압적인 모습이었다. 그 체구가 뿜어내는 벼락같은 목소리가 우렁우렁 터져 나오는 날이면 원룸 전체가 금방이라도 무너질 듯 들썩거리곤 했다.

"나와보라구 해! 어떤 씨팔놈이든 나와보라구 해! 이 개새끼들. 어떤 놈이 감사여! 무얼 고친다구 돈 내라구 해? 이 아파트는 망한 아파트여. 썩은 개새끼들 때문에 폭삭 무너질 아파트라구!"

두 주일 전, 1차 반상회를 마친 다음 날이었다. 술에 취한 남편이 둔기로 정수리를 강타당한 황소처럼 피 끓는 울음을 토했다. 또다시 그런 일이 벌어지면 경찰차가 들이닥칠 게 뻔했다. 지난해 말 선영이 입주하고 보름쯤 지났을 때, 처음 그런 일이 벌어졌었다.

세밑이었다. 군데군데 불 꺼진 유리창을 싸륵싸륵 눈발이 두드렸다. 모처럼 내리는 함박눈이었다. 일에 지친 원룸 사람들이 강설의 풍경을 돌아볼 겨를도 없이 길고 긴 겨울잠을 누이고도 한참이 지났을 한밤중이었다. 마치 덫에 치인 짐승처럼 선영과 철민이의 울음이 남편의 고함 소리에 뒤범벅이 되어 7층까지 치솟았다. 그로 인해 원룸 사람들은 겨울잠에서 일제히 깨어났고, 잠시 후 짐승의 울음보다 더 잔인한 쇳소리로 경보음이 울렸으며, 한참 뒤에 경찰이 남편을 개 끌듯이 연행해 갔다. 선영은 그 모든 일을 406호 진주네 집에 숨어서 목격했다. 남편이 직장 동료의 이름을 한입 가득 물어뜯은 채 미친개처럼 길길이 날뛸 때, 선영이 철민이를 데리고 무작정 뛰어올라 초인종을 누른 게 406호였다. 진주네 집이었다. 마침 잠들기 전이었는지 방바닥에 놓여 있던 전화기를 진주 아빠가 허겁지겁 치우자 진주 엄마는 철민이를 받아 들고 그 자리에 누였다. 진주네 식구들과 미처 인사를 나누기도 전이었다.

그 뒤로 두어 차례 비슷한 일이 벌어졌지만 순찰차는 더 이상 오지 않았다. 어느덧 반년 가까이 지난 일이었다. 그런데 선영은 지금도 풀리지 않는 수수께끼 같은 게 남아 있었다.

그날 밤 남편을 경찰에 신고한 사람이 도대체 누구일까.

아무것도 결론을 내릴 수 없는 그 의혹과는 상관없이 분명한 것 한 가지가 있긴 했다. 그 사건이 있은 얼마 후 선영이 무보수 총무가 되었다는 사실이다.

"죄송합니다, 한밤중에 소란을 피워서."

해가 바뀌고 여자들 몇몇이 모였을 때였다. 선영은 총무를 선출하기 위해 얼굴을 맞댄 자리인 줄도 모른 채 끼어들어 사과조의 인사말을 건넸다.

"신랑이 회사에서 안 좋은 일이 있었나 봐요?"

입주자 대표 회의가 정식으로 구성되기 전이었다. 임시 대표를 맡고 있던 노할머니가 위로조의 말을 건넸다. 그때였다. 젊은 여자 하나가 무슨 천만의 말씀이냐는 듯이 치고 나왔다.

"그게 아니라 술 마시면 원래 그런가 봐요."

"그렇진 않고요……."

"뭐, 아저씨 고함 소리하며 쏟아놓는 욕지거리가 보통 솜씨는 넘 더라고요. 그런 아저씨를 견디며 산다면 무슨 일이든 할 수 있는 인 내심과 능력도 있다는 얘긴데, 이참에 아줌마가 총무를 하는 게 어 떻겠어요?"

놀이방 여자였다. 아무리 보아도 선영 자신보다 두서너 살 연하 일 게 분명했다. 입주 신참만 아니면 비록 엄동설한이지만 팔뚝을 걷고 당장 주차장으로 나가볼 판이었다. 듣자 하니 이 아파트에서 살림을 하는 애엄마 가운데 몇 안 된다는 대학물 먹은 여자인 모양 이었다.

그러나 그렇다고 해서 하나도 뒤질 게 없는 선영이었다. 선영의 판단으로는 학창 시절 내내 성적이 뒷전에만 밀려 있다가 어물쩍 들어가는 게 그 흔한 전문대였다. 성적이 좋으면서도 가정 형편상 진학을 포기하고 선택하는 곳이 바로 취업 전망이 좋은 여상인 반 면에. 선영은 물론 후자에 속했다. 그랬기에 여상을 졸업하고 제법 큰 회사의 경리를 보던 이력이 남부럽지 않은 처지였다. 더구나 선영은 직장의 노동조합 사무실에서 동료 조합원들과 공부도 했다. 비록 이 년 남짓한 짧은 기간이었지만 『정치·경제학』이나 『노동자의 철학』 따위를 훑어본 경험이 있었다.

어쨌거나 선영은 입안의 독기를 내뿜듯 입방정을 떨어댄 놀이방 여자를 그냥 지나쳤다. 남편의 술주정으로 한풀 기가 꺾인 상태였고, 그 바람에 무보수 총무 직책을 덥석 떠맡긴 했지만, 아직은 함부로 대거리할 필요를 느끼지 못했다.

선영이 결혼한 지 오 년. 공단 내 노동조합원 친목 단합 대회에서 남편을 처음 만나 일 년 열애 끝에 혼인신고서를 썼다. 입사 이 년 차인 선영이 노동조합에 가입하여 한창 일을 배울 때였다. 유난히 숯불 돼지갈비를 좋아하던 남편을 따라다니며 숯불 냄새를 어지간히 맡았다. 그러다 누가 먼저랄 것 없이 숯불처럼 달아올랐고, 숯불 연기에 질식된 사람처럼 뚝뚝 매운 눈물을 흘리며 신혼여행을 다녀왔다.

사내 결혼은 문제가 아니었으나 타고난 약체였던 선영은 곧 사표를 냈다. 집들이하던 날, 동료 조합원들은 남편을 거꾸로 매달아 발바닥을 때렸다. 여덟 살이나 어린 푸성귀 같은 처녀를 동지들의 허락도 없이 아내로 취한 도둑놈. 장래가 구만리 같은 일꾼을 낚아챈 죄가 태산 같아. 체구가 절반도 되지 않는 제수씨 한밤중에 너무 괴롭히지 말어……. 남편은 아이구구, 죽는시늉을 하면서 사또와 형방과 색시를 찾았고, 밤새 술병을 날랐다.

신혼 일 년은 행복했다. 밤늦도록 밥상을 차려놓고 노동조합 유니폼을 걸친 채 땀에 젖어 돌아오는 남편을 마중하는 일을 선영은 자신이 직장을 다니는 것 이상으로 기뻐했다. 비록 운송부 기사인 남편이 회사 일로 종종 집을 비우는 게 불만이긴 했지만. 몸이 약한 탓으로 첫아이를 유산하고 아들을 낳았을 때, 남편은 핏덩이를 들어 올리며 강철민이라는 이름을 붙였다. 강철같이 자라나 노동자를 위해 살아가라는 뜻이었다. 자신의 이름을 부르는 아빠의 목소리를 알아들었다는 듯이 철민이가 남편의 배 위에서 뒹굴며 흥겨워하던 어느 날이었다. 갑자기 동료 조합원들이 떼거리로 집을 찾았고, 함께 마시던 술상이 엎어졌다. 그 뒤부터 조합원들의 발길이 뚝 끊겼다. 남편은 좀처럼 그 내막을 밝히지 않았다. 다만 술이 곤죽이 되도록 퍼마시는 날이 전보다 눈에 띄게 늘어갔을 뿐. 그사이에 일찍이 경험하지 못했던 술주정이 종종 불거져 나왔다.

의혹과 두려움에 떨던 선영은 옛 조합원 동료들을 수소문했다. 남편은 춘계 임금 단체교섭 때 어떤 대가성의 포기 각서를 썼다고 했다. 어용 노조의 앞잡이 가운데 한 사람이었다는 것이다. 남편은 그새 지방 출장이 잦은 운송부 기사에서 사내 자재부로 보직이 바뀌어 있었다. 선영은 그 일조차 까맣게 모르고 지냈다. 이제 막 두 돌이 지난 철민이를 짓밟을 것처럼 남편의 주사가 포악해질 때까지.

"왜…… 그러셨어요?"

"어차피 깃발 들고 앞장서지 못할 바에야 때려치우는 게 속 편할 것 같아서 그랬다."

172

"그래도……."

"뭐가 그래도여? 나보고 뎅경 모가지 잘려서 나자빠지라는 얘기여?"

"안 잘리면 되잖아요. 부딪칠 일이 있다면 끝까지 싸워서라도."

"깜깜한 소리 하고 있네. 지금이 때가 어느 땐데 그런 심청이 아버지 같은 소리를 하는 거여. 구조조정 몰라? 야적장에 쌓인 콜라병처럼 비정규직하고 실업자가 흘러넘치고 있어. 줄 잘못 섰다가는 굶어 죽을 판이라구!"

구제금융 후유증으로 회사가 흔들리던 시기였다. 정권이 바뀌었음에도 중소기업이 하루에 백여 개씩 연쇄 도산한다는 소식이 하루가 멀다 하고 신문, 방송에 오르내렸다. 걷잡을 수 없는 경제 파탄이 진행 중임을 원룸에 갇혀 지내는 선영도 절감했다. 탁월한 노동운동가는 못 되었지만 내로라하는 싸움꾼이던 남편이 깃발을 내린 연유도 어렴풋이 짐작할 수 있었다.

남편이 쓰러지면, 세 식구가 동시에 쓰러지고 만다.

그랬기에 선영은 이사 날짜가 잡힌 겨울이 다 되도록 더 이상 전후 사정을 따져 물을 엄두도 못 낸 채 답답한 심정으로 지내왔다. 다만 남편이 귀가 시간을 철저히 지켜주는 게 고마웠고, 철민이에 대한 부정이 남달리 각별해진 것에 위안을 삼았을 뿐이다. 한편으론 이 모든 사태의 발단이 마치 나무젓가락 같은 자신의 신체에서 비롯된 것인 양 때때로 자학을 하면서. 그러다 남편과 함께 박스 살림을 꾸렸다.

오전 내내 쏟아붓던 장맛비가 또 한나절 만에 거짓말처럼 뚝 그쳤다. 한밤중에 빗발이 날린 것 말고는 장마철 첫날의 그것과 우연히도 같은 양상이었다. 꼭두새벽부터 남해안 일대에 호우주의보를 발효한 기상특보는 틀림없이 기상통보관이 손등으로 가리키던 남해안에만 해당될 것 같았다.

장마 이틀째의 빗발은 선영이 어젯밤 노할머니 집을 다녀와서 입주자 통신문 ③을 꺼내 읽을 무렵부터 시작되었다. 첫날처럼 곧장 폭우를 쏟아붓진 않았지만 장맛비 텃세를 부리는 듯 그런대로 제법 빗발에 힘이 실려 있었다. 베란다의 창틀을 두들기던 그 빗소리 때문인지 선영은 입주자 통신문 ③에 실려 있던 십여 가지의 하자 내역을 읽던 내내 머릿속에 바람이 든 것처럼 어수선한 느낌이 들었다.

옥내 천장 누수(목욕탕 천장에서 비오드시 물이 샐 때가 있음), 지하 차고 양쪽 벽 균열, 지하 펌프실 옆 천장관 누수, 가압 펌프실 누수, 수목 8그루 고사(가이스카 향나무 주당 10만원임)…….

선영은 비오드시를 비 오듯이로 고쳐 읽으며 누운 채로 방 안을 휘둘러보았다. 남편이 삼교대 근무를 마치고 자정 넘어 귀가할 때까지 비어 있는 방. 돌연 자신의 방이 고향 강마을의 집처럼 느껴졌다. 한낮엔 딩 비었다가도 밤마다 일곱 식구가 누에처럼 꼼지락거리던 외양간 같은 방. 그래도 그 방은 사람의 온기가 넘쳤다. 남편의 말이 맞았다. 이것은 집이 아니라 그냥 방이었다. 사람의 온기는 벽지에 붙은 껌만큼도 남아 있지 않은 냉방. 가슴 밑바닥에 개펄처럼 진득진득 가라앉아 있던 슬픔이 한꺼번에 쏟아져 나올 것만 같았다. 밤낮으로 쿵쾅거리며 계단을 오르내려도 그가 누군지 알기는 커녕 얼굴조차 마주치기 힘든 원룸. 수도세 고지서를 들고 초인종을 누르면 보안경으로 내다보며 바닥에 두고 가세요, 지껄일 뿐 수고한다는 말 한마디 건넬 줄 모르는 냉혈인들. 어쩌다 삼겹살을 굽거나 라면 하나를 끓여도 속옷까지 그 냄새가 배는 단칸의 방. 유리창 하나를 빼면 온통 콘크리트 벽으로 둘러싸여 있는 방 안에 질식할 듯 갇혀 살면서 매일같이 느끼는 이 끈적끈적한 이질감을 어떻게 설명할 수 있을 것인지, 쉽사리 가늠이 되질 않았다. 사람 사는 곳이 정말이지 이럴 수가 없지 싶었다.

선영은 조용히 일어나 TV 받침대 겸용으로 쓰이는 경대 앞에 앉았다. 두렵고 떨리는 눈으로 자신의 얼굴을 들여다보았다. 북어처럼 깡마르고 거무튀튀한 살갗을 뚫고 퀭하니 눈동자만 반짝였다.

저 모습이 스물아홉 살의 여자 얼굴인가.

점심을 건너뛴 탓인지 선영은 오줌소태가 난 사람처럼 아랫배가 땅기고 가슴이 울렁거렸다. 얼굴에서 무엇인가 반짝거렸다. 눈을 끔벅이자 등 뒤 저만치서 빛나는 게 또 있었다. 장식장에 올려놓은 꽹과리였다. 사표 쓰기 전, 노동조합 사무실에서 단체로 구입한 것이었다.

저 소리만 들어도 배부르던 시절이 있었는데.

예고된 시간보다 반 시간이나 늦게 시작된 2차 반상회 참석자도 십여 명 남짓 모인 1차 때와 크게 다르지 않았다. 참석자가 늘었다면 입주자 대표인 노할머니와 이사로 임명된 305호 강 이사 정도였다. 다들 선영과는 대충 안면이 있는 얼굴이었다. 207호 개나리색 티를 입은 남자만 낯설 뿐. 은행원이라고는 하지만 여전히 정체가 아리송한 그는 한눈에 보아도 여기 원룸에서 살림하는 사람이 아니었다. 아마 원룸을 하숙집처럼 드나들며 고급 중형차를 몰고 다니는 부류에 속할 듯싶었다.

어쨌거나 선영은 그런 사소한 일에 정신을 팔 여유가 없었다. 초저녁부터 들이닥친 남편의 직장 동료들에게 차려낸 밥상이 제대로 모양이나 갖춰진 것인지 그게 영 미심쩍고 궁금하기만 했다. 불안한 마음으로 반상회가 시작되는 순간까지 부리나케 현관문을 드나들었다. 공연히 숨이 가쁘고 조바심이 일었다.

총무 그만둘 거야. 힘들어서 못 하겠어.

어제 아침, 출근하는 남편에게 그 말을 털어놓을 때부터 울렁출렁하던 가슴이었다. 남편은 처음 이사 올 때부터 그렇게 일이 꼬일 줄 알았다는 식으로 가타부타 반응이 없었다. 저, 총무 그만두기로 했어요. 어젯밤 노할머니 앞에서 총무를 그만두겠다는 의사를 내비쳤을 때까지만 해도 그게 영 실감이 나질 않던 일이었다. 그런데 막상 반상회가 코앞에 닥치자 그 문제를 어떻게 매듭지어야 할지 막막했다.

총무를 그만두겠다고요? 왜 그만두세요? 하는 식의 문답이 이어질 것은 불 보듯 뻔한 노릇이었다. 당신 그러면 안 돼. 남의 사정이야 안중에도 없이 무작정 따지고 들 사람들이니까. 보름 전에 벌어

176

진 남편의 술주정을 겨냥해 일제히 삿대질을 날릴지도 모른다. 그렇다면 참석한 입주자들에게 어떻게든 설득력 있는 정당한 사유를 들이밀어야 할 것이었다. 그게 문제였다.

그러나 정작 총무를 하고 안 하고는 중요한 문제가 아닐 터였다. 이대로 입을 다물 수만은 없었다. 부실 공사의 박물관 같은 건물을 두고 무슨 쓰레기 매립장 같은 혐오 시설을 바라보듯 외면해버릴 수는 없는 노릇 아닌가. 안하무인으로 군림하려 드는 놀이방 여자는 또 어떡하고.

어젯밤 그렇게 잠을 설치고 아침부터 안절부절못했던 선영이었다. 부스스 선잠을 깬 탓으로 정신이 혼몽한 사람처럼 일의 갈피가 손에 잡히지 않았다. 왜 그렇게 비는 억수같이 퍼부어 쌓는지. 당장 급한 것은 남편의 주문을 차질 없이 처리하는 일이었다. 남편은 어제 오후 출근길에 불쑥 말했다.

"내일부터 정상 출근여."

남편의 목소리는 까맣게 잊었던 무엇인가가 막 떠오른 것처럼 조금은 격앙되어 있었다.

"정상 출근이니까 늦지 않게 밥 준비해줘."

"정말요? 어떻게요?"

"그렇게 됐어. 그리고 말야, 내일 저녁엔 돼지갈비 좀 굽자. 친구들 서넛이 오기로 했거든. 이왕이면 숯불갈비로 하자구."

선영은 아침 일찍부터 참숯을 수소문하며 고향 어귀의 강변까지 들쑤셨다. 철민이를 업고 원룸을 나서자마자 정강이까지 파고드는 빗발을 툭툭 걷어차면서. 숯불장엇집을 찾아가 사정을 말하고선 제 값의 절반을 더 얹어주면서 참숯 몇 덩어리를 어렵사리 구해 왔다. 화로는 전에 쓰던 것으로 하고선 대충 시험 가동도 마쳐두었다. 그 모든 일을 그래도 선영은 즐거운 마음으로 했다. 마음이 가벼우면 발도 가벼운 법을 익히 알고 있는 사람처럼. 남편의 갑작스런 변화를 어떻게 감당해야 할지 몰라서 마냥 즐거울 뿐이었다. 철민이를 품에 안듯 참숯 덩어리를 애지중지 거머쥐고 집에 돌아올 즈음에 빗발이 뚝 끊어져 잠깐 동안 허망하기도 했지만.

남편의 친구들. 그들이 누구인가. 구조조정 때문에 뿔뿔이 흩어져 다들 남편처럼 밤낮을 뒤집어 사는 사람들이다. 조합원이든 아니든 도대체 남편의 친구들이 집에 다녀간 게 언제였던가. 철민이 돌이었던가. 선영은 기억이 가물가물했다.

주목해주세요. 지금부터 2차 반상회를 시작하겠습니다. 사회자님, 비가 와서 아직 마당이 축축해요. 그려, 앉을 데도 마땅찮으니깐 간단히 끝내고 들어가자구. 모기 달려드는 것 좀 봐. 완전히 대목장 만났다니깐. 그건 그렇고, 이게 뭔 냄새여? 오늘 철민이네 집에 무슨 경사라도 난 모양이여.

선영이 남편의 술상을 둘러보고 어쩌고 하는 사이에 젊은 애엄마들이 숯불 돼지살비 냄새를 킁킁거리며 다들 한 번씩 입술을 실룩거린 다음에야 진주 아빠가 반상회 사회를 보기 시작했다. 주차장은 뛰고 까부는 두세 살짜리 아이들로 흡사 시장통 순대 골목처럼 북적댔다. 첫 순서로 잡힌 것은 입주자 대표인 노할머니의 경과보고였다. 노할머니는 1차 반상회에 대한 유감의 뜻을 표한다는, 다소 정치적인 표현을 빌려 좌중의 한복판에 또박또박 말머리를 들이밀었다. 내용은 두 주일 전에 젊은 애엄마들이 북북 찢어버린 입주자 통신문 ①, ②와 하나도 다를 게 없었다.

"지금까지 입주자 대표 회의 결성에 따른 경과보고와 관리비 인상에 대한 내역을 상세히 들었습니다. 이미 입주자 통신문에도 밝혀놓았지만 그동안 입주자들께서 품었던 궁금증이 얼추 풀렸으리라 봅니다."

선영이 듣기에 진주 아빠의 말솜씨는 언제 들어도 능수능란했다. 자신의 들뜬 마음을 가라앉혀 줄 만큼 차분한 목소리. 그것은 입주한 지 보름 만에 남편의 술주정 사건이 있던 날 밤, 진주네 집으로 피신할 때부터 친근감이 착 달라붙은 어조였다. 선영은 그날 자신에게 남편의 술버릇을 이해하라며 나직나직 설득을 하던 진주 아빠의 충고를 잊지 못한다.

"에에, 그러면 지금부터는 강 이사님을 모시고 우리 대일원룸의 하자 건에 대해서 말씀을 듣기로 하겠습니다. 그다음 순서로 이사와 감사 및 총무를 확정 짓도록 하겠습니다."

강 이사는 어딘가 조그만 아파트의 관리소장으로 일하는 사람답게 일사천리로 열 가지가 넘는 하자 내역을 밝혔다. 강 이사의 말대로라면 대일원룸 입주자는 당장 내일 아침에 이삿짐을 싸야 할 형편이었다. 한마디로 이곳은 사람 살 곳이 못 된다는 얘기였다. 반상회에 참석한 입주자들이 이구동성으로 시공 회사와 준공검사를 끝낸 담당 공무원을 마른 오징어를 씹듯 질겅거리는 동안 강 이사는 하자 보수의 처리 방법과 절차에 대해 한참을 더 말한 다음 한층 목청을 높였다.

"하루라도 마음 놓고 살려면 집주인이나 세입자나 일치단결하여 대책을 세워야 합니다. 아셨습니까?"

강 이사의 말이 끝날 무렵이었다. 선영은 주차장 밖의 소방도로에 순찰차가 서 있는 것을 문득 발견했다. 순찰차는 경보음을 끈 채 불빛만 번쩍거리며 나타났다가 슬그머니 사라졌다. 마치 선영 자신에게만 순찰차의 출현을 알리고 다른 참석자들에겐 눈치채지 않도록 일부러 그러는 것처럼.

순찰차가 자취를 감추었을 때 선영은 얼른 현관 안쪽을 돌아보았다. 현관 통로에서 곧바로 마주 보이는 106호에서는 남자들 다섯이 둘러앉아 부지런히 팔놀림을 하는 중이었다. 고스톱을 치는 모양이었다.

"자, 그러면 이사와 감사는 저번에 선출한 대로 확정 짓겠습니다. 다음엔 총무를 선출하겠습니다."

"총무는 이미 정해져 있는데 뭘 또 선출해요. 하던 사람이 하면 되는 거죠."

"그래요. 그냥 축하 박수나 칩시다."

선영이 한눈을 파는 사이에 이사와 감사 추인이 끝났나 보았다. 1차 반상회 때 입주자 대표 불신임을 들먹이던 젊은 애엄마들이 별다른 토를 달지 않고 어물쩍 넘긴 게 분명했다. 그러나 총무 선출만큼은 사정이 달랐다. 선영은 아랫배에 힘을 주었다.

"잠깐만요. 저, 오늘부터 총무 그만두겠습니다."

회의장에 돌연 소란이 일었다. 총무를 그만두겠다고 단언한 선영의 폭탄선언 때문이었다. 젊은 애엄마들은 이게 웬 날벼락이냐는 듯이 토끼눈을 뜨고 휘둥거렸다.

어젯밤에 노할머니께도 통보해드렸습니다. 개인 사정상 더는 못하겠습니다. 류선영 씨, 아니 총무님. 어젯밤에 총무님 말 듣고 저도 생각해봤는데, 그까짓 것, 그냥 하세요. 전번 입주자 대표 회의 서류에 정식으로 이름도 들어갔으니까 그냥 하면 되지 뭘 그래요. 전 못 해요. 류선영 씨, 웬만하면 맡아주세요. 강요하지 마세요. 이것저것 앞뒤를 따져봤지만 탈도 많고 말도 많아서 더 이상은 못 하겠어요. 나도 밤새 생각해봤는데 철민이 엄마가 조금만 더 수고를 해줍시다. 노할머니, 죄송하지만 사양하겠어요. 그리고 이왕 말이 나온 김에 이 자리에서 분명히 밝혀둘 게 있어요. 반년 전에 제가 총무를 맡았지만 그게 마치 제가 자진해서 맡은 걸로 다들 말하고 있는 것 같은데 그렇다면 역시 자진해서 그만두겠어요. 그러면 아무 문제 없겠지요?

그 말을 끝으로 선영이 입을 다물고 있는 잠깐 동안 납덩이같은 침묵이 이어졌다. 모기에 맨살을 뜯기는지 여기저기서 철썩거렸다.

그럼 어떡해. 류선영 씨가 못 한다는 걸 강요할 순 없고 어쩔 수 없이 다른 사람이 해야 되겠네요. 포장마차 텍사스 사장은 어렵겠지요? 당연하죠. 전 당장이라도 장사 나가야 돼요. 진주 아빠가 장

마철이니 초저녁 손님이 없을 때 얼굴이라도 들이밀라고 하도 볶아
대서 앉아 있는 거라고요. 그럼 601호 수진이 엄마 어떠세요. 애도
컸으니깐. 농약 공장에서 잘린 것 모르세요? 당장 굶어 죽을 판이
라구요. 303호 새댁은 어때요? 참, 할머니두. 303호는 삼교대 하잖
아요.

놀이방 여자였다. 어째 저렇게 약방에 감초처럼 촐싹거리고 나서
길 좋아하는지. 자신이 못 할 거라면 가만히 앉아서 굿이나 보고 떡
이나 먹을 일이지. 남편 사건이 벌어졌던 다음 날에도 그랬다. 젊은
애엄마 둘을 데리고 선영의 106호 출입문을 쾅쾅 두드린 것도 놀이
방 여자였다. 한 번만 더 소란을 피운다면 경찰을 부를 수밖에 없어
요. 놀이방 여자의 입술을 바라보면서 선영은 생쌀을 씹듯 끌끌 혀
를 굴렸다.

"저기, 여기 모이신 분들이 대충 부부가 살림을 하는 입주자 같
은데요, 서로들 사정이 비슷한 관계로 자꾸 미루시면 아무래도 총
무를 못 뽑을 것 같습니다. 어차피 살림을 하지 않고 출퇴근만 하는
사람은 일하기가 어려울 테고, 여기 계신 분 가운데 누가 자진해서
좀……."

진주 아빠였다. 한정 없이 제자리걸음만 거듭하는 회의에 더는
견딜 수 없다는 표정이었다. 무슨 묘안이 없는 한 총무 선출 문제는
밤샘을 해도 안 풀릴 것을 예상한 것처럼. 어떤 방식으로든 돌파구
를 마련하지 못하면 애고 어른이고 꼼짝없이 모기나 뜯겨야 할 판
이었다.

"사회자!"

대일원룸의 하자 실태를 이 잡듯 파악해 까발린 강 이사가 손을 들고 나섰다. 소형차 몇 대가 겨우 비집고 들어설 만한 주차장에 진주 아빠를 부르는 강 이사의 목소리가 철근처럼 쿵쿵 박혔다. 그 순간 뒤뚱뒤뚱 뛰어가던 어린애 하나가 티코 옆구리에 퉁기면서 콘크리트 바닥에 납작 코방아를 찧는 게 보였다. 어린애보다 더 찢어지는 목소리로 애엄마가 비명을 지르며 냅다 뛰었다. 그 뒤를 따라 포장마차 텍사스가 오늘 장사는 다 했다며 주차장을 투덜투덜 빠져나갔다.

"내 생각으로는, 오늘 이 시간 이후부터 총무에게도 인건비를 지급해야 마땅할 거요. 아마 여기 모인 대부분이 아파트 같은 공동주택 생활이 처음인 모양인데, 어디 가서 물어봐요. 법적으로 공동주택으로 규정된 곳은 입주자 대표 회의를 두게 되어 있고, 또 입주자 대표로 뽑힌 그 임원들이 공동주택 관리를 하게 되어 있어요. 당연히 인건비도 법적으로 지출하게끔 되어 있구요. 최소한 그런 배려가 있어야 누구라도 나서서 총무 일을 할 것 아닙니까. 요즘같이 먹고살기 바쁜 틈에 말이오."

침묵. 또 침묵이었다. 선영이 입을 열 때까지는.

"강 이사님 말씀 때문에 드리는 말은 아니지만, 한 가지 첨언하겠습니다. 이제 이 아파트도 하자 보수를 법적으로 해결하는 마당인 만큼 다른 아파트 수준은 못 되어도 입주자 대표 임원들에겐 법적으로 인건비가 보장되어야 한다고 생각합니다. 물론 누가 맡든지 총무에게도 당연히 보수가 있어야 하고요."

"예, 예, 류선영 씨. 무슨 말인가 알아들었어요. 그까짓 것, 일반 관리비를 가구당 천 원만 인상하면 되는 일 아닙니까? 502호 할머니 청소비로 이만 원을 지급하는 것처럼 말이에요."

"아니, 일반 관리비를 또 인상해요?"

노할머니의 말꼬리를 놀이방 여자가 뱀눈을 뜬 채 콱, 밟고 나섰다. 선영은 놀이방 여자의 시선을 가로막으며 한 발짝 앞으로 나섰다.

"알아두세요. 지금 여기 모이신 분들은 마치 자신은 영영 임원이나 총무를 맡지 않을 것처럼 얘기하시는데, 천만의 말씀입니다."

"무슨 말이래요, 그게?"

"입주자 대표 회의 정관에 의하면 임원의 임기는 일 년밖에 되지 않아요. 그 임기가 끝나면 누군가 임원의 역할을 인수인계받아야만 합니다. 당연히 총무도 바뀌게 되는 것이고요. 당장 지출되는 관리비가 많다, 적다만 하시지 말고 그 점을 유념해주시기 바랍니다."

"예, 옳으신 말입니다. 류선영 씨 말, 다들 들으셨겠지요? 그런 법적인 사항을 입주자들이 모르시니깐……."

자꾸 쓸데없는 오해가 생기고 하는 거예요, 하면서 노할머니가 일반 관리비 인상 내역과 총무를 포함한 임원의 인건비 지급 예산까지를 다시 한 번 짚고 나서 킥킥 마른기침을 쏟았다. 노할머니의 말에 모인 사람의 절반은 끄덕거리고 절반은 고개를 갸우뚱했다. 몇몇은 지금 돌아가는 상황과는 아무 상관 없다는 듯이 연신 종아리만 후려치고 있었다. 모기 때문이었다. 선영도 벌써 몇 방을 물렸다. 놀이방 여자가 접시 깨지는 소리를 하고 나선 것은 누군가 철썩, 종아리를 내려칠 때였다.

"아니, 노할머니. 지금 얘기가 거꾸로 돌아가고 있잖아요. 지난번 1차 반상회 때 이사와 감사를 포함해서 총무도 이름만 걸고 인건비를 줄이자고 했는데 갑자기 왜 이런대요?"

"그래요. 이 쪼그만 원룸에서 무슨 일반 관리비를 걷는지. 그냥 무보수로……."

헛기침을 하는 진주 아빠 곁에서 불쑥 진주 엄마가 거들고 나섰다.

"여러분, 제 말뜻은 다른 말이 아니라 지금까지 총무 일을 무보수로 해왔는데 이제 와서 그깟 이만 원을 뭐하러 받겠다는 거냐고요. 이왕 입주자를 위해 봉사를 할 바에는 그냥 하는 게 깨끗하고 좋지요."

갑자기 놀이방 여자가 아예 팔을 걷어붙이고 나섰다. 진주 엄마의 역성 때문인지, 아니면 뒤에서 버티고 선 남편에게서 힘을 얻었는지 목소리에 잔뜩 스타카토를 붙여가면서. 노할머니가 그까짓 것을 연발하면서 공동주택 관리 규정을 조목조목 설명하기 시작했다. 그 틈틈이 놀이방 여자가 끼어들었다. 놀이방 여자 또래의 젊은 애 엄마들이 합세해 노할머니와 맞담배질하듯 떠드는 소리를 한 귀로 흘리며 선영은 눈을 감았다.

진정으로 돈 귀한 줄 모르고 덤비는 무녀리들. 그토록 자기 돈이 아깝고 귀한 줄 알면 왜 남의 돈은 공짜로 먹으려 드는지. 겉으론 아홉 평짜리 원룸을 코웃음 치면서도 정작 원룸만 한 자기 집 한 칸을 못 지닌 가련한 것들.

선영은 눈을 뜨고, 다소 비감한 얼굴로 놀이방 여자 앞에 얼굴을 들이밀었다.

"이것 보세요, 놀이방 아줌마. 놀이방 한 달 수입이 어떤지 몰라도 아줌마가 뭐하러 받느냐는 그 돈 이만 원이면 우리 철민이 지금 먹이는 우유, 두 배는 고급으로 먹일 수 있다고요. 거인도 될 수 있는 돈이란 말입니다. 아시겠어요?"

"거인요? 후훗, 철민이 엄마, 좀 심하다. 철민이가 거인 되면 여기 있는 진주나 다른 애들도 다 거인이 된다는 말인데. 그럼 우리 원룸이 거인의 집이라는 말이야?"

선영을 부르는 호칭을 바꾸어가며 놀이방 여자가 말꼬투리를 물고 늘어졌다. 거의 반말 투로 나서는 폼이 결코 지지 않겠다고 정면 승부를 하자는 눈치였다. 꼴에 대학물을 먹었다는 풍신이었다.

그래, 지금이다. 선영은 입술에 침을 발랐다.

"집은 무슨 집? 방이지. 원룸 뜻도 몰라? 하나의 방. 방 하나란 뜻이라고."

"그걸 누가 몰라요?"

"알면서, 방 한 칸짜리도 집이라고 말해?"

"……"

놀이방 여자가 벌에 쏘인 듯 주춤하는 순간 엉뚱한 곳에서 묘한 말이 터져 나왔다.

"그렇다면, 거인의 방?"

진주 엄마였다. 미처 예상하지 못한 일이었다. 지난겨울 밤에 신세 진 것을 생각해서 차마 화를 낼 수는 없다는 표정으로 선영은 누구에게랄 것 없이 잘라 말했다.

"그래요, 거인의 방!"

그때야 정신을 차린 듯이 놀이방 여자가 폭소를 쏟았다.

"하하하, 거인의 방? 그 거인 참 작기도 하네요."

"글쎄 말입니다. 와하하하."

젊은 애엄마 두엇이 안 그러면 큰일 난다 싶은 얼굴로 놀이방 여자와 함께 낄낄거렸다.

불쌍한 사람들. 제 얼굴에 침 뱉는 줄도 모르고 시시덕거리긴.

선영은 애엄마들의 웃는 얼굴에 가래침이라도 칵, 뱉어주고 싶었다. 그러나 꾹, 참았다. 저들과 똑같은 부류가 되고 싶지 않았다. 그런데 그 불쾌한 무리 가운데 왜 하필 진주 엄마가 끼어 있는지.

"늘씬한 철민이 엄마 몸 생각하면 거인은 너무하구, 그냥, 미스터 대일 정도는 되겠지."

"그래, 미스터 대일. 그게 좋겠어."

놀이방 여자와 박자를 맞추듯 303호 새댁이 철민이를 미스터 대일로 결정짓고 있었다. 그때였다. 깨앵.

갑자기 현관 안쪽에서 꽹과리 두드리는 소리가 터졌다.

"본인이 싫다는데 왜들 그러시는지 모르겠네. 무보수로는 못 한다잖아요!"

선영의 남편이었다. 언제 방에서 나왔는지 남편이 지게차에 툭 튀어나온 쇠꼬챙이 같은 목소리를 주차장 한복판에 푸욱 찌르고 나섰다. 숯불에 잔뜩 그슬린 것처럼 얼굴이 검붉게 빛나고 있었다.

"따지고 보면 여기엔 거의 전부가 노동자인데, 아무리 정권이 뒤집히고 서민 경제가 밑바닥을 쳐도 그렇지, 사람들이 무노동 무임금도 모르시나. 노동하지 않으면 임금도 없다, 그 뜻 아닙니까? 그 말을 뒤집으면 임금이 없으면 노동하지 않는다, 그런 뜻 아닙니까. 무임금 무노동, 그것도 모르쇼?"

캐갱, 캑!

모두들 움찔하는 눈치였다. 젊은 애엄마들은 공간만 있다면 다들 한 걸음씩 뒤로 물러서고 싶은 표정들이었다. 당혹감과 긴장감이 뒤범벅된 그런 눈빛. 그러나 물러설 데라곤 처음부터 주어지지 않은 손바닥만 한 앞마당이요, 주차장이었다.

선영은 남편의 얼굴을 얼른 살펴보았다. 아직까진 눈에 띌 만큼 취하진 않았지만 숯불 돼지갈비를 뜯으며 여러 잔 반주를 한 것만은 틀림없었다. 출입문이 활짝 열린 106호를 보니 여전히 고스톱판이 돌아가고 있었다. 술상도 물리기 전이었다. 남편이 광을 팔고 나왔는지, 피박을 쓰고 나왔는지 모를 일이었다.

"듣자 하니, 잘못하면 철민이 엄마가 돈 이만 원 때문에 눈이 뒤집힌 사람처럼 오해가 될지도 모르겠지만, 한번 냉정하게 생각해보시오. 엘리베이터도 고장 난 이 빌어먹을 집구석을 하루 이틀도 아니고 한 달에 몇 번씩 7층 꼭대기까지 오르내리며 주민을 위해 무보수로 희생한다는 거, 그거 쉬운 일이 아니라는 말씀입니다."

깨앵!

괴괴한 침묵이 잠깐 동안 이어졌다. 그토록 찧고 까불던 애들도 노는 데 지쳤는지, 아니면 일찌감치 잠이 들었는지 두엇을 빼고는 엄마나 아빠 품에 파묻혀 있었다.

"이게 웬 쇳소리여, 난데없이. 동네 사람 잠 다 깨우겠어!"

"지랄, 잠은 무슨. 지금이 몇 신데 초저녁부터 방구들에 자빠져."

"시끄럽다는 얘기지."

"시끄럽긴? 가슴이 후련하기만 하구만. 이봐, 젊은 양반. 신명 나게 조금만 더 쳐봐. 쇠 치는 법, 제대로 배우긴 배운 겨."

호미 할머니가 자갈밭 김매는 소리를 내자 그것으론 하 세월이다 싶다는 듯 호미 할아버지가 곡괭이를 들고 호미 할머니의 앞자락을 퍽퍽 내리찍었다. 그 틈을 비집고 종이로 입을 가리고 섰던 진주 아빠가 나섰다. 지난번 반상회 때와 마찬가지로, 무언가 일이 뒤틀릴 것만 같아 더는 두고 볼 수 없다는 긴장된 얼굴로.

"그럼 총무님 아저씨의 뜻도 그렇고, 입주자 대표님 말씀대로 했으면 좋겠어요. 어차피 감사와 이사는 일이 없으니까 이름만 올리는 걸로 하고 입주자 대표 한 분, 총무 한 사람, 이렇게 두 분께는 인건비를 지급하는 걸로 하지요. 그리고 총무는 류 총무님이 반대를 하지 않는다면 유임되는 것으로 하겠습니다. 여기에 이의 있으신 분은 말씀해주세요."

"……"

"이의 없으십니까? 인건비를 지급하는 문제입니다. 다시 말해서 인건비를 지급한다면 다음 달부터는 일반 관리비가 인상된다는 말씀입니다."

"법대로 인건비를 지급해야 한다면 뭐…… 할 수 없지요."

진주 엄마가 잔뜩 약이 오른 고추를 한입 깨물었다가 미처 뱉지 못한 것처럼 더듬더듬 딱 한마디를 뱉었다. 어디서 꼴깍, 침 넘어가는 소리가 새 나왔다. 누군가가 팔뚝을 물고 늘어진 모기를 얼마나 거세게 내려쳤는지 철썩, 귀뺨 때리는 소리가 들렸다. 뭣들 하는 겨. 집 고친다고 모여 있는 겨? 705호 할아버지가 막 주차장에 들어서고 있었다.

"아, 잠깐, 잠깐. 이의 있슴다."

개앵. 남편이 부드럽게 꽹과리를 치며 한 걸음 다가섰다. 검붉은 얼굴이 좀 풀린 듯했다.

"이의랄 것은 없슴다만, 이렇게 법을 앞세워 엎드려 절 받기 식으로 일을 처리하면 오히려 우리가 송구스럽게 되는 것 같아서요. 궁극적으로 법대로 하자는 것이긴 하지만 영 모양이 안 좋게 보여서 말임다."

"? ……."

"그럼 저는 이만 들어가 보겠슴다. 손님들이 있어서요. 이거, 소란 피워서 죄송함다."

꽹과리로 엉덩이를 토닥이며 남편이 현관 안쪽으로 멀어지자 진주 아빠가 헛기침을 하면서 계단 하나를 내려섰다. 이것으로 총무 선출 문제와 인건비 지급 건은 일단락 짓겠습니다. 여러분, 다른 의

건 없으십니까를 두 번씩이나 말했지만 아무 대답도 나오지 않았
다. 다들 현관 안쪽에 버티고 선 남편만 힐끔거릴 뿐. 눈을 희번덕
거리는 그 중간중간, 황망하게 돌아가는 이 모든 사태가 마치 짜고
치는 고스톱 같은 게 아니냐는 표정으로 선영의 얼굴을 흘기는 사
람도 있었으나 선영은 이게 무슨 잘못된 일이라도 되느냐는 식으로
담담하게 눈을 마주쳤다.

그런데 사실 따지고 보면 어안이 벙벙하기는 선영도 마찬가지였
다. 공연히 설전만 거듭하면서 지지부진하던 반상회에 찬물을 끼얹
듯 나타난 남편의 행동은 마치 구름을 타고 날아든 홍길동같이 아
내인 자신도 도무지 현실감이 없었다. 송이눈이 쌓이던 지난겨울
밤, 순찰차에 실려 간 뒤로는 원룸의 누구와도 얼굴을 마주치는 것
을 꺼려 온 남편이었다. 원룸 입주자든 직장 동료든 여러 사람이 모
이는 자리엔 절대로 모습을 드러내지 않겠다고 혈서라도 쓴 사람처
럼 남편은 혼자서 지내왔다. 그런데 오늘 밤 남편의 행동은 어떤가.
술 곤죽이 되어 출입문을 부술 듯이 박차고 들어와 다짜고짜 괴성
을 지를 때처럼 선영을 당황하게 만들고도 남았다.

남편이 두드린 꽹과리, 그게 무언가. 노동조합 사무실에서 풍물
강습을 받을 때 마련한 것이다. 사 년도 더 지난 과거의 물건이었다.
선영이 한때 마른 장작 같은 자신의 몸을 불태웠던 직장에 대한 추
억을 잊지 않기 위해 간직해온 것이다. 철민이가 자란 다음, 언젠가
유용하게 쓰일 날이 있으리란 희망 하나로 때때로 광약을 먹이며.

오늘 밤 그 금빛으로 번들거리는 꽹과리를 두드리며 좌중을 제압

하던 남편의 모습, 그 모습을 언제 보았던가. 어느덧 오 년이라는 시간의 빗물에 씻겨 사라진, 결혼 전 과거의 남편이었다. 노동조합 사무실에서나 메이데이 집회장에서 선영 자신과 어깨를 걸고 구호를 외치던 시절, 그때 그 모습이었다. 대일원룸만 한 걸개그림을 배경으로 대열의 선두에 우뚝 서서 남편이 두드리던 꽹과리 소리는 수많은 동료들이 두둥둥 두들기는 북소리와 함께 종잇장 같은 자신의 가슴을 활활 타오르게 만들던 쇳소리가 분명했다.

선영은 가슴을 진정시키려 했으나 뜻대로 되질 않았다. 추억이란 수십 년 손때 묻은 밥상 같았다. 시간이 흐를수록 더욱 번득였다. 그뿐 아니었다. 때때로 사람의 가슴을 격정의 도가니에 녹아들게도 만드는가 싶었다.

선영은 철민을 불끈 들어 올려 품에 안았다. 진주 아빠는 회의를 끝내겠다는 강력한 의사 표현을 하면서 다른 말씀이 없는가를 확인하는 중이었다. 자정이 가까워지도록 물먹은 행주처럼 축축 늘어지는 반상회가 아무래도 불만스럽다는 표정이 역력했다. 그러나 진주 아빠의 그런 조급한 태도와는 상관없이 언제부턴가 선영의 귓가엔 아련히 풍물 소리가 들리고 있었다.

"저, 할 말이 있습니다."

"……."

"회의가 다 끝난 줄은 알지만 이 기회에 드릴 말씀이 있습니다."

사람들은 이게 무슨 자다가 봉창 두드리는 일인가 싶은 표정으로 눈을 굴렸다. 선영은 좌중을 한 바퀴 휘둘러본 뒤 천천히 입을 열었다.

"우선 총무를 다시 맡을 것인지는 며칠 더 생각해보기로 하고요, 제가 드리고자 하는 말씀은 다른 것이 아닙니다. 이만 원이든 이십만 원이든 총무의 인건비를 지급해야 된다는 제 의견은 구태여 법을 볼모로 하자는 게 아니라 보통 사람들 살아가는 순리에 따르자는 말씀입니다."

"……."

"솔직히 교대 근무 하면서 낮과 밤도 없이 살아가는 우리 같은 노동자가 법을 알면 얼마나 알겠습니까. 오히려 그 법을 몰라서 피해를 보는 사람들 아닙니까? 회의장을 한번 둘러보세요. 법을 알 만한 사람들은 오늘 밤 모두 이곳을 빠져나갔습니다. 입주자의 절반 이상이 반상회에 참석하지 않았단 말입니다."

선영의 말을 들으면서 사람들은 엉거주춤 고개를 좌우로 움직였다. 개나리색 남자를 뺀 나머지 눈에 익은 십여 명의 얼굴이 거의 동시에 번갈아 가며 마주쳤다.

"학력이 높든 개인 주택을 가졌든 그 사람들 역시 엄연히 입주자가 아닙니까. 그럼에도 우리의 사정은 아랑곳하지 않고 이 원룸 밖에서 지금 이 순간 무사태평으로 제 볼일이나 본다는 말입니다. 동병상련이란 말이 있습니다. 그 말처럼 여기 모인 우리끼리 인간적인 정을 나누며 살자는 말씀입니다."

"동병…… 그게 뭐여? 쉽게 말해봐."

"으이구, 안 나서면 늙은 입에 곰팡이가 생기구 말지."

"지랄, 앉아 있기도 힘든데 말이라도 듣기 쉬워야지."

"호미 할머니, 할아버지 말씀도 일리가 있어요. 회의 시작한 지 벌써 세 시간째라구요. 자꾸 복잡한 말을 늘어놓으니까 회의가 엿가락처럼 죽죽 늘어지는 거라구요. 말을 쉽게 해도 다 알아들을 걸 괜히……."

두 노인 틈에 끼어든 사람은 진주 엄마였다. 얼굴을 확인하지 않아도 익숙한 목소리였다. 선영은 지그시 입술을 깨물었다.

"동병상련은 어려운 사람끼리 도와가며 함께 살자는 뜻입니다, 할아버지."

진주 아빠가 호미 할아버지에게 속삭이듯 말하면서 도끼눈을 뜨고 진주 엄마를 바라보았다. 판도 모르고 끼어든 당신 때문에 회의가 더 늘어진다는 듯이. 그와 동시에 놀이방 여자와 303호 새댁이 자갈 부딪치는 소리를 내며 끼어들었다. 주차장은 갑자기 파장처럼 술렁거리기 시작했다. 커억. 컥, 컥. 호미 할머니가 쇠 긁히는 듯한 기침을 쏟았다.

깨앵. 어때. 쇠 좀 쳐볼까? 옛날 솜씨 한번 발휘해봐? 깨갱, 깽. 야, 야. 방이 하도 커서 쇠 두드릴 만하겠다. 이 아파트 부실 공사 천지라며? 십 분도 못 가서 지붕이 무너지고 말걸. 무너질 지붕이나 있고? 우하하히.

꽹과리 소리와 함께 한창 취기가 오른 목소리가 106호 출입문 안에서 왁자하니 터져 나왔다. 선영은 몇몇이 지껄이는 소리를 한 귀로 흘리면서 아랫입술을 깨물었다.

"여러분!"

"……."

"입주자 여러분이 이미 다 아시다시피 부실 공사투성이인 아파트 좀 보세요. 이거 그냥 내버려 둬서야 되겠습니까."

어떤 새끼여. 나와보라고 해!

언제 남편의 짐승 같은 고함 소리가 터져 나올지 모른다. 하지만 오늘 밤 남편은 취하지 않고는 잠들지 못할 게 분명했다. 회의가 끝나는 대로 술을 더 준비해야 할 것 같았다. 선영은 현관 계단 하나를 더 올라섰다.

"이런 부실 공사를 한 놈들이나 그것을 눈감아 주고 준공 승인을 해준 놈이나 다 마찬가지로 썩었습니다. 그래서 우리가 이렇게 쭈그려 앉아 모기에 뜯기는 것 아닙니까?"

"거, 말 한번 시원하게 잘한다."

"제 말씀은 이것으로 마치겠습니다. 더 이상 이것저것 말씀드리지 않아도 우리가 힘을 합쳐 무엇을 해야 되는지 다들 아실 겁니다."

선영은 눈을 돌려 멀리 산 능선과 맞닿은 남쪽 하늘을 보았다. 하늘은 좌초한 유조선이 원유를 쏟아놓은 기름 바다 같았다. 한나절을 건너뛴 장맛비가 당장이라도 우산살만 한 장대비를 쏟아부을 듯한 모습이었다.

그 새는 어디로 갔을까

맞은편 숲 어디선가 산까치가 울었다. 강물 위로 뼛가루가 흩날리듯 적요한 울음이었다. 고즈넉이 침묵에 잠겨 있던 현충원 경내가 진저리를 치다가 이내 잦아들었다. 일정한 풍향도 없이 낚싯줄같은 바람이 끊어질 듯 일었다. 그때마다 묘역을 따라 초병처럼 서 있는 소나무 가지가 가볍게 흔들렸다.

제15 사병 묘역. 나는 묘역 표지판 앞에서 깊게 숨을 들이쉬었다. 여름의 문턱에 들어선 오월의 냄새가 진동했다. 신록을 막 벗어난 나뭇잎 냄새였다. 몸속 깊이 바람이 관류하는 것처럼 가볍고 상쾌한 쾌감이 한순간 느껴졌다. 회색 물감을 적신 붓끝으로 꾹꾹 찍어 누른 듯한 화강암 묘비를 빼면 온통 초록 일색의 수채화 같은 일백만 평의 현충원. 한창 물이 오른 묘역의 잔디가 일제히 뿜어낸 진초록의 수액을 들이켠 느낌이었다.

까까까까깍!

산까치가 또 울었다. 오른편 숲 멀리, 애국지사 제2 묘역 쪽이었다. 두렵다. 애국지사 묘역을 바라보며, 나는 문득 두렵다는 단어를 떠올렸다. 몸 어딘가에 얼음이 박힌 것처럼 싸늘한 긴장감이 번졌다.

8997. 1998년 2월 2일 안동에서 순직.

8996. 1951년 3월 27일 전사.

묘비 몇 개를 천천히 지나치며 호흡을 가다듬었다. 가슴에 정체모를 압박감이 들었다. 도저히 한눈에 담지 못하는 이만여 개의 묘비 탓인지, 아니면 그만큼의 꽃다발이 풍기는 원색의 강렬한 색감 때문인지 알 수 없었다. 1년에 두세 번씩 다녀가며 훑어본 풍경이었다. 무덤 숫자가 스무 개도 못 되는 고향의 선산처럼 낯이 익었다. 그럼에도 현충원에 도착해 묘역을 한 바퀴 둘러볼 때마다 나는 어떤 두려움에 가위눌린 것처럼 호흡이 가빠지곤 했다. 참배 종료 안내 방송에 쫓겨 정문을 빠져나오는 순간까지 그랬다. 그게 어느덧 습관처럼 몸에 배었는지도 몰랐다.

"사소한 일에도 긴장하는 경우가 많죠? 그게 바로 신경과민이라는 거예요. 그것, 심해지면 불면증에서 노이로제까지 갑니다."

늙은 의사는 똑같은 말로 여러 차례 경고했다. 쓸데없는 일에 예민하게 반응하지 말고 서너 발짝 떨어지라는 뜻이었다. 의사도 짐작하고 있었을 테지만, 나는 그 경고를 일축했다. 심각하게 듣는 척하면서 고개만 끄덕였다. 환자 신상 기록 카드에 주민등록번호를 직접 적어 넣는 의사를 바라보면서부터 그의 발언을 불신했다. 세상이 어느 세상인데, 아직도 종이 차트를 쓰다니. 신경정신과라는 간판조차 눈에 거슬려 아예 쳐다본 적도 없다시피 진료실을 왕복했을 뿐이다. 그러나 자의든 타의든 신경정신과를 찾아온 만큼, 의사의 처방은 수용하겠다는 생각은 했었다. 마치 그게 환자가 갖추어야 할 최소한의 예의라는 것처럼. 비록 반년이 지나도록 가루약이 초진과 똑같은 것을 확인하곤 그나마 때려치우긴 했지만. 나는 오직, 불면증을 치료받고 싶었을 뿐이었다. 하룻밤에 네 시간만이라도, 아니 그 절반만이라도 숙면을 취하고 싶었다. 신경정신과를 찾은 이유는 그게 전부였다. 그러나 어찌 됐든 신경과민을 억제하라는 의사의 경고를 완전히 무시한 것만은 아니었다. 나름대로 존중하려고 노력은 했지만, 내 뜻과는 상관없이 긴장감이 증폭되는 환경을 나도 어쩌지 못했다. 현충원이 그랬다.

8759. 1998년 2월 22일 한국보훈병원에서 사망.

8745. 1988년 3월 26일 전주에서 사망.

눈에 들어오는 대로 몇 개의 묘비 번호와 비문을 읽어 내렸다. 6·25 전쟁 당시 전사한 주검으로부터 엊그제 묻힌 주검까지. 주검과 주검 사이의 거리는 자그마치 반세기나 되었다. 그 역사의 거리를 기껏해야 한 팔 거리로 좁혀 앉은 주검들. 나는 잠깐 당혹스러웠다. 이 사람들은 왜 이곳에 묻혀 있는가. 그러나 나는 솔직히, 죽은 사유와 그 주검의 의미엔 관심이 없었다. 묘비에 쓰여 있는 전사와 순직과 사망의 차이는 무엇일까. 죽음의 명찰들은 왜 서로 다른 것일까. 내 관심은 그뿐이었다.

사진도 마찬가지였다. 역광으로 촬영하면 묘비의 실루엣이 꽤 멋지겠다, 하는 정도였다. 분단 반세기 동안 묘비 앞에서 필름과 인화지와 시간을 뭉텅뭉텅 날려버린 사진가의 숫자를 꼽으라면 어림잡아도 묘비만큼은 될 터였다. 주검의 의미가 배어나도록 묘비를 촬영할 수는 없을까, 이런 고민 따위는 하고 싶지 않았다. 촬영을 떠나는 어디서든 그래왔듯, 기록물로 한두 컷 남기면 그만이었다. 나는 늘 해오던 대로 인물 사진, 포트레이트에만 매달리면 되었다.

"단순하게 사세요. 그래야 숙면을 취할 수 있어요. 현대인들은 너무 복잡하고 심각해졌어요. 그게 문젭니다."

의사 몰래 가루약을 버릴 때였다. 겨울이었다. 가루약 덕분에 늘어난 수면 시간과 함께 가루약에 수면제 성분이 다량 함유되었다는 불신이 팽배해지면서 약봉지를 버리기 시작했다. 그즈음부터 의사는 단순하게 살 것을 강조했다. 단순하게 살아야 하는 당위성과 단순하게 사는 방식을 조목조목 늘어놓았다.

"온갖 병원을 전전긍긍하다가 결국 이 병원을 찾는 환자들이 다 그런 부룹니다. 자신은 완강하게 부인하지만 내 눈은 못 속여요."

사진이든 가정이든 의사의 주문대로 할 수만 있다면 나도 단순하게 살고 싶었다. 가루약을 먹지 않고도 쉽게 잠들고 싶었다. 그러나 그럴 수 없었다.

나는 몇 걸음을 더 걷다가 묘비 앞에 카메라 배낭을 내려놓고 털썩 주저앉았다. 육군 하사 서격춘. 육군 상병 서한원. 해군 상병 연준모. 눈에 익은 이름들이었다. 묘비 옆의 조화들도 겨울에 보았던

202

그대로 화사했다. 빛이 조금씩 날아간 듯싶었지만 원색의 색감은 여전히 강렬했다. 가족들이 1년에 한 번씩 꼬박꼬박 바꾸어주는 연준모의 꽃다발. 어느덧 열 번째의 꽃다발과 조우한 셈이었다. 첫 번째와 두 번째 꽃다발은 윤과 함께, 나머지는 나 혼자서였다. 이제 한 달쯤 지나 유월이 되면, 이 꽃다발은 새것으로 교체될 것이다. 연준모의 꽃다발뿐만 아니라 서한원의 꽃다발도, 서격춘의 꽃다발도, 그리고 현충원에 꽂혀 있는 이만 개 남짓한 꽃다발 모두. 그런데 이상한 일이었다. 꽃다발이 담긴 플라스틱 꽃병이 오늘은 밭고랑을 빠져나온 청무 뿌리처럼 잔디 위로 삐죽 솟아 있었다. 지난 십여 년 동안 볼 수 없었던 모습이었다. 가족들 중 누군가 다녀가면서 꽃병을 붙잡고 오열했던 것일까. 아니면 묘비 사이를 걷던 새가 깃을 털고 날아오르며 건드린 것일까.

　나는 마치 가족의 한 사람인 양 꽃병을 지그시 눌러놓은 뒤 건너편 숲을 바라보았다. 숲을 떠났는지, 아니면 더 깊숙이 파묻혔는지 산까치 울음은 들리지 않았다. 바람도 잦아져 소나무 가지들은 미동도 하지 않았다. 해는 숲의 이마 위 한 뼘 남짓까지 성큼 내려앉아 있었다.

　"머릴 잘랐네요."

　"응."

　"재혼했다는 소식 들었어요."

　"일 년 됐어."

윤을 만난 것은 보름쯤 전이었다. 학원 원장실에서였다. 북경으로 떠난 지 7년 만이었다. 대학원을 마치고 연초에 귀국했다는 말을 했다. 난데없이 학원에 모습을 드러낸 것은 대학 모교에 출강하면서 학원의 중국어과 강사로 초빙되어 온 때문이었다.

"여전히 바쁘죠?"

"그렇지, 뭐. 나야 늘 똑같으니까."

"사진 작업은 잘되고요?"

"그저 그래."

"시간 내서 한번 봐요."

윤은 다른 약속이 있다며 서둘러 원장실을 떠났다. 그날, 나는 꼬박 밤을 새웠다. 이튿날은 학원에 출근하지 않았다. 한두 번이 아닙니다, 강 선생. 전에 있던 학원에서도 이런 식으로 강의를 펑크 냈습니까? 이미 대여섯 번씩이나 학원을 옮겨 다닌 이력을 다 알고 있다는 듯 짐짓 차분한 목소리로, 그러나 더는 참을 수 없다는 어조로 원장은 수화기에 대고 또박또박 표준어를 구사했다. 나는 못 들은 척했다. 또 암실에서 밤샘한 거예요? 현관 앞에서 운동화 뒤꿈치를 끌던 아내는 내가 답변할 겨를도 없이 요가원으로 출근했다. 오전 내내 잃어버린 카메라 장비라도 찾는 것처럼 방과 거실을 왕복했다. 속은 쓰리지 않았지만 가루약을 털어놓고 낮잠이라도 자야 할 만큼 눈이 따가웠다. 약봉지는 비어 있었다. 병원을 다녀온 게 오래전이었다. 아무래도 가루약을 받아 와야 할 것 같았다. 밥 몇 숟가락을 들었다 놓은 뒤 진료실 문을 열었다. 의사와 무릎을 맞대고 앉은 게 언제였는지 기억이 가물가물했다. 혈색이 전보다 좋아진 것 같아요. 의사는 거짓말로 면담을 시작했다. 예. 나도 마찬가지였다.

"대개 노이로제 환자들이 현실적인 게 아니라 감성적으로 활동해요. 그런데 감성에 매달리면 몸에 안 좋아요. 왜 잠을 못 이루는가, 왜 신경과민에 시달리는가, 그런 문제를 현실적으로 파악해야 돼요."

의사는 알 듯 말 듯 한 설교를 앞세워 나를 노이로제 환자로 취급했다. 불면증이든 노이로제든 환자의 치료를 위한 것이라고는 도저히 납득할 수 없는 설교였다. 예견은 하고 있었지만, 언제부턴가 면담은 목적과 방향을 상실해 있었다.

"욕망은 현실과 동떨어진 게 부지기수예요. 욕망이 지나치면 불만도 비례해서 증폭해요. 그게 육체와 정신을 갉아먹는 거지요. 특히 불온한 욕망이라면 아주 위험해요. 이 사회가 왜 이렇게 혼돈에 빠져 있다고 생각하세요. 바로 그 불온한 욕망 탓입니다. 주변을 한번 돌아보세요. 세상이나 사람들이나 다 흔들리고 있잖아요."

나는 더 참을 수가 없었다. 불온한 욕망의 정체를 따져 물어야 될 것 같았다. 욕망이란 게 인간의 본능적인 것일진대 무엇이 불온한 욕망이라는 것인지, 도대체 어디서부터 어디까지가 불온하다는 것인지.

"이를테면 현실을 무시한 꿈을 너무 많이, 너무 오래 간직하고 있는 것도 불온한 욕망이랄 수 있지요. 현실을 외면한 꿈, 그것이 종국엔 심신을 망가뜨릴 수 있기에 불온하다는 겁니다."

의사의 억양이 높아지고 있었다. 마치 내 의도를 간파했다는 것처럼. 늘 그래왔듯 나는 침묵했다. 가급적 빨리 가루약을 챙겨 병원을 벗어나고 싶었다.

"강민규 씨, 현실과 욕망의 차이를 분별하고 현실에 맞게 사세요. 그게 건강하게 사는 지름길입니다."

노년의 전문의답게 설교는 강건했지만 의사는 지쳐 보였다. 나보다 더 잠을 설친 것 같았다. 오후의 햇살을 등지고 앉은 탓인지 안면 주름의 굴곡이 유난히 두드러져 보였다. 칠순을 눈앞에 둔 의사는 시내에서 엄지손가락으로 꼽히던, 삼십여 년 전의 그 명의名醫가 아니었다. 사촌 형의 권유에 못 이겨 의사를 찾아왔지만 신경정신과 전문의라는 신뢰감은 좀처럼 찾아볼 수 없었다. 삼십여 년 전 모습 그대로인 병원의 붉은 벽돌과 깨진 유리창. 휘어지고 녹슨 쇠창살. 뒤틀린 원목 출입문. 컴퓨터도 카드 계산기도 없는, 간호사조차 앉을 공간이 확보되지 않은 접수실. 빛이 다 날아가다 못해 아예 조각조각 떨어져 내린 내벽의 페인트. 간호사와 마주치면 한쪽 어깨를 비켜야 하는 비좁은 통로. 그리고 개원하는 날부터 온갖 잡동사니를 산적해놓은 듯한 진료실…… 의사와 내 무릎이 채 두 뼘도 못 되게 대치하고 있는 진료실은 그야말로 판타지 영화 속에서나 나올 법한 풍경이었다. 어떻게 이런 환경에서 신경정신과 진료를 하는지 신기할 따름이었다. 더구나 안면까지 제멋대로 흘러내린 머리카락과 불그죽죽한 무좀이 번져 있는 맨발을 환자 앞에 당당히 꺼내놓는 의사라니!

"수수께끼예요, 수수께끼. 빈민촌 같은 이 병원에 환자들이 끊기질 않아요……. 원장님 말인데요, 시내에 빌딩이 두 개나 돼요. 좋게 말하면 알부자고 나쁘게 말하면 수전노죠. 병원엔 돈 한 푼 투자하지 않으면서도 부동산에만 목숨 걸고 산다니까요."

언젠가 가루약을 기다리며 조제실에서 얼핏 들은 간호사의 말대로, 의사는 수수께끼였다. 의사뿐만이 아니었다. 병원도 그랬다.

세 시간만 단잠을 잘 수 있어도 가루약은 끝이다.

금방이라도 바퀴벌레가 기어 나올 듯한 진료실에 앉아 있는 동안 나는 주문을 외우듯 다짐하곤 했다. 언제든지 불면증만 치유된다면, 붉은 벽돌과 캄캄한 진료실과 울퉁불퉁한 늙은 의사의 얼굴은 내 기억의 책갈피에서 북북 뜯어내고야 말겠다고.

"월평균 성교 횟수는 얼마나 되나요?"

한바탕 장황한 설교가 끝난 뒤였다. 의사의 얼굴이 보기 흉하게 일그러지는가 싶더니 느닷없이 질문이 튀어나왔다. 그 질문의 말꼬리가 미처 사라지기도 전에 의사는 다짜고짜 청진기를 가슴에 들이댔다. 신경정신과 의사가 청진기를? 나는 뜨악한 눈으로 겉옷만 벌린 채 가슴을 내밀었다. 청진기 진료는 처음이었다. 서툰 동작으로 가슴에 청진기를 들이대는 의사의 쭈글쭈글한 얼굴이 병든 짐승의 그것처럼 뒤틀렸다. 역광 때문이었다. 오후 네 시의 햇살이 비좁고 어두컴컴한 진료실 안으로 바락바락 악을 쓰며 기어들었다.

"심장은 아주 건강하네요. 불면증이 심해지면서 심장마저 약하면 노이로제 증세까지도 간다는 걸 유념하세요."

의사는 자신의 실언을 청진기로 은폐시키겠다는 표정이 역력했다. 월평균 성교 횟수라니. 사생활 침해에 해당되는 발언이었다. 실수였다. 의사는 자신의 질문에 반응을 억제하고 있는 내 표정을 읽은 게 분명했다. 강민규 씨, 우발적인 실수였소. 강민규 씨의 불면증이 심각한 상태이고 노이로제 증세까지 노출되어 면담 시간이 길어지면서 빚어진 실수요. 그러니 신경 쓰지 마시오. 그 정도로 넘어가면 될 일이라는 것처럼 의사는 청진기를 꺼냈는지도 몰랐다.

아내와는 아무 문제 없습니다. 서로 바쁘게 사느라 성생활 같은 걸 잊고 산 지 오랩니다.

목구멍까지 넘어오던 말을 구겨 넣으며 나는 답변하지 않았다. 아내와 특별한 문제가 없었지만 무엇보다 답변 자체가 귀찮았다. 아니, 도대체 성생활을 월평균까지 내어야 한단 말인가. 요가 수련을 시작해 어느덧 전문가 과정을 밟고 있는 아내. 낮엔 대입 학원에서, 밤엔 암실에서 살다시피 하는 나. 우리는 결혼 전부터 하던 일을 지속하는 중이었다. 각자 서로의 일을 존중하면서. 결혼 후 아내의 요구대로 내 머리를 짧게 자른 것 말고는 서로 간섭하는 일도 없었다. 성생활은 그다지 중요한 일과가 아니었다. 그랬기에 성교 횟수를 계산하고 말고 할 까닭도 없었다. 그게 아내와 나의 부부 생활 방식이었다. 아내는 요가 전문가 연수를 위해 머잖아 인도를 가야 했고, 나는 가을에 마감하는 흑백사진 콘테스트에 다섯 점을 출품해야만했다. 섹스를 잊은 듯 지내는 것은 지극히 정상적인 문제였다. 그러나 따지고 보면 문제가 전혀 없는 것은 아니었다. 성욕 감퇴와 무관하게 우리는 분명히 남들처럼 정상적인 성생활을 못 하고 있었으니까. 비록 불혹에 결혼했고 아무리 일에 쫓긴다 해도 어디까지나 우리는 신혼이었으므로. 그게 문제라면 문제였다.

그랬으므로 의사의 실수는 청진기 검진만으로 쉽게 은폐시킨다 해도 무관할 만큼 별것 아닐 수 있었다. 그러나 나의 경우는 달랐다. 그럴 수 없었다. 우연이었지만, 윤이 원장실에 불쑥 나타난 것은 마치 돌이킬 수 없는 실수처럼 여겨졌다. 윤의 출현을 은폐시킬 만한 청진기 따위가 내겐 없었다.

오늘도 현충원을 찾아주신 참배객 여러분께 감사드립니다. 이제 현충원은…….

참배 종료 안내 방송이 나오고 있었다. 다섯 시였다. 그새 두어 시간이 지났나 보았다. 윤을 만나기로 약속한 게 여섯 시니까, 한 시간 전이었다. 어제도 그랬듯이 사진은 단 한 컷도 찍지 못했다. 서격춘. 서한원. 연준모. 나는 카메라 배낭을 둘러메고 일어서면서 세 주검의 이름을 나직이 불러보았다. 십여 년 전의 겨울이나 십여 년 후의 여름이나 변함없는 이름들. 그 겨울, 혹은 그보다 아득히 먼 세월의 어느 겨울, 이 세 주검 사이에 내려앉아 뒤뚱거리던 새도 깃을 털고 날아가면서 누군가의 이름을 불렀을까. 북경으로 떠나기 전, 묘비 사이에 기념처럼 발자국을 새기던 윤도 그랬을까.

그 새는

국립대전현충원 제15 묘역 육군 하사 서격춘의 묘와

육군 상병 서한원의 묘 사이로 내려앉았다

폭설에 간신히 발목만 파묻힌 채

어디로 갈 것인가

두어 번 방향을 바꾸며 두리번거리던 그 새는

해군 상병 연준모의 묘를 향해 뒤뚱뒤뚱 걷다가

푸드덕 눈을 털고 날아올랐다

　　정확히 9년 전 가을이었다. H 대학교 사회교육원 사진예술과 수강 중이었다. 교정은 가을 축제로 흥청거렸다. 너는 왜 이성애자가 되었니. 파란색 현수막 앞에서 숨이 컥, 막혔다. 학생회에서 주최한 초청 강연이었다. 초청 강사는 뜻밖에도 일본의 영화감독이었다. 강연하던 날 나는 사진예술 강의도 빠진 채 강연장 한쪽 구석에 웅크리고 있었다. 예상보다 강연장은 썰렁했다. 강연이 끝날 때까지 좌석의 절반도 채우지 못했다. 이성애자, 동성애자 누구나 환영합니다. 현수막 아랫줄에 써 있던 글씨가 너무 작았던 탓일까. 아니면 초청 강연 주제가 너무 도발적인 탓으로? 감독이 가져온 퀴어 영화 queer cinema를 상영하면서 객석을 좁혀 앉았을 때, 내 옆에 윤이 앉았다. 파격적이죠? 교정에서 이런 걸 듣고 보다니요. 강연장을 나오면서 윤이 떠듬떠듬 말했다. 윤은 그 말끝에 자기소개를 덧붙였다.

오윤입니다. 중문과 졸업하고 어학연수 준비하고 있어요. 그러나 윤은 가을이 다 가도록 출국하지 않았다. 거의 날마다 강의실 앞에서 나를 기다렸다. 또 만날까? 헤어지면서 다시 만나자는 제안은 대부분 내가 했지만 단풍나무 아래에서 팔짱을 낀 것은 윤이 먼저였다. 단풍이 드는가 싶게 첫눈이 내렸다. 사회교육원 수료식을 치르던 늦겨울, 폭설이 그친 다음 날이었다. 윤이 시집을 들고 와 읽어보라며 호들갑을 떨었다.

"「그 새는 어디로 갔을까」. 이 시, 읽어보세요."

"무슨 내용인데?"

"시 때문에 잠 한숨 못 잤다고요. 우리 새 발자국 찾으러 가요, 빨리."

그러나 시를 읽고 현충원으로 달려갔을 때, 새 발자국은 없었다. 눈 덮인 사병 묘역을 다 뒤졌지만 새 발자국은 보이지 않았다. 이틀 동안 퍼붓던 폭설의 흔적만이 일백만 평의 현충원 경내에 빼곡할 뿐. 그 새 발자국은 시인이 현충원을 다녀갈 때 찍힌 과거의 것이었으므로 당연히 남아 있을 리가 없었다. 새로 찍혀 있을 새 발자국을 찾아온 것이긴 하지만, 앞으로 어떤 새가 발자국을 남길지는 모르겠지만, 묘비 사이를 뒤뚱거리며 걸어가다 날아오른 새 발자국을 그날 우리는 끝내 발견하지 못했다.

윤은 뜬눈으로 밤을 새운 것처럼 얼굴이 붉게 달아올라 있었다. 제15 사병 묘역을 뒤져 서격춘과 서한원과 연준모의 묘비를 마침내 찾을 때까지, 윤은 발목이 푹푹 빠지는 폭설과 추위 따위는 아랑곳

하지 않고 깡충거렸다. 팔짱을 끼고 현충원을 다녀가는 내내 그랬다. 「그 새는 어디로 갔을까」와 묘비 틈바구니에서 윤은 어린애처럼 뛰어다녔다. 뛰지 않는 시간이 있었다면 잔디밭에 드러누워 시를 암송하는 순간뿐이었다.

얼어붙은 주검과 주검 사이 내려앉은
그 새는
이만 개의 화강암 비석을 숲으로 여겼을까
폭설 속 저 붉고 푸른 이만 개 원색의 조화造花가 꽃인 줄 알았을까

새의 무게만으로도 저렇듯 선명한 발자국을 본다

윤이 시를 즐겨 읽는 줄은 알았지만 왜 그토록 그 시에 열광했는지는 알 수 없었다. 첫 시집을 낸 젊은 시인의 작품일 뿐이었다. 논술 강사인 나조차 시의 작품성에 대해 고개를 가로젓고 있었음에도 윤의 열광은 완강했다. 시가 왜 그렇게 좋은데? 시에 대한 열광을, 집착을 따져 물으면 윤의 대답은 한결같았다. 새들도 발자국을 남기고 떠나는데, 나는 어떨까. 나는 어디로 날아갈까……. 우리가 묘비 사이에 찍어둔, 뒤섞인 발자국이 지워지면서 시나브로 그 열광이 가라앉던 어느 날이었다. 윤은 새처럼 훌쩍 날아갔다. 미루고 미루던 어학연수 출국 날짜에 쫓겨, 내게 발자국 하나를 깊이 남겨둔 채. 온 세계가 광란의 폭죽을 터뜨리던 20세기 말이었다.

北京市 昌平具 平西府 鎭平新一區…….

중국으로 날아간 뒤 윤은 한 통의 항공우편을 보내왔다. 북경시 창평구 평서부 진평신일구라는 주소를 적갈색 잉크로 꾹꾹 눌러쓴 편지였다.

일주일만이라도…… 북경에 올 수 있겠어요?

편지의 내용은 그게 전부였다. 편지지의 위와 아래를 가로질러 세로로 쓰인 윤의 글씨는 흡사 묘비 사이의 폭설 위에 내려앉은 새 발자국처럼 흔들렸다. 나는 아무런 답장도 하지 않았다. 서격춘과 서한원과 연준모의 묘비 앞에서 하루 종일 서성거렸을 뿐.

십 년 전의 추억과 일 년 전의 추억 사이에

떠난 사람과 돌아온 사람 사이에 내려앉아 뒤뚱거리는

나는 어떤 발자국을 남길까

어디쯤에서 날아올라야 하는 걸까

사실 시를 처음 읽었을 때, 내가 눈여겨본 것은 시의 후반부였다. 시인이 새 발자국을 어떻게 발견했을까. 정말 놀라운 시각이야. 윤은 토끼눈을 뜨고 앞부분에 열광했지만 나는 달랐다. 과거와 현재의 지층을 관통하는 기억의 길 위에 서서 갈등했을 시인, 그 얼굴이 어렴풋이 떠올랐기 때문이었다. 폭설이 내린 엄동설한, 떠난 사람과 돌아온 사람 사이에 쭈그려 앉아 시인은 무슨 생각을 했을까. 윤이 원장실에 나타나던 날 밤, 나는 시를 읽고 또 읽었다.

시간 되는지요? 가능하면 낼 오후에 봤으면 하는데.

윤이 휴대폰 문자메시지를 보낸 것은 어젯밤 자정 무렵이었다. 암실에서 흑백사진 프린트를 하고 있었다. 아내가 인도로 떠났기 때문에 나는 밤샐 각오로 프린트에 매달렸다. 흑백사진 콘테스트 출품 때문이었다.

현충원에서 만날까.

거긴 멀고 불편해요. 시내에서 봐요.

약속 시간과 장소를 정한 뒤 암실을 빠져나왔다. 필름의 초점을 제대로 맞출 수가 없었다. 거실에 앉은 채 밤을 새웠다. 보름이 지나도록 윤과 통화를 못 했다. 내가 의도적으로 피한 것처럼 여길 수도 있었다. 위에서 통증이 느껴졌다. 맹물을 들이켜며 시집을 꺼내 들었다.

"많이 변한 것 같아요."

"응, 좀 변했지."

여섯 시 십오 분이었다. 약속 시간을 넘긴 시간이었다. 현충원에서 빠져나오는 길이 막힌 탓이었다. 카페에 들어서기가 무섭게 윤은 변했다는 말을 반복했다.

"인권 단체 사이트도 있고, 퀴어 연극이나 영화 광고들도 사방에 깔려 있어요."

내가 변했다는 줄 알았다. 정해진 시간에 늦어본 적이 없었던, 십오 분씩이나 늦은 나를 두고 한 말인 줄 알았다. 아니었다. 조국이 변했다는 말이었다. 커밍아웃했다고 연예인을 죽이는 언론이라니. 연예인도 사람인데, 사람을 벌레 취급 해! 그렇게 흥분했던 조국이었다. 아직도 대한제국이야. 쇄국정치를 하던 19세기 말이라고. 그래서 떠났던, 떠나게 만들었던 조국이 변했다는 뜻이었다.

"동호인 카페 가입했어요?"

"……."

"커밍 게시판, 게이 MT 등등. 하고 싶은 말 다 할 수 있던데. 들어가 봤어요?"

마치 어제 만났던 사람처럼 서로 밀린 안부 따위는 풀어놓지 않았다. 해도 그만 안 해도 그만일 듯한 몇 마디를 주고받았을 뿐. 그러다 주문한 키위 주스가 절반쯤 줄어들었을 때였다. 윤은 작성한 원고를 읽듯 물어 왔다.

"정말 많이 변한 것 같아요."

"글쎄, 전보다 변하긴 했지."

"때늦은 일이지만, 이 나라는 이제야 인권 후진국에서 벗어난 것 같아요. 두 번씩이나 세기말을 겪고서야 말입니다."

"……."

"당연한 일을 가지고 왜 기뻐해야 되는지, 그게 오히려 슬픈 나랍니다, 이 나라는. 형 생각은 어때요?"

윤, 과연 그럴까, 하려다 나는 마른침을 삼켰다. 딱 한마디만 덧붙이고 이 대화를 끝내고 싶었다. 아직 멀었어. 변한 것처럼 보일 뿐, 변한 것은 없어. 윤도 나도 주스 컵을 만지며 침묵했다. 내면에 은폐되어 있던 무엇인가를 서로 확인하는 시간이라는 것처럼 침묵은 무겁고 길었다. 만약 이 침묵을 윤이 유도했다면, 정말이지 윤이야말로 많이 변한 것이다. 커밍이란 단어만 꺼내도 입술을 벌벌 떨었다. 타산적이거나 주도면밀함은 애초부터 불가능한 일이었다. 그러나 눈앞의 윤은 달랐다. 질문과 표정에 자신감이 넘쳤다. 자신의 존재를 잊어서는 안 된다는 듯 눈빛은 침묵 속에서도 반짝, 빛났다.

"많이 아팠다면서요?"

침묵 끝이었다. 윤이 화제를 건강 쪽으로 바꾸었다. 나는 짐작했다. 침묵과 마찬가지로 이것 또한 나를 배려한, 다분히 의도적인 것일지도 모른다고. 그러나 의도적이든 아니든 상관없이 나는 가볍게 대꾸했다. 이젠 견딜만 해. 아침부터 무겁게 가라앉은 시간들이 그쯤에서 풀풀 날아갔으면 싶었다. 그러나 아니었다.

"들리는 얘기론, 사진을 포기했다가 카메라를 다시 잡았다던데."

"반은 맞고 반은 틀리는데, 그 소문."

"반반이라뇨?"

"혼자 살면서 몸도 아팠고, 그래서 잠시 카메라를 손에서 놓은 것뿐이야."

"그러면 그렇지, 형이 사진을 포기할 사람이 아니죠. 나는 사진으로 시작해서 사진으로 끝장날 거야. 형이 했던 그 말, 아직도 귀에 쟁쟁해요."

대추나무 가시처럼 윤의 말끝이 잔뜩 곤두서 있었다. 뚝, 소리가 나도록 하나를 꺾고 싶었지만 그럴 수 없었다. 7년 만의 해후였다.

감정에 각을 세울 때가 아니었다.

"넌 어떠니, 별일 없는 거지?"

"물론, 별일 없죠. 보다시피 사지 멀쩡하고."

"그래, 좋아 보인다. 북경 생활은 어땠어?"

"형이 좋아하는 시처럼 외롭고 높고 쓸쓸했죠, 뭐."

"잘 견뎌냈구나."

"상처 아무는 데 칠 년 걸렸다면 신파조로 들리겠죠?"

"상처?"

"예, 상처."

"……세월이 많이 흘렀지."

"이해해달라는 뜻인가요?"

어젯밤 윤의 문자를 받은 뒤 가루약 한 봉지를 더 털어 넣어도 잠이 오지 않았다. 줄곧 위가 쓰리면서 신물이 넘어왔다. 맹물을 들이켜 겨우 진정시키며 미명까지 버텼다. 그때처럼 위통이 느껴졌다. 나는 카페 주인에게 물 한 컵을 부탁한 뒤 입을 다물었다.

상처? 오윤, 그게 상처였다면 내겐 더 큰 상처가 있어. 한때 내모든 것을 포기했을 만큼 깊은 상처. 나는 그 말을 차마 하지 못한 채 고개를 꺾었다. 문득 날카로운 무엇인가 위벽을 긁고 지나간 것처럼 속이 쓰렸다. 물컵의 절반을 단숨에 비웠다. 형, 왜 떳떳하지 못해. 왜 여자를 감추는 거야. 왜 비굴하게 감추는 거냐구, 씨발. 오윤, 7년 전 그렇게 울부짖으며 카메라를 짓밟고 떠나면서 네가 남긴 상처를 보여주련? 얼마나 깊은지, 얼마나 큰 흉터가 남았는지?

그날, 카메라 조각을 주워 들며 나는 다짐했다. 너를 포기하고 여자를 선택하겠다고. 그게 나를 찾는 길이라고 판단했다. 불면증은 결혼 뒤부터 시작되었다. 부서진 카메라와 함께 사라질 줄 알았던 네가 밤마다 눈앞에 어른거렸다. 시간이 흐를수록 더 뚜렷해지는 기억이란 게 얼마나 무섭게 자신을 구속하는지 뜬눈으로 깨달았다. 눈빛, 격정, 숨소리, 손끝의 떨림…… 몸에 밴 한 인간에 대한 익숙함이 낯선 대상을 얼마나 잔인하게 거부하는지 상상도 못 했던 일이었다. 현충원 안팎에서 너와 함께 지낼 때의 그 느낌을 나는 아내에게서 얻을 수가 없었다. 아내 모르게 너의 느낌을 지우려고, 아니 되찾기 위해 밤마다 고통스럽게 뒹굴어야 했다. 민규 씨, 왜 이러는 거야. 무슨 일이야. 몸에 아무 반응도 없는 이유가 뭐야? 바늘 끝처럼 내 몸을 찌르던 그 소리가 한순간 사라지면서 아내는 떠났다. 몇 년 동안 종합병원과 신경정신과를 왕복하던 끝에 지난겨울 재혼했다. 서로 자유롭게 살아가자는 약속만으로. 그러나 머잖아 끝장날 줄 뻔히 알면서 아내의 얼굴을 매일 마주쳐야 하는 고통을 오윤, 너는 상상이나 할 수 있겠니?

암실은 불면으로부터 도피할 수 있는 유일한 공간이다. 암실에서 인물 사진을 프린트하다 보면 현상액 속으로 흑백의 얼굴 형상이 떠오르는 모습은 거의 황홀하기까지 하다. 그것은 흡사 어둠 속에서 날아오르는 새의 모습 같기도 해서 이 사람은 어디서 날아왔을까, 지금 어디를 향해 날아가는 중일까……, 상상을 하는 동안 나는 거짓말처럼 불면을 잊는다. 그러면 몸은 비록 힘들지만 잠깐씩 행복해지기도 한다. 그러나 그럼에도 내 삶의 비상구 같은 암실에서조차 문득문득 나의 부재가 실감되는 것은 무슨 이유 때문일까. 내가 재현한 수많은 남자와 여자들 속에 정작 나는 없다는 두려움. 암실을 빠져나와서도 떨칠 수 없는 그 두려움 때문에 지속되는 불면. 오윤, 너, 이런 고통을 상상이나 해보았니?

　나의 침묵이 좀 길어지면서부터였다. 항문 근처에 끈적끈적한 핏덩이가 묻은 것처럼 불쾌한 통증이 느껴졌다. 신경정신과를 출입하면서까지 힘들게 봉합한 몸속의 어떤 상처가 오늘 안으로 투둑, 살갗을 뚫고 불거질 것만 같았다. 나는 주인을 향해 빈 물컵을 흔들었다.
　"너 떠나고 많이 힘들었다. 그래서 지금까지 아픈지도 모르고."
　"그럴지도 모르죠."
　윤의 반응을 기대하고 한 말은 아니었다. 윤은 날카로운 한마디를 내 정수리를 향해 내던졌다. 나는 입을 다문 채 눈을 감았다. 고속 촬영한 구름의 유영처럼 현충원 겨울 풍경이 망막 위로 우우웅, 떠 흐르다 사라졌다. 기억의 저 밑바닥에 침전해 있던 뜨거운 감정의 덩어리들이 목구멍까지 역류했다. 나는 좀 더 진중해져야 될 것 같았다.
　"많이 변한 것 같다. 전보다 강해진 것도 같고."
　"강의 말고도 할 일이 있을 것 같아요."
　"무슨……."

"형, 요즘 중국에도 게이 프라이드gay pride라는 말이 유행해요. 나, 남자 좋아한다. 그 말을, 공공장소에서, 그것도 사회주의 국가에서, 대놓고 할 날이 머지않은 것 같아요."

이미 다 예상하고 있었다는 것처럼 윤은 내 말꼬리를 엉뚱한 방향으로 끌고 갔다. 두어 번을 더 그랬다. 나는 당황했다. 그것은 마치 세상이 변했음에도 미동조차 하지 않는 내 낡은 인식의 정곡을 향한 일침 같았다. 여자를 택하고 커밍을 피한 삶이 과연 정당할까요. 어떻게든 흑백사진으로 승부를 내겠다는 그 욕망만을 끌어안고 다른 것은 내치는 삶이 얼마나 가치 있을까요…….

어디선가 이명처럼 새가 울고

새 울음 내려앉는 비석들 사이

얼어붙은 발자국

그 새는

어디로 갔을까

윤과 헤어진 게 아홉 시 무렵이었다. 저녁은 생략했다. 둘 다 점심 식사가 늦었다는 구실로. 눈 내리면 함께 현충원에 한번 다녀와요. 빈 물컵을 내려놓으며 윤이 먼저 일어섰다.

집에 돌아와 입에 담은 게 물 한 잔이 전부였다. 공복인 탓인지 위통은 없었다. 거실에 누운 채 눈을 감았다. 윤의 말대로 현충원을 다녀오려면, 겨울이 되고 눈이 내리려면, 삼복더위와 단풍 숲을 지나야 했다. 늙은 의사가 내 머릿속을 해부하고도 남을 시간이었다. 그동안 나는 어떤 발자국을 찍고 있을까. 북경시 창평구 평서부 진 평신일구. 내 기억 속에 화인처럼 찍혀 있는 이 발자국은 언제쯤 지 워질까. 시의 마지막 연을 떠올리며 나는 반문했다. 나는 지금 어디 로 날아가는 중일까. 생의 절반을 걸어온 발자국이 흔적 없이 지워 지고 새처럼 어디론가 날아오른다면 불면증이 사라질 수 있을까. 아 직 그 실체가 확연히 드러나지 않은, 내면에 잠익되어 있을 불온한 욕망들도 그렇다면 사라질 수 있는 걸까. 지금쯤 아내는 인도에서 나마스테를 연발하고 있을 것이다. 계급과 빈부와 선악이 극명하게 공존하는 인도의 거리에 아내는 또 어떤 발자국을 남기고 떠나올 까. 이국의 땅에서 섬 같은 세월을 견뎌온 윤은 어디쯤에서 날아오 른 것일까.

윤, 지금 나는, 내가 어디서 떠나왔는지도 모를 만큼 과거로부터 멀리 날아가고 있다. ……서른두 살. 어디론가 날아간 먼 미래, 나 는 어쩌면 서른두 살의 현재를 그리워할지도 모르겠다.

어렴풋하지만 윤의 항공 편지를 받은 얼마 뒤였던 것으로 기억 된다. 일주일만이라도 북경에 올 수 있겠어요? 그 편지의 답장을 썼다. 그러나 몇 번씩 고쳐 썼음에도 나는 끝내 답장을 발송하지 않 았다.

그 편지가 윤이 두고 떠난 시집 속에 끼어 있을 줄은 미처 몰랐 다. 보름 전, 「그 새는 어디로 갔을까」를 읽으려다 발견한 그 낡은 편지를 펼쳐 들고, 나는 내 앞에 나타난 윤의 나이를 꼽아보았다.

놀랍게도 서른두 살이었다. 서른두 살. 그것은 떠날 수밖에 없었던 윤을 떠나보내고 남을 수밖에 없었던 나 혼자서 자학의 겨울밤을 견디던 나이였다. 그리고 서른두 살은, 감당할 수 없는 삶을 피해 감당할 수 있는 삶을 선택하고도 고통스럽게 들이켜던 낮술이었다. 술에 전 배 속이 한 꺼풀 뒤집어져 좌변기에 대책 없이 쏟아지던 피똥이었다. 그리고 그것은, 잊고 싶어도 잊을 수 없는 기억의 현재이기도 했다. 이만 개의 화강암 묘비처럼 견고하고 뚜렷한 기억의 현재.

강박관념처럼 굳어진 새 발자국의 실루엣이 꿈속에서 시꺼먼 그림자를 끌고 붕붕 날아다녔다. 그림자를 따라잡다 보면 그 끝에선 어김없이 윤이 앉아 있었다. 가루약을 먹었음에도 잠을 또 설쳤다. 나는 누운 채로 원장에게 전화했다. 몸이 아파서 하루 더 쉬겠습니다. 주도면밀하게 계획된 것처럼 태연하게 말했다. 기억이 정확하다면, 윤이 첫 출근을 하기로 한 날이었다. 점심이 지나도록 누워 있던 나는 자리에서 툭툭 털고 일어나 카메라 배낭을 꺼냈다.
　　날씨는 맑았다. 빛도 좋았다. 카메라 배낭을 열고 장비를 확인했다. 105mm 접사렌즈와 24mm 광각렌즈, 흑백필름 다섯 롤, 그리고 삼각대. 촬영 장비는 이 정도면 되었다.
　　오늘은 촬영을 끝내야 한다. 늙은 의사가 내 의도를 전혀 엉뚱한 방향으로 해석하기 전에. 안면을 클로즈업해서 접사촬영 한 컷, 진료실 풍경 전체를 담은 광각으로 한 컷. 그렇게 두 컷이면 충분했다. 해태獬豸의 얼굴. 흑백사진 콘테스트 출품작 타이틀은 정해졌다. 오직 입으로 먹기만 할 뿐 항문이 없어서 일체 배설하지 않는, 그래서 재물이 축적된다 하여 부의 상징물로 추앙받는 해태. 30년 전의 진료실에 쭈그리고 앉은 채 부동산 재테크에 필사적인 의사. 그야말로 극적인 대비였다.

지하 차고를 빠져나가는 차창 정면으로 폭설처럼 햇살이 쏟아졌다. 시간을 놓치지 말아야 한다. 그동안 관찰한 대로라면 역광으로 촬영하기엔 오후 네 시 반이 최적의 시간이다. 해태상처럼 일그러진 늙은 의사와 버려진 창고 같은 진료실의 풍경. 정확히 촬영 시간을 맞추자면 환자가 없는 틈을 이용해 서너 번쯤 의사와 신경전을 벌여야 할지도 모른다. 부탁드립니다. 대상이 누군지는 절대 드러나지 않게 촬영하겠습니다. 역광으로, 얼굴의 실루엣만 잡을 테니 염려하지 마시고……

가루약을 털어 넣은 것처럼 입에서 피식, 쓴웃음이 나왔다. 짧은 순간 즐겁고도 우울한 기분이 뒤섞여 몸속으로 번지는 게 느껴졌다.

꾸꾸꾸꾸. 산까치인지 산비둘기인지 어디선가 하늘로 날아오르는 듯한 새 울음소리가 들렸다. 아주 오래된, 익숙한 환청이었다.

즐거운 초상^{初喪}

웃는 상주. 아무도 슬퍼하지 않는 죽음. 마침내 찾았다. 일 년 만의 일이다. 세상을 다 뒤질 듯 작정하고 나선 게 작년 구월 말이었으니까, 정확히 일 년 이 개월이 지났다. 개인 상가를 포함해 얼추 스무 번쯤 장례식장을 드나든 끝이었다. 그러나 나는 아직 상주를 만나지 못했다. 웃는 모습은커녕 얼굴조차 못 보았다. 장례식장에 들어선 지 삼십 분 남짓 지났을 것이다. 고인께 인사도 올리지 못한 채 짐짓 엄숙하면서도 한편 들뜬 마음으로 401호 접견실 바닥에 쭈그려 앉아 있을 뿐이다.

나는 올갱이국밥을 휘젓던 숟가락을 내려놓았다. 세 숟가락이나 떠먹었을까. 올갱이 몇 알을 오물오물 삼킨 게 전부였다. 오후 세 시면 점심이나 다름없었다. 식사를 주문하지 말까 싶었지만 상조회 여직원은 막무가내로 한 상을 차려냈다. 마치 상가의 법도가 으레 그렇다는 것처럼. 어쨌든 나는 배가 불렀고, 추도 예배가 끝날 때까지는 당장 할 일도 없었기에 접시에 담긴 음식물을 세기 시작했다. 방울토마토 일곱 개, 귤 두 개, 인절미 다섯 개. 접견실에 물끄러미 앉아 삼십여 분을 기다리는 일이 이토록 지루한 줄은 몰랐다. 내가 왜 여기 앉아 있는 거지? 어이없게도 그 생각이 몇 번인가 반복되었을 무렵, 탁자의 음식물에 눈이 갔다. 돼지고기 수육 여섯 조각, 새우젓 종지 하나, 종이컵 일곱 개. 더 필요한 것 없으세요? 마른안주 접시의 땅콩을 세려는데 청년이 허리를 굽혔다. 상주의 아들이거나 조카인 듯했다. 물 한 병 주세요. 금박으로 상조회 이름이 새겨진 조끼를 입은 여직원이 청년을 힐끗거리며 지나갔다. 빈소에서 찬송가 소리가 들렸다. 나는 땅콩 세는 것을 그만두고 장례식장을 둘러보았다. 입구 쪽과 등 뒤는 자리가 꽉 찼다. 내 맞은편, 주방 쪽만 한 자리가 차고 비었다. 다들 먹고, 마시고, 떠드는 데 열중했다. 그러고 보니 입 다물고 조용히 앉아 있는 사람은 나뿐인 듯싶었다. 혼자 앉은 탓인가. 수십 명의 문상객들이 쏟아내는 소음으로 시끌벅적한 상가. 제가 여기 왜 왔죠? 누군가를 붙잡고 묻고 싶었다. 그러면서도 속으론 쾌재를 외쳤다. 찾았다. 아무도 슬퍼하지 않는 죽음, 웃는 상주를.

사실 나는 이 죽음에 관해 아는 게 없었다. 고인이 왜 죽었는지, 어떻게 죽었는지, 향년 몇 세인지 알지 못했다. 영일고 윤민호 선생님 모친상. 빈소 : 은혜원. 발인 : 12월 1일. 휴대폰 문자 내용은 그게 전부였다. 그저께 오후 문자를 읽으며 어라, 사일장이네, 했을 뿐. 누가 전송한 거지? 그런 의문조차 없었다. 집에서 점심을 먹고 고물상 정리를 마친 뒤 그냥, 지나가다 들른 것처럼, 이곳에 왔다. 은혜노인병원 장례식장. 여기서 웃는 상주를 만나리란 기대는 처음부터 하지 못했다.

윤 선배의 모친상에 꼭 와야만 하는 필연이 있었던 것도 아니다. 따지고 들자면 안 와도 그만일 터였다. 칠팔 년 동안 서로의 존재를 잊고 살아왔다. 그랬으므로 주변에서 누가 시비할 사람도 없을 것이다. 선배의 경우, 경황없이 장례를 치른 뒤 부의금 봉투에서 내 이름을 찾지 못하거나 맞절을 나눈 문상객들의 면면을 떠올리다가 오지 않았군, 하며 잠시 서운한 생각은 할 테지만. 나 역시 언젠가 선배를 마주칠 때, 못 가봐서 미안해요, 하면 그뿐. 흔히 사람들이 하는 방식대로 모든 걸 세월 탓으로 돌리면 그만일 수도 있는 일이었다.

그런데 왜 왔을까. 불쑥 안부가 닿은 과거 속의 사람 때문에? 아니면 단순히 장례 품앗이로? 그것도 아니라면, 일 년 새 부고가 날아든 상가를 빠뜨리지 않고 문상을 다니는 어떤 목적 때문인지도 몰랐다.

등 뒤에서 한바탕 폭소가 터졌다. 그 폭소를 기다렸다는 듯이 문상객들이 일제히 웃고 떠들었다. 구석에서 카드 판을 벌인 이십 대들은 지폐를 쥐었다 놓았다 하면서 키득거렸다. 바로 옆 탁자 주변에선 유족들 대여섯이 머리를 맞대고 있었다. 휴대폰 게임을 하는지, 문자를 주고받는지 육십 대를 훌쩍 넘긴 노인부터 손녀딸 같은 애송이까지 모두들 휴대폰을 꺼내 든 채 소리를 죽여 웃어댔다. 바위…… 유족들을 지켜보자니 다들 검은 상복을 입은 채 둥그렇게 웅크리고 있는 모습이 바위 같았다.

웃는 바위를 보기 위해 나는 이곳에 온 걸까.

한때 윤 선배와 나는 동지였다. 그러나 이젠 옛이야기일 뿐이다. 동지가 아니라고 딱 잘라 말하기엔 좀 무리인 줄 알지만 그렇다고 동지라고 하기엔 더 무리일 것 같다. 선배도 나도 동지라는 표현을 사용한 것은 너무 오래전의 일이고, 선배와 나 사이에 동지라는 단어를 끼워 넣는 게 아무래도 타당한 일이 아닐 것만 같다.

그러나 어찌 됐든 우리는 동지였다. 십여 년 가까이 어깨동무를 하고 지낸 동지. 기자단 파업 사흘째, 윤 선배는 핸드 마이크를 잡고 신문사 중앙 로비에서 파업 격려 시를 낭송했다. 그날 호외엔 지방 문예지를 통해 막 등단한 윤 선배의 시와 내 판화가 나란히 실렸다. 머리띠를 두른 건장한 청년 둘이 어깨동무를 하며 구호를 외치는 목판화. 파업이 끝나고 그 목판 프린트 한 점을 윤 선배에게 증정한 게 벌써 십오륙 년 전의 일이다. 지금까지 윤 선배가 작품을 소장하고 있는지, 버렸는지는 알 수 없는 일이다. 칠팔 년 전에 안부가 끊긴 뒤로 지역 문화단체나 행사장에서 자리를 같이한 적이 없었으므로. 그새 나는 신문사를 떠났고, 여기저기 떠돌다가 다시 조각칼을 들었지만 윤 선배가 여전히 시를 쓰는지도 의문이긴 마찬가지다. 다만, 아직까지 예전의 학교에 근무하고 있다는 소식을 풍

문으로 듣긴 했다. 두 자녀를 나란히 명문대에 진학시켰다고 소문
난 사람이 윤 선배였던가? 기억이 확실하지 않다. 강이라면 건너주
고 산이라면 넘어주자. 함께 가자, 함께 가자. 그 엇비슷한 노래와
맹서들이 낡은 간판의 글씨처럼 시나브로 빛을 잃는 동안 죽은 듯
이 헤어져 살았고, 둘 다 무사히 살아남았다.

언제부턴가 엉덩이가 뜨거워지면서 정강이 언저리에 살짝 땀이
뱄다. 장례식장이 노인요양병원에 딸린 탓인지 난방이 잘된 접견실
바닥은 군불을 지핀 아랫목처럼 따끈따끈하게 달아올라 있었다. 양
복 윗도리를 벗으면서 주위를 둘러보았다. 다들 이미 겉옷 하나씩
을 벗어 든 상태였다. 나는 옷을 다시 입고 자리에서 일어섰다. 지
루한 시간도 죽일 겸, 맑은 공기도 쐴 겸 장례식장 입구에 들어서면
서 보았던 휴게실이나 한번 둘러보자는 생각이었다. 빈소에서 찬송
가 소리가 또 들려왔다. 영정 앞에 빼곡히 둘러앉았던 사람들이 한
명도 실내로 들어서지 않는 것으로 보아 예배가 끝나려면 아직 먼
것 같았다. 나는 신발을 신으면서 실내를 휘둘러보았다. 상조회 여
직원과 유족들이 일찌감치 차려놓은 식탁 대여섯 개의 음식들이 눈
에 꽉 들어찼다. 저 음식 그릇 수나 세어볼까. 나는 피식 웃으며 접
견실을 빠져나왔다.

장례식장 1층 로비는 텅 비어 있었다. 절전을 위해 듬성듬성 형광
등을 꺼놓아 어둠침침한 천장. 괴괴한 느낌마저 드는 암회색 유리
창 블라인드. 이따금 출입문을 드나드는 문상객 외엔 아무 인기척

도 없는 정적. 4층 빈소에 견주면 로비 풍경은 그야말로 초상집 분위기였다. 상가를 잘못 찾아온 사람처럼 묵묵히 소파에 앉아 있는 동안 나는 윤 선배의 얼굴만 떠올렸다. 꽤 오랜 시간 동안 안부를 나누지 못해서가 아니었다. 어떻게 살았을까, 어떻게 변했을까, 궁금해서가 아니었다. 고인의 죽음에 대해 전혀 아는 바가 없었지만 유족과 문상객의 표정만으로 보아 호상임에 틀림없었다. 그렇다면 401호 접견실에 앉아 웃고 떠드는 사람들처럼 선배 역시 가벼운 마음으로 영정을 지키고 있을 것이었다. 어머니를 마주 보며 슬그머니 미소를 짓고 있을지도 모를 일이었다. 그 표정이 못내 궁금했다.

근상아, 이제 그만 색깔 좀 바꿔라.

불현듯 윤 선배의 얼굴에 상가 풍경이 겹쳐졌다. 작년 가을이었다. 두 번째 판화전이 끝난 뒤 보름쯤 지나서였다. 시 쓰는 후배가 부친상을 당하던 날, 같은 문화단체에서 활동하는 친구들 사이에 술잔이 돌았고, 취기가 막 오를 즈음 〈좆〉 얘기가 붕붕 날아다녔다. 일흔여덟에 운명했지만 위암으로 삼 년을 자리보전한 고인이었기에 장례식장 분위기가 그다지 무겁지는 않았다. 그래서 술잔이 빠르게 돌았을 것이다. 한바탕 파안대소가 끝나면서 글씨를 쓰는 친구가 한마디 툭, 던졌다.

박근상, 죽을 때까지 깃발만 날릴 거냐구.

좀 더 부드럽고 가벼운 주제로 작품을 생산하라는 얘기였다. 사십 고개도 절반을 넘어섰고, 식솔도 딸렸으니 이젠 먹고살 생각 좀 해라, 그 말이었다. 나는 친구에게 돌리려던 술잔을 한입에 털어 넣

232

었다.

야, 임마, 나더러 죽으라는 얘기냐? 죽으라는 게 아니라 살라는
말씀이다. 뭐? 색깔을 바꾸라면, 그게 곧 무덤 파라는 얘기 아냐.
무덤 같은 소리 하고 있네. 니 눈엔 세상 색깔이 바뀐 게 안 보이냐?
세상이 뭐 어째? 이 자식, 변했네. 너 요즘 아줌마 부대 덕분에 글
씨 장사 잘되는 모양인데, 너야말로 붓 똑바로 잡아, 임마. 뭐야?
니가 언제부터 세상 색깔을 걱정하고 살았냐? 이 자식이……

야, 야, 그만들 둬. 그만두고 좋 얘기나 마저 하자.

엉겨 붙은 나를 친구들이 겨우 뜯어말리자 술잔을 또 털어 넣었
다. 식도에 불이 붙은 것처럼 온몸이 뒤틀렸다. 어려웠던 90년대,
함께 노래하고 함께 쓰러졌던 친구들이었다. 지금은 비록 어깨동무
를 풀고 뿔뿔이 흩어져 먹고사는 데 경황이 없었지만.

야, 그 좆 말이야. 누구 것 새긴 줄 아냐? 누구? 누군 누구야, 작
가님이지. 뭐? 근상이 좆이 그런 괴물이야? 뭐, 괴물? 그래, 괴물.
하하하.

〈좆〉의 원작 제목은 '귀가'였다. 일에 지친 노동자가 귀가하던 중,
한 손으로 벽을 잡고 한 손으론 성기를 거머쥔 채 벽을 향해 오줌을
내깔기는 모습을 사실적으로 담아낸 목판이다. 전시 작품을 둘러본
사람들마다 오줌발에 놀라 펄쩍 뛰어오르는 개구리의 모습이 압권
이라는 평을 했다. 실제로 '귀가'는 건축 공사장에서 하루하루를 연
명해가는 노동자가 자신의 뜨거운 오줌발에 놀라 뛰는 개구리를 발
견하면서 언젠가 현실의 고통을 극복하겠다는 열망을 표현한 것이

다. 그 개구리 때문에 목판을 세 번씩이나 박살 내며 조각칼을 갈았다. 초상을 당한 후배가 전시 전부터 작품에 관심을 가졌고, '좆'으로 제목을 바꿔 부른 뒤부터 사람들 입에 심심찮게 오르내렸다.

전시실 문이 닫힐 때까지 〈좆〉에 빨간딱지가 붙지 않은 것은 충격이었다. 다들 노동자의 열망을 담아낸 역동적 작품이라며 침을 튀겼지만, 정작 소장을 원하는 사람은 나타나지 않았다. 전시실에서 작품을 내리며, 후배의 장례식장을 오가며, 친구들과 낄낄대면서 나는 줄곧 세 번째 판화전을 구상하고 있었다. 이제 색깔을 바꾸자. 더 이상 과거의 방식에만 집착하지 말자. 작품 세계를 송두리째 바꾸자는 게 아니다. 아픔과 소외를 표현하되 직설 대신 은유와 역설로 담아내자. 그 다짐의 어느 순간엔가 판화전 주제도 정해졌다. 즐거운 초상, 웃는 상주.

전시 작품을 떠올릴 때마다 나는 주먹을 말아 쥐었다. 아무 슬픔도, 눈물도 없는 죽음. 유족이든 문상객이든 고인에 대한 애도의 눈빛을 발견할 수 없는 죽음. 그 죽음에 대한 의식을 처음부터 끝까지 관장하는 상주의 미소. 그 모습을 새기리라. 나는 마음이 들떠 술에 취한 듯 흥청거리며 해를 넘겼다. 지난해 늦가을부터 한꺼번에 네 군데를 다녀온 이번 달 문상을 포함해 내게 부고가 닿은 상가를 빠짐없이 찾아다녔다. 정확히 기억되진 않지만, 대략 스무 번쯤 상주와 맞절을 주고받았을 것이다. 고인의 영정을 훔쳐보면서, 상주의 안면을 힐끔거리면서.

……양에 안 찬다고 때려치우면 어떡햐. 아, 복숭아씨를 삼킨다고 배 속에 복숭아 열매가 열리나? 그러게 말여.

오십 대 여인 둘이 말다툼을 하듯 떠들며 로비로 들어섰다. 날이 추워지는가 보았다. 연신 손을 비비면서 엘리베이터를 기다리는 동안에도 누군가를 물어뜯었다. 사람이 제 뱃속만 채울 줄 알지, 어째 동서남북 살필 줄을 몰라.

엘리베이터 문이 닫히는 것을 본 뒤 나는 빈소 안내문 앞에 섰다. 주차장에 차를 대고 곧장 빈소로 올라갔기에 안내문이 궁금했다. 안내문은 크게 두 줄로 나뉘어져 있었다.

501호. 고인명 박금례. 상주 김두현. 발인 일시 2009. 11. 30. 8 : 00 AM.

401호. 고인명 오순임. 상주 윤민호. 발인 일시 2009. 12. 1. 7 : 30 AM.

발인은 휴대폰 문자에 찍힌 대로 내일 아침, 월요일이었다. 오늘 아침에 망인 한 분이 떠났으므로 장례식장엔 윤 선배 빈소만 남은 셈이었다.

현관 자동문이 열리면서 점퍼 차림의 남자가 성큼 들어섰다. 남자는 한동안 안내문을 들여다보았다. 특실, 일반실이 꽉 들어찬 대학병원 장례식장에 견주면 턱없이 초라한 노인요양병원 부속 장례식장이었다. 안내문도 보잘것없었다. 그럼에도 남자는 움직일 줄을 몰랐다. 도대체 무엇을 그렇게 오래 들여다보는 것일까. 나는 슬그머니 남자의 시선을 따라잡았다. 아, 그러고 보니 윤 선배 옆과 아래로 이름이 줄줄이 늘어서 있었다. 가로 네 명씩 세로 네 줄, 자그마치 열여섯 명이나 되었다. 고인이 다복하셨구나, 하면서 첫 줄을 다시 훑어보니 남자 이름을 발견할 수가 없었다. 여자 이름이 셋째 줄까지 이어진 다음에야 사위인 듯한 남자 이름이 적혀 있었다. 윤 선배가 외아들이었나? 기억이 어렴풋하지만 언젠가 외아들이라는 말을 들었던 것 같기도 하다. 그래서…… 일찍 판을 접고 우리 곁을 떠난 것인가. 노모 때문에?

엘리베이터에서 십여 명이 왁자지껄 쏟아져 나왔다. 노인 두엇이 섞여 있는 것으로 보아 내 뒤쪽 탁자에 앉아 있던 일행들 같았다. 어따, 아직 한낮이네. 날이 더 추워지려나 봐. 팔순 잔치나 결혼식 피로연을 다녀오는 것처럼 다들 가볍고 즐거운 얼굴이었다. 안녕히 가십시오. 언제부터 서 있었는지 자동문 앞에서 안경 쓴 청년이 꾸빽, 허리를 꺾었다. 사무실 직원인 모양이었다. 표정은 싱글벙글하면서도 차렷 자세로 서 있는 모습이나 둥글게 밀어낸 두발 형상이 흡사 공익근무요원 같았다.

"직원이세요?"

"예, 무엇을 도와드릴까요?"

다시 로비가 텅 비고 무료해져서 나는 청년을 불러 세웠다. 안경을 벗어 닦으려다 떨어뜨린 청년은 안경을 줍지도 않은 채 예, 하고 부동자세를 했다.

"안경 줍고 상복 좀 안내해줘요."

청년이 내 앞으로 성큼 다가서며 하마터면 안경을 밟을 뻔했기에 나는 뒷걸음질했다. 청년은 싱글벙글했다.

상복 대여 방식은 세 가지임다. 정장 상복, 전통 베옷 상복, 그리고 정장 상복에 건과 행전을 추가한 것임다. 정장 상복은 남녀 구별 없이 한 벌에 삼만 원. 전통식 삼베옷은 육만 원이지만 할인 혜택이 있슴다. 요즘엔 신앙과는 상관없이 다들 간편하게 정장 상복을 입는 추세라서…….

삼만 원짜리 정장 상복을 입은 마네킹 앞에서 일사천리로 필요한 말을 다 늘어놓을 때까지 청년은 웃는 표정이었다. 경박한 태도는 아니었다. 본래 타고난 성품인 듯싶었다. 그럴 리가 없을 줄 뻔히 알면서도 공익이세요, 하려는데 엘리베이터가 열렸다. 양 겨드랑이에 목발을 짚은 장애인 남자가 천천히 걸어 나왔다. 접견실 벽 쪽에 기대어 있던, 일행이 웃고 떠드는 동안 입을 꾹 다물고 있던 남자였다.

나는 남자 뒤를 따라서 현관 밖으로 나왔다. 남자와 나를 한데 묶어버릴 듯 바람이 몰아쳤다. 남자의 몸이 한순간 기우뚱, 뒤틀렸다. 십일월 마지막 날, 초겨울 날씨로 적당히 쌀쌀한 바람이었다. 이대로 목을 꺾은 채 길만 보고 걷는데 어디선지 이제 막 생을 마감한 꽃잎 하나가 발끝에 날아와 앉으면 놀랍고도 반가울, 그런 바람이었고 날씨였다.

이곳에 왜 왔을까. 장례식장 앞 둑길을 서성대며 곰곰이 짚어보았다. 나는 무엇 때문에 온 것일까.

따지고 들면 그랬다. 세상의 모든 장례식이 다 엄숙하고 비통할 필요는 없을 것이다. 상주마다 대성통곡을 해야 될 이유가 없는 것도 마찬가지다. 다들 초상집에 다녀오면 호상이다, 악상이다, 말하지 않는가. 호상은 호상대로 악상은 악상대로 장례 의식을 갖추기만 하면 될 터였다. 정신 나간 소리로 들릴지 모르겠지만 나는 초상이 즐거웠으면 싶다. 물론 모든 초상이 다 그럴 수는 없는 노릇이다. 노환이나 지병으로 떠난 고인과 그 유족들만큼이라도 장례의 처음부터 끝까지가 지금보다 좀 더 가볍고 즐거웠으면 한다. 아버지, 여기까지 오시느라 힘드셨죠. 이제 편히 떠나세요. 곡哭 없이도 기분 좋게 염을 하고, 가볍게 하관도 하면서 말이다. 즐거운 초상, 웃는 상주. 그게 꼭 고인에 대한 불손이고 경박한 풍습이랄 수만은 없지 않은가.

401호 빈소, 아무도 슬퍼하지 않는 죽음을 향해 다시 올라간 것은 네 시 반이 막 지나면서였다.

나는 어느 쪽이 잘 어울릴까. 정장 상복? 전통 삼베옷? 아니면 그 중간? 아무려면 어떠랴.

엘리베이터 거울 앞에 서서 묻고 답하는데 문이 열렸다. 문상객 다섯이 일렬횡대로 서 있었다. 주방 쪽에 앉아 있던 사람들이었다. 기도를 하는지 찬송가는 들리지 않았다. 한창 식사 중인 것도 같았다. 흡연 장소와 빈소 입구에 놓인 의자에 숭년 남자와 초로의 여자들이 둘씩, 셋씩 앉아 있었다. 곧장 빈소로 들어갈까 하다가 빈 탁자에 걸터앉아 벽을 보았다. 추동마을 일몰. 탁자 앞에 걸린 사진의 제목이다. 대학병원 임상병리실에 근무하는 친구가 살고 있는, 시내의 동쪽 호숫가 마을 풍경이었다. 점점이 박혀 있는 마을과 거대한 호수의 수면 모두가 진홍 일색이었다. 언뜻 보면 진홍빛 한지를 오려 붙인 설치미술 같기도 했다. 사진은 친구의 집에 다녀온 적이 있었기에 눈에 익을 뿐 들여다볼수록 환상적인 풍경이어서 도무지 현실감이 없어 보였다. 저 일몰의 깊이는, 환상의 깊이는 얼마나 될까.

벌써 한 시간 넘게 자리를 옮겨 다니는 장례식장도 마찬가지였다. 소음과 찬송가와 정적이 뒤섞인 장례식장. 추동마을 일몰 풍경처럼 혼란스럽기만 했다. 어디서부터 현실이고 어디까지가 비현실인지. 자동문 밖인지 안인지. 빈소인지 접견실인지. 침묵인지 소음인지.

기억이 정확하진 않지만 대략 십여 년쯤 지난 일이었다. 시 쓰는 친구가 아들을 잃었다. 초등학교 4학년짜리 외아들이었다. 쉬는 시간에 교문 앞 문방구에 들러 수업 준비물로 토끼 가면을 사 들고 횡단보도를 건너다 직행버스에 치였고, 즉사했다. 주변의 만류에도 친구는 기어이 장례식장에 아들 사진을 걸어두고 이 박 삼 일을 꼬박 울었다. 화장터에서도 강물에서도 울었다. 전립선 수술을 받고 기저귀를 찬 채 빈소를 찾았던 나는 오줌을 질질 싸면서 따라 울었다.

내가 아들을 죽였어. 시 쓴다고 아들 준비물을 챙겨주지 못한 내가 죽인 거야. 장례 기간 내내 입에 거품을 물었던 친구는 아들을 강물에 뿌린 뒤 절필했다. 절필의 사유는 명백했다. 어린 자식 하나 못 지켜주는 문학은 사치이고 비현실이었다. 장례를 치른 뒤 어쩌다 만난 친구는 비장하게 말했다. 시간이 지날수록 죽은 아들보다 더 절실한 현실은 없어. 그 말 때문이었는지 모르겠다. 빈소에서 사타구니가 흥건하게 젖은 채 앉아 있던 내 몰골이 지금까지도 꿈인 듯 여겨지는 것은.

지난여름이었다. 어머니를 모시고 춘천을 다녀왔다. 생존해 있는 유일한 가족이었던 작은외삼촌이 운명한 것이다. 향년 여든아홉, 아버지와 동갑이었다. 숙환으로 눈을 감았지만 어머니는 처절하게 울었다. 작은오빠, 죄송해요. 살아생전에 자주 못 보고…… 오빠한테 죄를 지었어요. 큰절을 올린 뒤 영정 앞에 털썩 주저앉아 어머니는 하염없이 눈물을 쏟았다. 작은외숙모는 휠체어를 탄 채, 상주는 선 채로 어머니 곁에서 눈물, 콧물을 쏟았다. 내가 어머니를 부축해 접견실로 모실 때까지 다들 얼어붙은 것처럼 제자리에서 울고 또 울었다. 자리를 옮긴 뒤 어머니는 유족들과 밀린 안부를 나누며 차츰 목소리를 높였다. 어머니를 제외한 대부분의 사람들이 술잔을 기울이며 웃고 떠들었다. 빈소에서 접견실은 직선거리로 5미터나 떨어졌을까, 영정이 뻔히 보이는 그 짧은 공간을 경계로 상가의 풍경은 극단적인 대조를 보였다. 통곡과 폭소, 침묵과 소음. 어느 쪽이 진실인지 알 수 없었다. 둘 다 진실 같기도 하고 둘 다 허위 같기도 했다. 스멀스멀 취기가 뻗쳐오르는 한밤중까지 그것은 내내 모호하기만 했다.

"고인의 연세가 어떻게 되시는지요?"

"아흔한 살 되십니다."

추동마을 일몰에서 눈을 떼고 잠시 화장실을 다녀오면서, 내 뒤를 따라나서는 나이 지긋한 유족에게 물었다. 윤 선배를 만나면 저절로 해결될 일이지만 지금 당장 궁금해서 견딜 수가 없었다. 그걸 왜 상주에게 묻지 않고 내게 묻는 거요? 전혀 그런 표정을 짓지 않고 유족은 정중히 답해주었다.

"아흔한 살이라도 정정한 분이셨어요."

"아, 예. 감사합니다."

들뜬 상가의 분위기와 사뭇 다른 유족의 공손한 태도 때문에 나는 어쩔 수 없이 예를 갖추어 답례를 했다. 아흔한 살이라면, 어떻게 살아왔든 장대한 생이다. 어떻게 운명을 했든 호상이다. 그래서 여기저기서 웃음소리가 들렸던가. 유족이나 문상객이나 다들 그렇게 기분 좋게 먹고 마시며 떠드는 것인가.

아버지, 얼른 일어나셔야지요.

지난봄, 천식과 고뿔이 겹친 나머지 기력이 쇠잔해진 아버지가 기저귀를 차고 달포가량 누워 있을 때, 기저귀를 갈아 채우면서 나는 주문처럼 지껄였다. 올해만 넘기시면 아흔이에요. 아흔은 채우고 가셔야지요. 왼쪽 귀가 어두운 아버지의 목을 왼쪽으로 뒤틀어 누인 뒤 오른쪽 귀를 향해 소리쳤다. 제발, 일어나셔요. 말할 기력조차 바닥난 아버지였다. 멀뚱멀뚱 아들을 바라보던 당신의 눈에서 눈물 한 방울이 굴러떨어졌다. 왼쪽 귀밑까지 흘러내리는 눈물을 나는 그대로 지켜보았다. 세기의 명장이 투명한 먹줄을 때려놓은 것 같은 눈물 자국이 저승꽃조차 시든 노구의 안면에 한동안 새겨져 있었다. 미어질 듯 가슴속에 슬픔이 들어차는 게 느껴졌다. 나는 아버지의 손을 단단히 움켜쥐었다. 내 손아귀에 든 것은 한 인간의 육체의 일부가 분명했음에도 그게 마치 육체의 전부인 양 내 손과 함께 아버지의 몸이 부들부들 떨렸다. 아버지, 일어나셔야 돼요. 아흔을 채우고 떠나셔야죠. 군고구마 냄새가 물씬 풍기는 배설물로 묵직해진 기저귀를 갈아 채울 때마다 나는 아버지의 오른쪽 귀를 향해 외쳤다. 고작 한 줌에 잡히거나, 기저귀를 차거나, 군고구마 냄새를 풍기는 육체가 장대한 아흔 살의 생이라니. 혼잣말로 마구 지껄이기도 하면서.

야 이 새끼야, 내가 왜 돈을 내. 딸은 출가외인인데 돈을 왜 내!

아버지 생일상을 차린 날이었다. 음력으로 시월 이십사일, 이달 초순이었다. 만 원 때문에 소동이 벌어졌다. 만성 위염으로 사흘째 밥을 건너뛴 양친이 번갈아 링거를 꽂는 중에 차려진 생일상이었다. 아내와 내가 출근하면 빨래부터 청소까지 집안 뒤치다꺼리는 고스란히 두 노인의 몫으로 남았다. 노인들이 하루아침에 자리에 누워버렸고, 급하게 사람이 필요했다. 대안으로 꺼낸 것이 파출부였다. 일주일에 오 남매가 만 원씩만 각출해줬으면 해요. 필요한 몸통만 툭 내던진 내 말이 화근이었다. 물려받은 재산이란 게 집 한 칸이 전부였기에 큰 탈 없이 살아온 오 남매의 우애를 생각해 머리와 꼬리를 잘라낸 것이었다. 그게 문제였다. 신경성 위염으로 끙끙대는 중소기업 주부 사원 아내의 마이너스 통장과, 아내의 절반에도 못 미치는 내 수입 명세표를 조목조목 나열했어야 했다. 아니면 조금만 도와주세요, 하면서 두 손을 벌렸든가. 니가 부모님 모시고 산다고 유세하는 거냐? 왜 누나들보고 돈을 내라 마라 해, 새끼야. 생일상에 오른 맥주와 소주 서너 병을 섞어 마신 큰누님은 취기가 바싹 올라 있었다. 주사를 모르는 척 넘겼어야 했다. 만 원을 안 주면 될 것이지, 아버지 앞에서 이게 무슨 추태야? 뭐여? 이 새끼가. 접시가 날았고, 깨졌다. 멱살이 잡혔고, 단추가 떨어졌다.

만약 아흔 살을 넘긴 아버지가 봄이나 가을쯤 눈을 감는다면 우리 가족도 윤 선배의 유족들처럼 웃고 떠들 수 있을까. 누구든 호상이라고 입을 모을 아버지의 죽음. 맏상주인 내가 과연 사람들 앞에서 미소 지을 수 있을까. 열아홉에 출가해 손녀딸을 본, 아직도 임대주택을 못 벗어난 큰누님은 또 어떨까.

윤 선배의 문상을 하루 미룬 채 어제저녁엔 냄비를 들고 영양탕 집에 다녀왔다. 양친의 이틀분 양식 때문이었다. 오늘 아침엔 파출부가 다녀갔고, 내일은 아버지가 세 번째 링거를 꽂는 날이다. 링거 수액이 혈관을 타고 온몸에 퍼질 즈음, 어머니를 모시고 내과 특진을 받아야 한다. 귀가 후엔 군고구마 냄새가 찌든 변기를 닦고 양친 방의 가습기와 전기장판을 점검해야 된다. 비상대기 중인 기저귀와 비닐 패드와 워커walker의 위치를 확인해야 되는 것은 물론이다. 그런 다음, 삼 남매 학원 가방을 챙겨주고…… 일곱 채의 이불을 펼치면, 그러면 오늘 하루도 안녕했다, 가 된다.

지붕. 아버지의 지붕.

나는 하루도 빠짐없이 펼쳐지는 일곱 채의 이불과 겹겹이 쌓이는 일곱 채의 이불 사이에 존재하는 모든 풍경들에 '아버지의 지붕'이라는 이름을 붙였다. 아버지의 사타구니에서 마지막 기저귀를 걷어낼 즈음이었다. 그리고 얼마 뒤 같은 제목의 판화 한 점을 마무리했다. 풀어 헤친 기저귀 속에 놓여 있는 아버지의 성기를 양각으로 새긴 그것은 〈좆〉을 창고에 처박으면서 내가 그토록 다짐했던 역설이라든가 은유와는 거리가 먼 것이었다. 전에 없이 강건한 직설이었다. 물오징어 다리 같은 그 직설을 가족들 몰래 꺼내 보면서, 나는 아버지의 지붕에서 탈출할 날을 암암리에 가늠해보았다. 때때로 거울 앞에서 미소를 지으며, 쓸데없이 조각칼 날을 세우기도 하면서.

우연이었지만, 조각칼 날을 세울 때면 여지없이 악몽에 가위눌리곤 했다. 아버지의 지붕 끝에서 내 정수리를 향해 송곳 같은 고드름이 내리꽂혔다. 그리고 그 악몽의 여진처럼 큰누님과 아내의 말이 이어졌다.

아버지가 파김치가 되도록 니가 한 게 뭐냐. 나뭇조각이나 파먹으면서 돈지랄한 거밖에 더 있어!

애들 학비 때문에 허리가 휘청거리는데 무슨 미련 때문에 조각칼을 놓지 못하는 거예요. 언제까지 마이너스 통장으로 버틸 거냐구요!

악몽과 악몽의 여진과 나의 침묵이 규칙적으로 반복되는 사이에 계절이 바뀌었다. 봄은 짧았고, 여름은 지루했으며, 가을은 봄보다 더 짧았다. 어느덧 겨울이었다.

"근상아, 오래 기다렸지?"

윤 선배였다. 추동마을 일몰을 다시 보면서 어쩌면 저게 일출일 수도 있겠다, 하는데 어깨를 살짝 감싸 쥐었다. 선배는 내가 온 줄 알고 있었다. 예배 도중에 빈소 입구를 드나드는 모습을 보았던 모양이다. 윤 선배, 별일 없었어? 나는 하마터면 상주에게 그 말을 던질 뻔했다.

"고생 많으셨죠?"

"미안하다. 조용히 살았어."

십 년이 좀 모자라는 세월이 흐른 뒤의 해후였다. 한마디씩 주고받은 안부가 첫 인사의 전부였다. 무슨 말을 꺼내야 될지 몰라서 그랬는지, 딱히 할 말도 없어서였는지 둘 다 입을 다문 채 빈소를 향해 걸었다. 빈소에 들어서기 전 입구에 걸린 시계를 힐끔 올려다보았다. 네 시 오십삼 분이었다. 권사 오순임. 영정 앞에 발을 모으는데 접견실에서 웅성거리는 소리가 들렸다.

"일기도 사나운데 상을 당하셔서 애통하시겠습니다."

"예, 찾아주셔서 감사합니다. 고인께서도 고마워하실 것입니다."

"무슨 지병이라도 앓으셨는지요? 아니면 노환으로……."

"노환이셨습니다."

"그러면 이 요양원에서 요양을 하시다가……."

"아니, 먼 데 계셨습니다. 일주일 전에 집으로 모셨는데, 이렇게……."

이렇게, 에서 윤 선배가 마른기침을 했다. 나는 무릎이 결렸다.

책에서 읽은 대로 상주와의 첫 대화를 시작한 게 문제라면 문제였을 것이다. 이쯤에서 일어나 빈소 밖으로 나갔으면 싶었다. 기억건대 이토록 오랫동안 무릎 꿇고 상주와 대화를 나눈 적이 없었다.

"먼 데서 요양하시다 집에 오셨는데 닷새 만에 운명하셨어."

"예."

"집에 가고 싶다고 내 손을 잡으시기에 집으로 모셨는데……."

윤 선배의 어투가 갑자기 바뀌었다. 쉽고 편안해지면서 속도도 빨라졌다. 그제야 나는 엉거주춤 자리에서 일어섰다.

"모신 지 나흘째 되던 날 임종을 지키라며 자식들을 부르더라고."

"어머님께서 직접 말씀하실 만큼 건강이 좋으셨나 봐요."

"그랬지. 그랬는데……."

윤 선배는 심호흡을 했다. 호흡이 깊어 영정을 두른 국화에까지 숨이 닿을 듯싶었다.

"불러놓고 조용히 미소 지으면서, 아주 평화롭게 떠나셨어."

"당신 스스로 숨을 놓으셨군요."

"그런 것 같아. 올해 아흔한 살이신데, 살 만큼 살았으니 이제 떠나겠다고 당신께서 날을 받으신 것 같아."

"그랬군요. 장지는 어디로?"

"화장하기로 했어. 당신 뜻대로."

"예……."

화장터와 납골당 얘기를 마칠 때까지 윤 선배는 담담하기만 했다. 눈물이 고였는지 미소가 잠겼는지 들여다볼 수 없는 불투명한 표정을 유지했다. 좀 더 시간을 두고 마주 앉으면 표정이 달라지긴 할까. 알 수 없는 일이었다.

요즘도 시 쓰세요? 빈소를 나서며 그 말을 꺼내려다가 꿀꺽 삼켰다. 이제 와서 그게 무슨 의미가 있겠는가. 신문사 그만두고 뭐 하고 살아? 윤 선배 역시 그런 말은 입에 담지 않았다. 삽화기자라는 어정쩡한 자리 때문에 구조조정 때 잘리고 지금은 구멍가게만 한 고물상 운영하면서 프리랜서 판화가로 활동해요. 엘리베이터를 오르내리며 입에 오물거렸던 긴 답변을 그대로 뱉어냈다면 얼마나 우스웠을 것인가. 접견실 바닥에 앉았을 때처럼 손바닥에 땀이 뱄다.

"일이 있어서 일찍 가봐야겠어요, 선배."

말을 꺼내고 보니 여기선 더 볼일도 없으니 그만 갈게요, 라고 들릴 수도 있었다. 윤 선배에게 무안한 생각이 들었다. 얼굴을 마주한 게 몇 분이나 지났을까. 기껏해야 오 분도 채 못 되었을 것이다.

그런데…… 내가 한 시간 반가량 선배를 기다리며 그랬듯이 선배 역시 나를 추억했을까. 신문사 재직 시절에 가졌던 첫 번째 판화전 때 밤새 자작시 낭송을 들려준 윤 선배였다. 그에게 두 번째 판화전 초청장조차 보내지 않은 것은 잘한 일일까.

"여보."

신발을 꿰고 빈소를 나서는데 윤 선배가 형수를 불렀다. 검은 상복 치마저고리를 단정하게 차려입은 여인이 다가왔다. 놀랍게도 전혀 기억에 없는 얼굴이었다.

"처음 뵙겠습니다. 고생 많으시죠?"

"아닙니다. 다 겪는 일인걸요."

"여보, 이 친구 작가야."

"아, 예. 소설 쓰시는군요."

"아니, 조각 작가."

"예, 그러시군요."

"이것저것 나무나 파면서 먹고삽니다."

"예, 바쁘신데 이렇게 와주셔서 감사합니다."

형수는 빈소 밖까지 따라 나와 정중히 허리를 굽혔다. 사람에 대한 예의란 이런 것입니다. 하루아침에 이루어질 수 없는, 살아오는 동안 몸에 밴 듯한 형수의 태도는 말하자면 그랬다. 그 모습 때문에 윤 선배의 조각 작가를 깜박 잊을 뻔했다. 불과 오 분여 만에 문상을 마치는 관계. 한때 동지였던 판화가를 조각 작가라고 소개하는 관계. 그게 우리들의 관계였다. 가슴이 아렸다.

"안녕히 가세요."

형수는 다시 한 번 허리를 굽혔다. 극진極盡. 형수에게 답례를 한 뒤 돌아서면서, 나는 극진이란 단어를 떠올렸다. 극진에도 향기가 있다면, 형상이 있다면, 오늘 저 검은 상복을 입은 낯선 여인에게서 그 두 가지 모두를 찾을 수 있겠구나……. 아흔한 살의 시어머니가 미소를 지으며 이승의 연을 스스로 끊어버린 까닭을 어렴풋이 짐작할 만했다. 엘리베이터 쪽으로 몇 걸음 걷다가 문득 뒤를 돌아보았다. 윤 선배는 보이지 않았다. 형수는 허리를 굽혔던 자리에 선 채 나를 바라다보고 있었다. 나는 가볍게 목례를 했다.

바닷물이 빠져나간 갯벌처럼 장례식장 로비는 텅 비었다. 대개의 상가가 그렇듯 문상객들이 몰려드는 저녁까지는 한두 시간이 남았다. 지금쯤 윤 선배는 영정 앞에 앉아 있을 것이다. 어머니, 하고 부른 다음, 임종의 순간처럼 깊고 고요한 묵언의 대화를 나누는지도 모른다. 당신의 삶을 반추하는 동안 찔끔, 눈물을 흘리기도 하면서.

그 눈물 끝에, 살그머니 웃으면 안 될까. 평생을 모셨고, 평화롭게 떠나셨으니, 이제 좀 웃어도 되지 않을까.

맞은편 건물에서 왁자지껄 웃음소리가 들렸다. 중년 남녀 서넛이 노인병원 입원실 계단을 내려서고 있었다. 흰 벽에 튕기는 웃음소리가 사무실 청년이 떨어뜨린 안경을 밟은 것처럼 섬뜩했다.

주차장 밖 멀리, 서쪽 하늘이 살짝 붉어 있었다. 주홍 수채화 물감을 적신 붓끝이 한 번 긋고 지나간 듯한 노을이었다. 고물상에 갈 시간이 너무 지체되었다. 오늘은 전선이 들어오는 날이다. 어두워지기 전에 전선을 부려놓고 밤엔 조각칼을 벼려야 한다. 나는 3층 주차장으로 두 계단씩 뛰어올랐다.

붉은 섬

하늘은 잿빛이다. 흑백사진을 촬영할 때 노출 측정용으로 사용하는 그레이 카드, 그 빛이다. 나는 몽골 여행 카페를 열었다.

몽골 출사 여행. 함께 가실 분, 답글, 혹은 메일 주세요.

'동행 구하기' 게시판 글을 읽으며 나는 무릎을 쳤다. 드디어 떠날 수 있게 되었구나. 카페 게시판에 글을 올리려던 차였다. 몽골 평원, 사진 촬영 동행자를 찾습니다. 마침 같은 내용의 글이 올라와 있었다. 그러나 마지막 문장을 읽으며 된숨을 내쉬었다.

현재 여자 2명입니다.

여자 2명. 그 내용만 아니었어도 나는 답글을 썼을 것이다. 내일 당장이라도 떠날 수 있습니다. 그러나 아니었다.

소매치기 및 아이디 관리 주의. 몽골 여행 카페지기의 경고는 특별히 신경 쓸 일이 못 되었다. 어느 나라든 소매치기는 피할 수 없었다. 프랑스 루브르 박물관은 소매치기 때문에 한 달씩이나 스스로 문을 닫았다. 오죽했으면 박물관 직원이 자신의 생존권을 자진 반납했겠는가. 선배 사진가는 인도 촬영 투어 도중에 카메라 배낭을 송두리째 잃어버렸다. 소매치기나 소지품 분실 문제는 아시아든 유럽이든 내가 조심하면 해결될 일이었다. 파리에서 베네치아를 거쳐 로마까지 나는 바지 속에 복대를 두르고 다니지 않았던가.

출사 동행이 여자라는 게 문제였다. 단순히 몽골 유적지 관광 촬영이 아니기 때문이다. 최소 오 박 육 일의 트레킹 코스였다. 카메라 배낭을 짊어지고 혹한의 들판을 걷다가 냉장실 같은 게르에서 숙식을 해야 한다. 남자들도 쉽지 않은 여정이었다. 일월의 몽골 추위란 그야말로 바람마저 얼어붙어 그 바람의 얼음조각들이 뼛속까지 파고드는 느낌이라 했다. 그럼에도 기어이 몽골의 겨울을 고집한 것은 다른 이유가 아니었다. 눈 감고 셔터를 눌러도 푸른 하늘과 흰 구름과 지평선이 찍힌다. 여름에 몽골 출사를 다녀온 선배 사진가의 이야기였다. 그러나 내가 원하는 몽골은 푸른 하늘과 흰 구름과 지평선이 아니었다. 눈 덮인 평원을 가로지르는 기마민족 몽골리안의 원시적 모습, 그 흑백 풍경이었다.

남자든 여자든 겨울 출사 동행은 처음부터 쉬운 일이 아니었다. 몽골 투어 신청자를 한 달 가까이 찾아볼 수 없었다. 예상했던 일이었지만 겨울 기행 일정에 비상이 걸렸다. 카페를 드나들며 벌써 일월의 절반을 놓쳐버렸다. 학원 휴강 기간에 다녀오려면 일월 말이라도 출국해야 가까스로 일정을 맞출 수 있었다. 그러자면 오늘내일 사이에 여행사에 계약금을 건네고 항공권 예약을 마쳐야 한다.

오늘 아침 몽골 여행 카페 문을 다급하게 연 것은 차마 마지막 희망을 놓을 수가 없어서였다. 그러나 이미 때를 놓친 셈이었다.

나는 여기저기 몽골 여행 사이트를 뒤지며 반나절을 끙끙거리다 국내 길찾기를 검색했다. 도착지, 강원도 정선군 여량면 구절리. 자동차 소요시간 약 3시간 48분. 총거리 약 263.0km. 왕복 천 리 길이었다. 눈만 내리지 않으면 아침 일찍 출발해서 자정 전엔 귀가할 수 있는 거리였다. 구절리를 먼저 다녀오자. 나는 몽골 출사 여행을 접기로 했다. 휴대폰을 들고 문자를 찍었다.

모레 아침, 구절리행 가능합니다.

바지 주머니에 휴대폰을 넣고 창밖을 보니 하늘은 여전히 잿빛이다. 오늘 밤부터 전국적으로 약간의 눈이 날린다는 예보가 나왔다. 길 위에 살짝 덮이는 정도라면 문제없겠지만 깡마른 내 발자국이 찍힐 만큼 눈이 쌓이면 차 운전은 무리였다. 구절양장 같은 길을 타고 해발 천삼백 미터까지 올라가야 한다. 어쨌거나 체인은……. 주머니 속에서 휴대폰 진동이 느껴졌다.

구절리, 기다릴게요.

해거름이었다. 일월 중순이면 일몰이 손가락 한 마디쯤 늘어졌을 테지만 날이 흐려 노을은 없다. 노을에 한 번도 물들지 못한 채 이대로 겨울이 끝날 것만 같다. 지금 당장 동쪽 호숫가로 달려가면 엊그제 호수를 떠다니던 노을의 조각배를 발견할 수 있을까. 나는 문득 이틀 전 양 원장의 침묵 속으로 닻을 내리던 조각배를 떠올렸다. 깊고 넓은 침묵의 호수에 떠 있는 붉은 조각배를. 그 조각배가 항해

한 먼먼 여름의 항로를.

"왼쪽 창밖 보세요. 타워 브리지가 열립니다."

가이드가 소릴 질렀다. 차창 밖 멀리 타워 브리지가 보였다. 다리 중간 부분 상판이 시옷 자로 벌어지는 중이었다.

"여러분들, 정말 행운이십니다. 저 문이 열리는 거 보기 쉽지 않거든요. 여기 사는 저도 일 년에 두어 번 보는 풍경입니다."

런던 도심 골목을 몇 번 꺾어 돈 버스가 마침내 정차했다. 가랑비가 뿌렸다. 점심을 막 지났는데 벌써 세 번째 빗줄기다. 일행은 우산을 들고 버스에서 내렸다. 건물 주차장을 빠져나와 종종걸음으로 템즈 강 변에 닿았을 땐 이미 타워 브리지 문이 닫힌 뒤였다. 워낙 관광 차량이 많아 정체가 길어진 탓이었다. 아니, 어쩌면 우리가 본 것은 타워 브리지가 닫히는 모습이었는지도 몰랐다.

"사진 촬영하고 십오 분 뒤 출발합니다. 시간 지켜주세요."

타워 브리지를 배경으로 전체 기념 촬영을 한 뒤 일행은 조별로 뿔뿔이 흩어졌다. 런던 이 박째, 다섯 번째 관광 코스였다. 양 원장은 한 컷도 개인 사진을 찍지 않았다. 내 요구 때문에 어쩔 수 없이 내 카메라를 들고 두어 차례 셔터를 눌렀을 뿐. 런던 공항에 도착해서 호텔에 짐을 풀 때까지 양 원장은 한마디도 하지 않았다. 대영박물관과 국회의사당과 버킹엄 궁전과 트래펄가 광장을 오가면서도 사진 촬영은 물론 일체 말이 없었다. 딱 한마디를 꺼내긴 했다. 출국 전, 인천공항에서 가이드가 조를 나눌 때.

256

"인사드릴게요. 월드 투어 유럽 팀장 김지연이라고 합니다. 처음 뵙겠습니다. 메일에서 준비물과 주의 사항 보셨죠? 자, 시간 없으니까 간단히 확인 말씀 드립니다. 이번 유럽 구 박 십일 일 패키지 여행은 모두 열일곱 명입니다. 저 포함해서 열여덟 명. 아셨죠? 열여덟 명이 십일 일간 한가족, 한몸처럼 움직이셔야 안전하고 즐거운 여행이 되시는 겁니다. 서울 가족 세 분이 한 조, 광주 가족 네 분이 한 조, 수원 직장 동료 여덟 분이 네 명씩 두 조가 됩니다. 그리고 천안에서 오신 대학생님과 충주에서 오신 아주머니, 대전에서 오신 아저씨, 이렇게 세 분이 한 조가 되는 겁니다. 모두 충청도에 사시니까 한가족이라 여기면 되겠어요. 대학생이 아들 노릇 하고 아주머니께서 어머니, 아저씨께서 아버지 역할 하시면 딱 맞겠어요."

"팀장님, 대학생 어머니 하기엔 제가 너무 젊은 것 같은데요."

"그냥 일찍 결혼하셨다고 생각하세요."

젊은 어머니 역할을 꺼린 양 원장은 그러나 결코 젊지 않았다. 어림짐작으로도 사십 대 중반은 되어 보였다. 런던에서 유로스타를 타고 파리에 자정 무렵 도착했을 때 양 원장은 지친 모습이 역력했다. 이튿날 저녁에도 그랬다. 저녁 여덟 시가 되어도 해가 떨어지지 않아 일행은 호텔 뒤편의 호밀밭에서 펄펄 뛰었다. 기념 촬영을 하고 들판에서 환호성을 지르며, 날이 어두워져 일행이 호텔에 돌아올 때까지 양 원장은 관절염 환자처럼 로비에서 앉아만 있었다.

"쉽게 지칠 나이죠, 마흔 중반이면."

"가이드님, 그게 아닌 것 같아요. 우리도 다 중년 이쪽저쪽인데,

건강이 문제가 아니라 다른 일이 있나 봐요."

비에 흠뻑 젖어 에펠탑을 내려와 베르사유 궁전을 돌아볼 때 사람들은 웅성거렸다. 가이드가 진정을 시켰지만 수군거리는 소리가 내 귀에까지 들렸다. 시간에 쫓겨 센 강 유람선을 포기하고 몽마르트르 언덕에 올랐을 때, 양 원장은 발목이 불편하다며 화가의 거리에 들어서지 않았다.

"대열에서 한 사람만 떨어지면 위험해요. 소매치기도 많고 잡상인도 많아서 무슨 일이 벌어질지 몰라요."

나는 가이드를 대신해서 양 원장 곁에 남기로 하고 화가의 거리를 포기했다. 양 원장은 파리 시내를 굽어보며 침묵했다.

"죄송합니다."

일행이 화가의 거리를 돌아 나와 몽마르트르 언덕의 계단으로 내려설 때였다. 양 원장이 입을 열었다. 나는 일행 쪽으로 걸음을 옮기려다 멈칫, 했다.

"몸이 안 좋으신가 봐요."

"……."

스위스 제네바행 TGV를 타기 위해 리옹 역 대합실에서 한 시간가량을 서 있었다. 대학생이 일행을 따라가서 사 들고 온 생과일주스를 양 원장에게 건넸다.

"고마워요."

양 원장이 프랑스에서 꺼낸 말은 그게 마지막이었다. 제네바에서 전세 버스를 타고 알프스 산마을 샤모니로 달리는 내내 양 원장은 침묵했다.

"화이트 와인, 참 맑군요."

양 원장이 완성된 문장에 가까운 말을 처음 꺼낸 것은 샤모니에서였다. 가랑비가 뿌리는 샤모니는 조용했다. 마을을 양옆에서 에워싼, 만년설이 덮인 산봉우리도 조용했다. 저기, 저쪽 산 중턱에 거대한 얼음덩어리들 보이죠. 메르드글라스, 빙합니다. 가이드가 가리킨 빙하는 조용하다 못해 적막하기까지 했다. 순백색의 적막. 적막의 처녀성 같은 마을. 나는 만년설에 에워싸인 알프스의 산마을 샤모니에 대한 첫인상을 그렇게 새겼다. 가이드가 안내한 한인 식당도 우리 일행이 들이닥치지만 않았다면 적막강산이었을 것이다. 한국이라면 한창 저녁 밥상 차리는 소리로 떠들썩할 무렵이었다. 식당은 텅 비어 있었다. 그 적막한 풍경을 깨뜨린 것은 와인잔 부딪치는 소리였다.

"자, 건강과 행복을 위하여!"

임시 반장을 맡은 광주 가장이 건배를 외치자 일행은 일제히 소리쳤다. 위하여! 오로지 이 순간만을 기다리며 영국과 프랑스를 거쳐 온 사람들처럼 일행은 와인잔을 단숨에 비웠다. 놀라운 것은 와인잔을 세 번씩이나 나에게 들이민 양 원장의 태도였다. 적막의 옷한 겹을 벗어 던진 것처럼 양 원장은 조심스레 와인잔을 기울였다.

"참 맑아요, 화이트 와인."

그뿐이었다. 우리 가족의 식탁은 다시 침묵이었다. 대학생조차 어른들의 눈치를 살피는 탓에 며칠째 침묵의 성찬을 드는 중이었다. 한국의 샤브샤브처럼 끓는 물에 소고기를 데쳐 먹는 퐁뒤. 다들 연하고 부드럽다며 칭찬 일색인 그 소고기 살점을 질긴 수입 고기 씹듯 오물거리며 나는 와인을 들이켰다. 무슨 말이든 양 원장의 입에서 나오길 기대했지만 식탁을 벗어날 때까지 양 원장은 끝내 침묵으로 일관했다.

"안녕하세요. 날씨가 참 좋아요."

육 일째 아침이었다, 양 원장이 처음 내게 인사를 건넨 것은. 하룻밤 묵고 떠날 예정인 메리큐리 호텔 발코니에서였다. 와인 덕분에 단잠을 자고 일어난 뒤였다. 발코니의 제라늄 꽃을 배경으로 셀프 사진을 막 찍으려던 참이었다. 바로 옆 객실의 발코니에서 양 원장이 목례를 했다. 빨간색 제라늄 꽃잎에 양 원장의 한쪽 어깨가 묻혀 있었다.

"잘 주무셨어요? 날씨가 생각보다 쌀쌀하지 않네요."

"네, 알프스가 따뜻하게 품어준 덕분에 숙면을 했어요."

"꽃잎 빛깔이 너무 강렬해서 사진 좀 찍고 있어요."

"저도 사진 좋아해요. 사진 배우려고 대학교 평생교육원 사진반도 수료했어요."

나는 카메라를 내려놓고 하이파이브 손짓을 했다. 팔을 뻗치면 닿을 듯한 거리에서 양 원장의 손바닥이 잠깐 흔들렸다. 등 뒤에 서 있는 만년설처럼 하얀 손바닥이었다. 그것은 마치 제라늄 꽃 속에서 날아오른 것처럼 아주 짧은 순간 꽃잎 위에 떠 있다가 이내 꽃속으로 사라졌다. 알프스의 골짜기에서도 나비가 나는구나. 순간,

나는 흰 손바닥을 나비라고 나지막이 불렀다. 일행의 뒤를 쫓아 부지런히 날갯짓을 하며 샤모니를 떠난 나비는 밀라노와 베네치아를 거쳐 피렌체와 로마의 펄펄 끓는 거리에서도 보일 듯 말 듯 날아다녔다. 그리고 그것은 따뜻한 보금자리, 약속의 땅을 찾아 수만 킬로미터의 바다를 횡단하는 제주왕나비처럼 우리가 인천공항에 무사히 내려앉을 때까지 날개가 다 찢어진 채 고요히 날아다녔다.

정선 24km.

영월에서 태백으로 넘어가는 국도 이정표에 정선이 보였다. 다음 삼거리에서 좌회전한 뒤 59번 지방도를 타고 수직으로 북향하면 정선이었다. 구절리는 정선에서 이십여 분 거리의 태백산 능선 자락에 숨어 있을 터였다.

"정선이 벌써 몇 번째예요. 이제 그만 집착을 버리세요, 제발."

아내의 말을 못 들은 척 정선을 세 번째 다녀간 게 지지난해 가을이었다. 흑백사진 개인전 촬영 때문이었다. 〈섬, 육지의〉. 변방의 여인숙을 육지의 외딴섬으로 설정하고 작업 중인 여인숙 다큐 촬영이었다. 망망대해에 떠 있는, 오만 분의 일 지도에는 표기조차 되지 않는 외딴섬. 자본의 바다, 인간의 바다에 표류하듯 떠 있는 여인숙. 외딴섬과 여인숙의 이미지가 닮았다는 생각에서 셔터를 누르기 시작했다. 지난 사오 년간 나는 그 섬에 수없이 정박했다. 서해 횡도와 영산도와 아차도를 밟던 걸음을 옮겨 육지의 섬을 부지런히 오르내렸다. 원앙여인숙, 부자여인숙, 강경여인숙, 이쁜이집……

어느 섬이든 불과 이만 원이면 닻을 내릴 수 있었다. 네 번째 정선 행인 오늘은 그러나 섬에 정박하지 않아도 되었다.

싸락눈이 흩날렸는지 길은 젖었지만 다행히 얼음이 깔리진 않았다. 먹다 남은 밥그릇처럼 말라붙은 밭고랑과 어딘가 멀리 달아날 듯 몸무게를 확 줄인 숲에 듬성듬성 잔설이 보였다. 정선 인근의 낮고 짧은 산줄기의 기온은 태백산의 핏줄답게 고루고루 맵찼다. 그 추위에 길은 잔뜩 몸을 웅크린 채 좀처럼 허리를 펼 줄 몰랐다.

추위만 모른 척한다면 길은 마을 골목처럼 편안하고 낯이 익었다. 늘 혼자였지만 어디서든 길은 한결같은 모습을 내게 보여주었다. 적당히 굽고 적당히 곧은 길. 겸손한 자세로 자신을 굽힐 줄 알고 조심스레 자신을 드러낼 줄 아는 미덕을 지닌 길. 가는 곳마다 길이란 길은 예외 없이 제 안에 곡선을 품고 있었고, 그래서 넉넉하고 아름다웠다. 그 곡선이 바로 자연미의 중심이라고 어느 국토 여행가는 목청을 높였지만 굳이 목청을 높일 까닭이 없었다. 자연은 처음부터 곡선의 결정체였고 길은 그 자연의 실핏줄 같은 존재였으니까. 당연하게도 나 역시 자연의 한 점일 터, 자연의 핏줄을 따라 흰피톨처럼 홀로 떠다니는 사이, 나는 사람의 체온 같은 따뜻한 온기를 그로부터 체감한 지 오래였다. 그래서였을까, 어디로든 길을 따라 떠나면 마음과 몸이 가벼워지는 것은.

"집 밖으로 나도는 그 역마 같은 걸 그만 떨치세요."

나는 차 속도를 줄였다. 등 뒤 어디선가 아내의 목소리가 들렸다. 옆자리의 양 원장을 힐긋, 바라보았다. 잠이 들었는지, 아니면 생각에 잠겼는지 양 원장은 눈을 지그시 감고 있었다. 충주휴게소에서 양 원장을 태우고 한 시간 반가량을 달렸을 것이다. 이 속도라면 점심시간에 늦지 않게 정선에 닿을 수 있었다. 양 원장이 몸을 움직이는 것으로 보아 눈을 뜬 모양이었다.

"함평 나비 축제, 가보셨어요?"

"아직."

"나비가 참 아름다워요. 몇 해 전 봄에 아들 형제와 다녀온 적 있어요."

"……."

양 원장은 다시 침묵했다. 충주휴게소를 떠나면서 줄곧 이어지던 침묵이었다. 그것은 지난 주말 동쪽 호숫가 모래언덕에 앉은 두 사람이 일몰의 호수 위로 돌팔매질을 하면서 물수제비를 뜨던 그 침묵이기도 했다.

내가 뜬금없이 함평 나비를 입에 담은 뜻을 양 원장은 알 리 없었다. 나는 집을 떠나 충주를 향해 달리는 동안 칠월의 유럽 여행을 떠올렸다. 그중 알프스 산마을 샤모니의 제라늄 꽃 위로 날아오르던 흰나비에 매달려 있었다. 그 나비는 내가 마흔아홉 해를 살면서 보았던 그 어떤 나비보다 강렬한 인상을 내게 각인시켜주었다. 그처럼 가볍게, 그처럼 눈부시게 날갯짓을 하며 날아오르는 나비를 본 적이 있던가. 기억이 나질 않는다.

"붉은 나비도 많겠죠?"

양 원장이 눈을 뜨고 나를 바라보는 시선이 느껴졌다. 길은 태백산 능선을 따라 오르막과 내리막이 반복되면서 경사가 급했다. 나는 앞을 보고 말했다.

"네, 붉은 호랑나비가 있어요."

나는 붉은에 힘을 주어 말했다. 수백 마리의 붉은 호랑나비가 우리 둘 사이에 떼 지어 날아다니는 사이, 몽골 평원의 얼음처럼 차고 무거웠던 침묵이 짧게, 짧게 토막이 나고 있었다. 어느덧 정선 시내였다. 정선역 쪽으로 차를 몰았다. 역 골목의 호수여인숙을 잠깐 둘러보고 점심을 먹을 생각이었다. 호수여인숙 주인 노파가 나를 알아볼까? 못 알아보아도 상관없는 일이다. 호수여인숙 사진을 찍었던 102호실만 들여다보면 되었다.

지난 주말이었다. 양 원장을 동쪽 호수로 초대했다. 유럽을 다녀온 뒤 네 번째 출사 동행이었다. 촬영을 마치고 호숫가에서 잠시 쉴 때, 양 원장에게 작년 봄에 열었던 흑백사진전 리플릿을 건넸다. 그 속에 실린 〈호수여인숙〉이 정선역 앞 호수여인숙 102호실 사진이었다. 태백산에서 발견한 호수와 섬을 여인숙 다큐 사진전에 발표하기 전 먼저 공개한 것이다. 사진의 흐름을 파악할 겸 독자의 반응도 알아볼 겸. 리플릿을 넘기던 양 원장의 손이 호수여인숙 앞에서 멈췄다.

"유 선생님, 이 사진 속 불빛, 붉은색 꼬마전구 맞죠?"

"예, 십오 촉짜리 전구랍니다."

"아직도 이런 게 있군요."

"그거 발견하고 놀랐어요. 오래전에 사라져서 기억 속에만 남아 있던 물건인데."

"저도 기억해요. 어릴 때 아버지가 뒷간에 매달아 놓은 꼬마전구. 쭈그려 앉은 내 모습을 출입문 전체에 비춰주던 불빛. 무섭기도 하고 신기하기도 했던 물건이었죠."

호숫가에서 양 원장은 침묵 끝에 입을 열었다. 그러곤 만연체의 문장 하나를 풀어놓았다. 나는 깜짝 놀랐다. 양 원장이 이렇듯 길게 말한 적이 없었다. 유럽을 다녀온 뒤부터 지금까지, 단 한 번도.

"빨강 기차를 타고 싶어요."

"예?"

"알프스 몽탕베르 산이었죠? 샤모니에서 산에 올라갈 때 탔던 기차, 그 빨간색 기차."

"우리나라엔 빨강 기차가……."

"있어요."

"어디……."

"구절리. 강원도 정선 구절리에 있어요."

나는 당황했다. 양 원장의 입에서 구절리가 나오다니. 예상하지 못한 일이었다.

"사진 때문에 유 선생님은 한두 번쯤 다녀온 적 있을 것 같아요."

빨강 기차와 호수여인숙. 우연한 조우였다. 나는 주저하던 끝에 입을 열었다.

"사진전에 걸었던 호수여인숙…… 정선에서 촬영했어요."

"아, 그랬군요."

"정선에서 이십 분 정도 올라가면 구절립니다. 그런데 어떻게 거
길?"

"텔레비전에서 봤어요. 구절리역에 옛날 기차를 개조한 카페가
있더군요. 빨강 열차 카페죠. 그리고 레일바이크가 운행되었어요.
그 레일바이크도 빨강이었고요."

양 원장의 말은 맞았다. 텔레비전에서 보았다는 기억도 정확했
다. 태백산 정선군 일대의 탄광촌이 폐쇄되고 카지노가 들어서면서
정선선이 끊긴 뒤 정선선 종착역인 구절리역은 관광지로 변해 있었
다. 비둘기호 낡은 객실을 개조한 열차 카페와 레일바이크를 운행
하면서.

양 원장이 빨강 기차를 처음 입에 담은 것은 지난 주말 동쪽 호숫
가가 아니었다. 유럽에서 돌아와 한 달쯤 지나서였다. 아침저녁 바
람에서 제법 초가을 맛이 느껴질 때였다. 양 원장과 증평 장터 촬영
에 동행했다. 유럽 여행 중 도움을 받은 보답으로 양 원장이 초대한
일이었다. 함께 촬영을 하면서 사진도 배우고 싶다며. 증평 장터에
앉아 순대국밥을 먹으면서 양 원장은 빨강 기차를 꺼냈다. 샤모니
의 빨강 기차, 참 아름다웠어요. 그리고 입동 무렵, 함께 출사 나갔
던 충주호에서 양 원장은 카메라 대신 내 앞에 빨강 기차를 들이밀
었다. 그 기차가, 충주호 물속으로 잠긴 줄 알았던 그 기차가 느닷
없이 지난 주말 물속에서 솟아올랐다. 양 원장이 빨강 기차를 몰고
멀리 동쪽 호수를 건너온 것이다.

"이번 겨울에 구절리를 꼭 한번 다녀올 생각입니다."

"······."

"유 선생님만 괜찮다면 구절리까지 동행을 부탁드리고 싶어요. 언제든 연락 기다릴게요."

동쪽 호수에서 돌아온 이틀 뒤, 나는 몽골 출사 여행을 포기하고 양 원장에게 문자를 찍었다. 모레 아침, 구절리행 가능합니다.

"유 선생님, 저 펜션, 어디서 본 것 같은 풍경이죠?"

"아, 샤모니에서 묵었던······."

"네, 메리뀌리 호텔. 그 모습이어요."

구절리역 주차장에 차를 댄 것은 오후 세 시였다. 시간에 쫓길까 염려되어 호수여인숙은 간판만 보고 정선을 떠났다. 차에서 내려 역 풍경을 둘러보던 양 원장이 반색을 했다.

"어쩌면 이렇게 외양이 닮을 수가 있죠?"

역 맞은편 펜션을 향해 걸어가면서 양 원장은 낮게, 낮게 감탄사를 이어갔다. 펜션 뒤편에 굴뚝이 있는지, 집주인이 뒷마당에서 장작을 태우는지 연기가 날렸다.

태백산 화전민의 전통 너와지붕 흉내를 낸 뾰족지붕. 절반으로 켠 통나무를 콘크리트 골조에 덧댄 외벽. 펜션은 언뜻 보면 화이트 와인과 퐁뒤에 취했던 샤모니의 한인 식당 같았다. 아니, 양 원장이 선뜻 메리뀌리 호텔을 연상한 것은 펜션의 각 방마다 뾰족지붕을 따로 하고 벽에 굴곡을 넣어 변화를 준 모습 때문일 것이었다. 그러나 펜션은 방에 딸린 발코니가 없었고, 당연히 붉은 제라늄 꽃이 담긴 화분도 보이지 않았다.

"바로 이것이었군요, 정선 레일바이크."

구절리역 맞은편의 펜션에서 눈을 돌린 양 원장이 역 광장에 세워둔 조형물을 가리켰다. 철판을 잘라 만든 모형 레일바이크였다. 빨강 레일바이크에 올라앉은 잿빛 사내가 야호를 외치고 있었다.

"저쪽, 저기 보이는 빨강 기차가 바로 열차 카페랍니다."

"그렇군요."

"차 한잔 마시고 몸을 녹인 뒤에 레일바이크 타요."

"아니, 먼저 풍경을 둘러보고 차 마시면 어떨까요. 각자 촬영도 하고. 레일바이크는 그다음에……."

"네, 그럼 삼십 분쯤 후에 만나요."

나는 한 발짝 앞서 구절리역 플랫폼 쪽으로 걸어갔다. 관광객 서너 명이 역 대합실을 비켜 앞서거니 뒤서거니 같은 방향으로 걸었다. 서울~구절리. 4216. 정선선이 살아 있던 십여 년 전, 하루 두 차례씩 서울과 구절리를 왕복한 비둘기호였다. 진주황의 낡은 기관차는 색칠을 새로 한 듯 겉이 말끔했다. 기관차와는 달리 출입구마다 차양을 달아놓은 객실은 흡사 가뭄으로 갈라진 논바닥처럼 듬성듬성 진주황 살갗이 터져 있었다. 그래서였을까, 플랫폼을 서성대는 사람들이 선뜻 열차 카페에 오르지 않는 것은. 남녀 서너 명이 열차 수량을 헤아려보듯 한 칸, 한 칸 열차의 뒤쪽으로 걸어갔다. 나는 마지막 객실 입구에서 걸음을 멈췄다. 양 원장은 여전히 기관차 앞에 서 있었다.

다섯 번째 동행. 한겨울 해발 천삼백 미터의 태백산 간이역. 잠시 후 열차 카페에 올라 에스프레소 한잔을 마신다면…… 낡고 좁고 무더웠던 이탈리아 카페의 에스프레소 맛을 추억할 수 있을까. 유럽의 응접실, 산마르코 광장에 앉아 빨강 탁자에 놓인 순백의 찻잔을 어루만지던 흰나비의 손짓을 다시 볼 수 있을까. 아니면…… 베네치아 대운하에 곤돌라 백 대를 띄워두고 비발디가 연주했다는 사계四季의 선율에 잠길 수 있을까.

나는 열차 카페를 벗어나 정선선 철로 막다른 길에서 돌아섰다. 저만치 초저녁 이내에 잠긴 구절리역이 보였다. 양 원장은 보이지 않았다. 좌우로 흘러내리는 태백산 능선의 밑바닥에 역사를 앉혀두고 사진 몇 컷을 찍었다. 더 찍을 만한 풍경이 없을까. 카메라를 돌려가며 뷰파인더로 역 주변 풍경을 들여다보았다. 마을의 몇몇 지붕과 그 뒤로 우뚝 솟은 태백산 줄기의 능선마다 잔설이 희끗희끗 깔려 있었다. 마치 알프스의 몽탕베르 산을 옮겨다 놓은 것처럼 여겨지는 저쪽 능선 어딘가 빙하로 내려가는 케이블카가 매달려 있을 것만 같았다. 있다면 틀림없이 빨강 케이블카일 것이다. 지금쯤 양 원장은 그 케이블카를 타고 만 년 전 시간의 동굴 속으로 파묻히는 중일지도 모른다. 나는 카메라 배낭을 추스른 뒤 빙하의 언덕을 향해 걸었다.

어제 새벽, 구절리 기행 하루 전이었다. 새벽 내내 잠을 뒤척였다. 당일치기라도 겨울철이기에 장거리 기행 준비를 해야 했다. 그

러나 체인을 새로 구입하는 것 말고는 양 원장이 동쪽 호수를 다녀
간 뒤 곧장 카메라 배낭을 챙겼기에 따로 할 일이 없었다. 선배 사
진가들과 점심 먹기로 한 약속 시간에 맞추어 공주만 다녀오면 하
루 일과는 끝이었다. 휴강 기간 늘 그랬던 것처럼 아내가 출근한 집
은 흑백사진 속의 어느 섬처럼 고요했다. 아침 밥상을 정리하고 FM
생생 클래식을 들으며 잠시 무료하게 앉아 있었다. 그러다 갈증이
느껴져 냉장고를 열었다. 막걸리를 담은 페트병이 보였다. 페트병
의 아랫배가 독 오른 복어처럼 부풀어 올라 있었다. 그 복어를 발견
한 게 화근이었다. 병마개를 열다가 막걸리가 터졌고, 막걸리 폭탄
을 맞은 주방이 아수라장이 된 것이다. 결국 점심 약속이 깨지고 말
았다.

"누님, 늦어서 미안해요."

"무슨 일 있었나 봐. 늦을 사람이 아닌데."

"막걸리 때문에."

"막걸리?"

"막걸리가 폭발했어요."

폭발 소리에 두 누님이 눈을 동그랗게 떴다. 이게 무슨 자다가 봉
창 두드리는 소리냐는 듯이. 쉰둘과 쉰넷의 중년 여류 작가. 공주
금강 변에서 함께 점심을 먹기로 약속한 사진가 선배들이었다. 공
주 토박이 선배가 모로코 기행 사진집을 발간했고 누님, 동생 하는
셋이서 먼저 자축하자는 뜻으로 잡은 점심이었다. 그랬던 것이 한
시간 반이나 늦는 바람에 흔적 없이 사라진 터였다.

270

어제 시 쓰는 동창이 정지용 시인 생가를 다녀오자며 옥천으로 불러내더니 다짜고짜 매화막걸리집으로 데려갔고, 함께 마셨으며, 매화로 담근 술맛이 좋아 한 병을 구해 온 게 잘못되었는지 병이 터질 것 같아 병마개를 열다가 정말로 터졌고, 막걸리 폭탄 파편에 쓰러진 주방의 시신을 대충 수습하고 총알처럼 날아왔다는 얘기까지 단숨에 풀어놓은 뒤 나는 냉수 한 컵을 들이켰다. 생각할수록 어처구니없는 일이었다. 막걸리가 폭발하다니. 막걸리를 뒤집어쓴 몸을 닦는 내내 정신 나간 사람처럼 내 입에서 피식피식 웃음이 새 나왔다.

"민우 씨, 이거야. 모로코 기행 사진집."

"원고 교정지네요. 책은 언제 나온대요?"

"지난주 나올 예정이었는데 좀 늦어지나 봐."

공주 누님의 세 번째 기행 사진집이었다. 두 번째 쿠바 기행 사진집을 낸 게 지난해였다. 지구촌을 강 건너 마을처럼 드나드는 정열적인 중년 여류 사진가. 만날 때마다 혀를 내두르게 만드는 누님의 작업량에 나는 늘 부러움과 열등감에 사로잡히곤 했다. 누님보다 두 살 위인 다른 누님은 향토 사진가로서 지역 풍물 다큐에 전념하고 있었다. 최근 삼사 년의 작업 끝에 공주의 사계 사진집과 사진에세이를 냈다. 내게 두 사람의 의미는 남달랐다. 취미로 셔터를 누르던 나를 카메라 배낭을 둘러메고 세상 밖으로 떠돌게 만든 사람들. 말하자면 두 사람은 나의 사진 대모 같은 존재였다. 내가 무료하거나 지쳐 있거나 생의 통증을 느낄 때마다 그 통증을 가라앉혀주는 사람. 언제든 나를 맡겨두고 떠날 수 있는 사람. 먼 길을 동행

하는 친구라기엔 크고 넉넉해서 좋고, 등을 기댈 수 있는 어머니라기엔 젊고 건강해서 더 좋은 그런 존재였다.

"그렇잖아도 누님들 만나면 물어볼 게 있었어요."

모로코와 홍차를 뒤로 물리고 내가 사 들고 간 경주빵을 끌어당길 때였다. 나는 몇 번씩 주저하던 말을 꺼냈다.

"좀 난처한 질문이긴 한데, 힐링 상담 하는 셈치고 들어주세요."

"무슨? 민우 씨 문제?"

"아니, 친구 일이에요. 어제 막걸리 마신 그 시인 친구."

"친구가 왜?"

그 친구, 만나는 여자가 있는데……. 나는 친구가 들려준 이야기를 요약해서 풀어놓았다. 막걸리를 마시기 전부터 취한 뒤의 이야기까지. 마흔을 막 넘길 무렵 문학 행사장에서 처음 만난 그 여자와 거의 이 년에 한 번씩 통화를 하고 지낸다, 남매를 둔 그 여자는 시를 쓰면서 문학 강의도 하는 등 활동이 왕성하다, 통화는 오로지 여자가 전화를 걸어서만 가능하고 전화를 받으면 고작 두어 차례 만나는 게 전부이다, 그러곤 여자가 소식을 뚝 끊었다가 다시 전화를 걸어오면 어제 만난 사람처럼 밥 먹고 함께 지낸다, 헤어진 뒤 언제나 시인 친구 혼자 한동안 술에 절어서 지낸다 등등.

"행복하다, 고맙다, 부끄럽다, 미안하다, 두렵다. 여자를 만나고 헤어질 때마다 친구가 느끼는 감정이 이렇답니다. 자신이 참 못난 남자라는 식의 자학도 하고 그래요. 이렇게 복잡한 감정들에 치이면서까지 그 여자를 왜 만나야 하는지 모르겠어요. 그것도 이 년씩이나 기다리면서."

"글쎄, 좀 특별한 관계 같네."

"그 친구, 오래 알고 지냈지만 가정에 문제가 있거나 성적 욕망이 엿보인다거나 그런 모습을 찾아볼 수가 없는데 말입니다."

"세상에 흔하게 떠도는 말대로 외로움이 깊다거나 모성애가 부족하다거나, 그런 이유 때문이 아닐까."

"저도 그와 엇비슷한 질문을 했지만 고개를 젓더라고요. 앞으로도 그 여자와의 관계를 지속할 생각이냐, 기다리지 않으면 끝날 일 아니냐, 그런 말을 꺼내면 친구 놈은 그저 저가 못난 남자라는 말만 하고 술을 마셔요. 제가 어떤 식으로 조언을 해주면 좋을지 모르겠어요."

"물론 우리도 그 나이를 넘어섰고, 적지 않은 사람들이 자신의 정체성에 혼돈을 겪으며 흔들리는 경우도 있겠지. 하지만 이 년에 한 번 여자의 전화를 받고서야 만난다는 스토리, 헤어진 뒤 자학하면서 다시 기다린다는 스토리, 밝힐 수 없는 무슨 필연이 있겠지만 들은 내용만으론 삼류 드라마도 아니고, 소설 같지도 않고 그러네."

생각할수록 그 친구, 참 불행한 것 같아요. 그 말을 꺼내려는데 매화막걸리 잔을 손에 거머쥔 채 흐느끼는 친구가 먼저 떠올랐다. 친구는 한 여자를 이 년씩이나 기다리는 자신이 불행하다는 말을 수없이 반복하며 술을 따랐다. 그 여자, 아내 모르게 처음 만난 여자였어. 그런데 그 여자…… 하다가 친구는 흐느꼈고, 몇 번 더 그런데……를 반복하다가 탁자에 코를 박았다. 취기로 쓰러진 친구를 내려다보면서 나는 친구를 쓰러뜨린 여자의 모습을 상상했다. 친구가 쓰러지기 전 흐느끼는 동안 내게 무슨 말을 감추었는지 나는 알지 못한다. 그러나 친구가 들려준 말만으론 그 여자의 모습을 도무지 윤곽조차 그릴 수가 없었다. 외양은 어떤지, 성격은 어떤지, 보일 듯 말 듯 한 실루엣만 떠오를 뿐. 다만, 이 년마다 누군가의 전화번호를 찍는 그 여자가 이 년에 한두 번씩 술에 절어 쓰러지는 친구보다 더 불행할 수도 있겠다는 상상은 어렵지 않았다.

"누구든지 중년의 문턱을 쉽게 넘어서는 게 아니잖아. 그 세월을 채우도록 낯선 사람, 새로운 대상과 어떤 방식이든 관계를 맺는 일이란 게 언제든 설레고, 기쁘고, 두렵고, 슬픈 것들이지. 그 감정의 도가니를 어떻게 수용하는가, 수용의 자세가 문제라면 문제일 테고."

향토 사진가 누님은 사진 에세이를 쓴 작가답게 어휘와 호흡을 조절하면서 말을 이어갔다. 누님의 작품집에서 읽었던, 중년의 갈등을 세상의 풍경에 견주어 풀어나간 문장 몇 개가 어렴풋하게 기억났다. 나무들도 인간처럼 중년이 있다. 나무들도 갈등을 겪는다……. 인간이든 나무든 그들의 중년은 다 같이 미와 추의 양면성을 지녔는데…….

"자기 생을 파국으로 몰고 가겠다고 작정을 하지 않는다면 지혜로운 선택이 필요하겠지. 그런 의미에서 보면 누군가 말했듯이 인생에서 가장 지혜롭고 진지해지는 시기가 사십 대 중후반이라는 말, 자신의 지혜로운 선택으로 말미암아 가장 행복해지는 시기라는 말, 그 해석이 옳은 것 같아."

대화가 너무 무겁게 흐른다는 생각을 하고 있었다. 공주 누님의 휴대폰이 울렸다. 모로코 기행 사진집이 발간되었다는 전화였다. 예측하지 못한 반전이 일어난 것처럼 화제가 시인 친구와 여자와 지혜와 행복으로부터 모로코의 사막으로 순식간에 넘어갔다. 두 누님은 곧장 모로코 사막을 향해 떠났다.

마흔아홉 살. 그렇다면 나는 내 인생에서 가장 진지한 시기를 이미 놓쳐버린 것일까. 아니면 뒤늦게 그 시기에 들어서는 중일까. 철거촌을 떠돌더니 이젠 여인숙이에요? 집착을 버리세요, 제발. 틈만 나면 집 밖으로 떠도는 남편을 향해 단말마 같은 어휘를 쏟아내는 아내. 마흔 중반을 막 넘어선 아내는 지금 이 순간 어떤 시간의 길 위에 서 있을까. 행복하지 않으면 내려놓으십시오. 요가 철학자 이 교수의 말이었다. 몇 해 전 겨울이었다. 아내를 따라간 지리산 요가 명상 캠프에서 이 교수는 살얼음 같은 수련원 바닥에 앉아 나지막이 말했다. 손에 쥔 것을 놓아야만 다른 것을 쥘 수 있습니다. 그러나 그것이 행복하지 않다면 바로 내려놓으십시오. 아내가 제발 버리라고 간청하는 나의 집착들. 돈도 안 되고 집에 걸어둘 수도 없는 변방의 다큐 사진들. 내 손에 움켜쥔 그것은 과연 행복한 것인가. 잘 모르겠다. 생활의 절반 이상을 오로지 요가 수련에만 쏟아붓는 아내는 행복한가. 그것도 모를 일이다. 다만 한 가지 확실한 것은 행복과는 상관없이 나는 언제든 아내에게 들려줄 말 한마디를 감추고 지낸다는 사실이다. 당신이 버리라는 그것을 내 손에 움켜쥐기 위해 지금까지 살아온 거야. 당신이 요가에 몰두하듯, 그것을 두 손에 꽉 움켜쥐고 살아가듯 나 역시 마찬가지라고.

불현듯 공주 누님들의 마흔아홉이 궁금해졌다. 행복한 시간이었을까.

누님들, 혹시 누군가 기다리는 사람이 있지는 않은가요? 아니면 누님을 기다리고 있을 누군가의 전화번호를 지금도 기억하고 있나요?

나는 아무것도 묻지 않았다. 아무것도 묻지 않았지만 만약 그 질문을 던진다면 두 누님의 입에서 나올 만한 답을 짐작할 수는 있었다.

지문이 없어서 민원서류 자동 발급도 못 해, 우리는. 사는 게 얼마나 바쁜지 앞만 보고 걸어도 다리가 휘청거릴 나이야.

두 누님은 아직도 모로코 사막을 횡단 중이었다. 사막의 무더위도 아랑곳없이 행복한 표정들이었다.

"죄송합니다. 오늘 레일바이크 운행은 더 이상 못 하게 되었습니다."

"정비하는 데 오래 걸리나 봐요."

"예, 한두 시간쯤 예상하고 있습니다. 죄송합니다. 내일 아침부터는 정상 운행되도록 하겠습니다."

오후 네 시. 일몰은 아직 이른 시간이었지만 바람이 날카로웠다. 코끝을 도려낼 듯한 바람이 양 원장과 나를 차례로 훑고 지나쳤다.

제대한 뒤 광산촌 기행을 처음 다녀갈 즈음, 비둘기호에서 막 내려
서던 내 목을 후려치던 그 바람이었다. 바람은 이십여 년 전보다 더
젊고 강했다.

"유 선생님, 차 드세요. 몸이 많이 언 것 같아요."

양 원장이 앞서 올라선 열차 카페는 냉기가 돌았다. 우리 말고는
손님이 없었다. 날이 추웠고 레일바이크 운행도 중단된 탓에 관광
객들이 일찌감치 정선 쪽으로 내려간 모양이었다.

"차 마신 뒤 정선에서 저녁 먹고 떠나면 되겠어요."

열차 카페 실내는 생각보다 넓었지만 조명은 어두웠다. 앤티크
가구를 흉내 낸 것일까. 빛이 날아간 낡은 비둘기호 의자를 재활용
한 실내는 연녹색 파스텔을 거칠게 칠해놓은 것 같았다. 나는 에스
프레소와 유자차를 주문하고 창밖을 보았다. 마을은 사람이 모두
떠난 것처럼 을씨년스러웠다. 메리뀨리 호텔풍의 펜션 지붕 너머로
연기가 피어올랐다. 그 연기가 아니었으면 땅거미가 깔리기 시작하
는 구절리는 등댓불조차 없는 무인도나 다름없을 듯싶었다.

"열차 카페는 이 칸 하나뿐이고요. 나머진 펜션으로 사용한답니
다. 혹시 구절리에서 머무르실 거라면……"

"아닙니다. 저흰 곧 정선으로 내려갈 거예요."

찻잔을 비울 때까지 한동안 침묵이 이어졌다. 누가 먼저랄 것 없
이 입을 닫았다. 그러다 카페 직원이 꺼내 든 펜션이라는 말꼬리를
물고 동시에 입을 열었다. 내 시선을 비켜 앉은 양 원장의 눈에서
메리뀨리 호텔의 붉은 네온사인이 반짝거렸다.

"유 선생님, 유럽 여행 말인데요."

"예, 무덥고 힘들었지요."

"이제야 말씀드리는데, 유럽은 처음이었어요."

"부끄럽지만 저도 그랬답니다."

"길도 낯설고, 언어도 낯설고, 게다가 일행들도 초면이라서 대화도 잘 못 하겠고……."

"저는 안 좋은 일을 겪고 한국을 떠나신 줄 알았습니다."

"실은 제가 지쳐 있었어요. 충주 시내에 자그맣게 서각 공방을 열고 있는데 두어 달 작업해서 서각대전에 출품하고 훌쩍 떠난 터여서."

"아, 그랬군요. 저는 논술 학원에 나가면서 아마추어 사진가로 활동하고 있습니다. 시내 갤러리의 유료 암실을 빌려서 흑백사진 작업을 하고 있어요."

"흑백사진을 하시는군요."

"예, 여름은 본격적인 입시철이 아니라서 시간 있을 때 견문이나 넓히려는 욕심으로 유럽을 다녀왔고요. 경비 문제로 아내에게 미안한 일이기도 해서 사진 찍을 생각은 없이 그냥……."

나는 거짓말을 했다. 단순히 견문을 넓히려고 일 년 가까이 모은 돈을 한꺼번에 쏟아부은 게 아니었다. 내 일상으로부터 단 열흘만이라도 벗어나고 싶었다. 아내와 임실 사이에 가로놓인 팽팽한 긴장의 끈을 잘라내고 싶었다. 그러나 불가능한 일이었다. 유럽은 차선이었다. 아니, 따지고 들자면 그 선택은 아내의 요청 때문이었는지도 모른다.

"이젠 집에 걸어둘 만한 사진을 찍으세요. 그 비싼 필름 사진을 찍으면서 왜 남들 다 찍는 풍경 사진은 못 찍는지 모르겠어요."

아내는 집요하게 풍경 사진을 주문했다. 그 의도가 진실이었는지는 모른다. 철거촌이나 여인숙 같은 다큐 사진 작업에 대한 반발로 내가 멀리하는 작업을 선택해서 내던진 말인지도 모른다. 아내의 의도와 상관없이 나는 인천공항을 떠나면서 유럽의 풍경을 상상해보았다. 이미 수많은 사진가와 관광객들이 카메라에 담아온, 인터넷을 뒤지면 수십, 수백 장씩 돌아다니는 유럽의 풍경들을. 프랑스의 호밀밭이나 이탈리아 평원의 사이프러스 나무 따위들. 아니면 런던 템스 강이나 파리의 에펠탑 야경 같은 것. 인천공항에서 그 풍경을 떠올리며 나는 다짐했다. 절대 그 풍경들은 촬영하지 않는다. 도저히 셔터의 유혹을 뿌리치지 못한다면 그땐 어쩔 수 없이 몇 컷만 담는다. 떠들썩한 풍경이 아니라 조용한 유럽의 원주민들만 엄선해서.

"혹시, 소설가 정지훈이라고 들어보셨는지요?"

"글쎄, 잘 모르겠는데요. 제가 독서량이 부족해서."

"제 남편이랍니다."

차를 몰고 구절리를 내려가는 중이었다. 정선의 야경인 듯한 불빛들이 산자락 저 아래에서 가물가물 흔들렸다. 양 원장이 별안간 남편을 옆자리에 태웠다.

"베스트셀러는 없지만 소설집을 네 권 냈어요. 다른 직업은 없으니 전업 작가인 셈이죠."

"전혀 몰랐습니다. 양 원장님이 유치원이나 학원 원장이 아니라 서각가인 줄도 오늘 알았고요."

태백산 어둠의 속도는 생각보다 빨랐다. 일찍 저녁을 먹고 길이 더 어두워지기 전에 정선을 빠져나갈 생각이었다. 그러나 구절리를 내려오는 그새 길은 어디랄 것 없이 이미 늪처럼 깊은 어둠이 깔려 있었다.

"섬에 들어간 지 오륙 년 되었어요. 독자가 늘고 생활이 번잡해 지면서 글에 집중하겠다며. 변산반도 줄포가 고향인데 집에서 가까 운 서해안 작은 섬에 낡은 집 하나를 얻어 작업실로 쓰고 있어요."

정선에서 두부찌개를 비운 뒤에도 남편은 우리 곁을 떠나지 않았 다. 줄포와 섬과 낡은 집 한 채도 밥상에서 가부좌를 틀었다.

"유 선생님, 지난주 호숫가에서 호수여인숙을 보여주셨죠?"

"예."

"그때, 여인숙을 섬이라고 표현하던 말을 들으면서 이런 생각을 했어요. 저 역시 섬 같은 존재일지도 모른다고. 지도에도 없고 등댓 불조차 없는 심해의 한 점, 섬. 그런 존재."

나는 양 원장의 시선을 피해 손을 닦았다. 물수건을 반으로 접어 목덜미를 훔치는 순간 등골이 싸늘했다.

"남편이 섬으로 떠난 뒤 얼마간은 나만의 시간과 공간을 확보했 다는 만족감이 팽배했어요. 그런데 어느 날 문득 나를 바라보니 캄 캄한 거예요. 나를 밝혀주는 불빛들이, 내 안에서 나를 밝혀준다고 믿었던 등불들이 모두 꺼져버린 것처럼 캄캄했어요. 밤을 새워 나무를 깎고 글씨를 새겨도 그 불빛은 살아나질 않았어요. 그래서 그 어둠 속을 탈출하다시피 홀연히 떠난 곳이 유럽이었어요."

"예, 저는 그런 줄도 모르고⋯⋯."

"곁에 아무도 없었어요. 내 안팎은 캄캄한데, 그 어둠 속에서 사람의 말을 한마디도 못한 채⋯⋯."

"양 원장님."

나는 양 원장의 입을 가로막고 닫혀 있던 내 입을 열었다. 금방이라도 탁자에 쓰러질 듯 양 원장의 목소리가 흠뻑 젖어 있어 있었다.

"제가 카메라를 들고 철거촌이나 여인숙을 뒤지고 다니는 것에 대해 사람들이 무모하다고 말합니다. 아내도 마찬가지고요. 그 무모한 작업, 사진 때문이 아닙니다. 사람 때문입니다. 사람 냄새, 무모하다고 말하는 사람들과 아내에게선 맡을 수 없는 사람의 냄새를 맡기 위해서."

내 사진 작업에 대해 양 원장이 질문한 적이 있던가. 없었다. 양 원장에 대해 내가 질문한 적이 있던가. 없었다. 양 원장이 그랬던 것처럼 나는 양 원장이 묻지 않은 나의 섬을 꺼냈다.

"생각해보면 사람들마다 섬 하나씩 품고 사는 게 아닐까, 그런 생각이 들어요. 복잡한 일상으로부터 탈출하고 싶은 공간, 누구의 간섭도 받지 않고 자유로울 수 있는, 그래서 나 혼자 소유하기를 절실히 원했던 그 공간들이 실은 외딴섬 같다는 생각입니다. 이를테면 제가 작업하는 암실이 바로 그런 곳 같아요. 사물의 형상이 어렴풋이 드러날 만큼 붉은 등 하나만 켜 있는 어둠의 공간. 나만의 자유로운 활동이 확보되었으나 실은 누구도 들어올 수 없고 나 자신도 나갈 수 없는 세상과 단절된 공간……."

일곱 시 반. 밥값을 지불하고 식당을 나왔다. 실내에 오래 앉아 있었던 때문인지 추위가 느껴지진 않았지만 곧장 차에 올랐다. 지금 출발하면 넉넉히 자정쯤이면 집에 닿을 것이었다.

"유 선생님."

차 시동을 걸고 엔진 예열을 기다리며 잠깐 앉아 있었다. 마치 내가 서너 발짝쯤 떨어져 앉은 것처럼 낮고 무겁게 양 원장이 불렀다.

"빨강."

"……."

"빨강이 제 입을 열었어요, 유럽에서."

"예……, 그랬군요."

"유럽의 도시들을 지나오면서 유럽은 곧 빨강이라는 생각, 그 생각에 골똘하던 어느 순간 입이 열린 것이죠. 런던의 이층 버스와 우체통, 차이나타운의 애드벌룬, 호밀밭의 석양, 리옹 역의 사과, 고속도로 휴게소의 에스프레소 차탁, 베네치아의 나무 의자, 두오모 성당의 스테인드글라스……, 그리고 트레비 분수의 붉게 녹슨 동전들까지. 내 속의 어둠이 탄로 날까 봐 굳게 잠가놓았던 입을 연 게 그 빨강들이었어요."

"저도 그 빨강에 대한 인상이 아직도 남아 있답니다. 'Red & White'라는 제목으로 사진도 몇 컷 담아 왔고요."

"유 선생님."

양 원장이 다시 나를 불렀다. 곁에 누군가 말을 엿듣기라도 할까 봐 몹시 염려스러운 듯 목소리가 낮게 떨렸다.

"저, 빨강 레일바이크를 꼭 타보고 싶답니다."

"예, 언제 기회가 되면 다시 한번 다녀가요."

"내일 아침에……."

"예?"

"구절리에서 하룻밤 묵고 갈 순 없는지요."

정선의 어둠은 태백산처럼 깊었다. 그 어둠 속으로 조심조심 걸어 나온 등댓불과 통통배와 섬과 비린내와 암실과 빨강들이 한꺼번에 뒤엉켜 토네이도처럼 하늘로 치솟았다. 한순간 온몸이 빨강 바람에 난타를 당한 것처럼 통증이 느껴졌다. 차 시동을 끄고 주차장을 벗어나 정선역 앞 골목을 걷는 동안 하늘로 치솟은 그 모든 것들이 땅바닥으로 우수수 떨어지는 것 같아 또 한 번 다리가 휘청거렸다.

정선역 광장을 중심으로 두어 바퀴 왕복했을 것이다. 골목을 빠져나온 바람 한 줄기가 우리 둘을 차례대로 휘감곤 달아나듯 어둠 속으로 사라졌다. 강원여인숙 등불은 꺼져 있었다. 호수여인숙도 캄캄했다. 방이 다 찬 모양이었다. 저 섬에 정박한 통통배들은 어디서 떠나와 어디로 가는 중일까. 나는 다시 차에 올라 시동을 걸어둔 채 침묵했다.

"자, 여기 보세요. 부부처럼 다정하게. 엄마, 아빠처럼 웃어보세요. 하나, 둘, 셋!"

베네치아에서 곤돌라와 수상택시 관광을 하면서 일행은 비명을 질러댔다. 그 비명의 틈바구니에서 대학생 아들은 부지런히 셔터를 눌렀다. 지난 일주일간 런던과 파리와 스위스에서 찍지 못한 사진 분량을 다 채우기라도 할 듯이. 양 원장은 말없이 웃고만 있었다. 때론 엄마처럼, 때론 아내처럼.

"행복이라는 낱말을 떠올려 보았어요. 가족이라는 낱말도."

양 원장은 베네치아를 떠나 피렌체와 로마로 달리는 고속도로에서 떠듬떠듬 입을 열었다. 침묵이 출렁대던 아내와 어머니의 입속으로 남편과 아들은 시칠리아산 백포도주와 오드리 헵번의 아이스크림을 번갈아 넣어주었다. 아내와 남편과 아들에 대해 서로 아무것도 묻지 않아도 좋은 가족. 가족이므로 더 이상 궁금해야 할 그 무엇이 없었겠지만 두오모 성당이며 바티칸 박물관이며 날개 달린 사자상이며 우리 입에 담아둘 너무 많은 세상이 있었으므로 상대방에게 무엇을 묻고 대답할 여유조차 없었다. 관광 인파와 더위와 소매치기와 줄지어 늘어선 화장실과 비싼 생수들만으로도 우리의 눈과 귀와 입이 벅찼으므로. 구 박 십일 일짜리 유럽 투어는 유격 훈련 코스입니다. 가이드의 말은 틀리지 않았다. 그러나 그 숨 가쁜 순간순간 가슴을 찔러대는 행복의 바늘 끝은 전율이 느껴질 만큼 예리했다. 패키지 관광이면 어때요. 이 시간을 영원히 멈출 수만 있다면 좋겠어요. 일행 중 누군가 밤마다 화이트 와인을 마시며 소리친 그 행복이었다.

열흘 밤낮의 짧은 시간, 사람도 풍경도 하나같이 행복했던 그 무더운 유럽의 지구 반대편이 불빛이며 어둠이며 세상의 모든 게 꽝꽝 얼어붙은 영하의 태백산인 줄은 나도 양 원장도 그땐 미처 몰랐던 일이었다.

"고맙습니다, 유 선생님."

"무슨…… 일로?"

"저에 대해 아무것도 궁금해하지 않아서요. 아무것도 묻지 않아서요."

"이미 알고 있는 것만으로도 충분한걸요."

"네……."

"집 밖을 떠돌면서 사람들을 만나보니까 누군가를 아는 덴 그렇게 많은 게 필요하지 않은 것 같아요. 그 사람에 대해서 많이 알고 있다고 믿는 그런 것들이 정작 그 사람을 더 알 수 없게 만드는 장애물이 되겠구나, 그런 생각이 들곤 해요."

"오후에 유 선생님 이야기 꺼내게 해서 죄송해요. 사진 작업하시는 줄은 알고 있었지만."

"진작 말했어야 하는데 때를 놓치고 말았어요."

방 어디선가 바람이 새 들어왔다. 이중으로 걸어 잠근 문틈 같기도 하고 커튼을 길게 늘어뜨린 창틈 같기도 했다. 벽과 벽지의 틈바구니에서 여름내 숨어 있던 바람이 때를 맞춰 슬그머니 빠져나오는 것은 아닐까. 그냥 돌아서기엔 아쉬워서 고장 난 레일바이크에 앉았을 때 속살을 파고든 바람인지도 몰랐다. 이불을 두 겹으로 덮었음에도 이불 속으로 바람이 날렸다.

"지금, 몇 시쯤 되었을까요?"

"세 시 막 지나는 중이네요. 참, 오늘 휴대폰이 안 보였어요."

"통화 정지시켰어요. 당분간 혼자 견뎌보려고요."

"예."

"아 참, 우리 깜박 잊은 게 있어요."

"예?"

"호수여인숙 102호실, 붉은색 꼬마전구."

"아, 예……."

세 번의 실패 끝에 호수여인숙에서 촬영하던 날이었다. 102호실에서 신 양을 찍었을 때, 신 양은 옷을 벗어야 먹고사는 자신의 직장뿐 아니라 신 양 자신도 섬이라고 말했다. 떠나온 길을 보면 아득하고 돌아갈 곳을 생각하면 까마득한 바다 한복판의 섬. 이만 원짜리 낡고 늙은 통통배들이 자신의 섬에 올라 잠시 정박하고 떠나면 물비린내인지 생선 비린내인지 정체 모를 비린내들이 며칠씩 섬 구석구석에 스며 있어 헛구역질이 난다고 했다. 비린내에 몸이 썩기 전 이 씨발놈의 섬을 탈출하고야 말 거야. 신 양은 쫓기듯 장비를 챙기는 내 카메라 배낭에 씨발놈들을 쑤셔 넣었다. 신 양의 담뱃불과 씨발놈과 붉은 꼬마전구 불빛이 뒤섞인 방은 내가 미처 빠져나가기도 전에 활화산처럼 부글부글 끓어올랐다. 어제 낮 정선에 들렀을 때, 나는 시뻘건 마그마를 뿜어대던 102호실을 피해 구절리로 곧장 올라왔다. 일몰에 쫓기면 레일바이크를 못 탈 수도 있다는 구실을 앞세워.

"양 원장님, 꼬마전구 얘기 하나 들려드릴까요?"

"네."

"메리큐리 호텔을 닮은 이 펜션, 사실은 섬이 있던 자리에 세워진 거랍니다."

"정말요?"

"예. 구절리 여인숙. 제 청춘의 하룻밤을 정박시켰던 섬이죠. 제대한 뒤 대학 후배와 하룻밤 다녀갔어요. 지금보다 더 추웠던 겨울에. 붉은색 꼬마전구를 감싸 쥐고 언 손을 녹였던 기억이 나요."

"아주 오래전 일이군요."

"이십여 년 전쯤……. 육지로 돌아간 뒤 제가 못난 탓으로 후배와 헤어졌어요. 그 후배, 첫 남편이 다른 여자에게 떠나고 한글도 못 뗀 남매를 혼자 키우며 견뎠는데…… 지난해 재혼했어요. 마흔 여섯에. 후배야말로 섬처럼 살다 늦게야 육지를 향해 떠난 셈이죠."

"저는 마흔일곱……. 아직 살아온 생을 반추하기엔 젊은 나이지만 새로운 생을 시작하기엔 좀 늦은 나이겠죠?"

"어쩌면……. 그렇지 않을 수도 있고요."

그렇지 않을 수가 없다는 듯 양 원장은 입을 달았다. 어둠처럼, 추위처럼 무겁고 깊은 침묵이었다. 양 원장이 마른침을 삼키는 소리가 바람에 실려 왔다.

"일 년 반쯤 된 것 같아요."

"예?"

"남자 곁에 누워본 게."

나는 양 원장의 손을 가볍게 감아줬었다. 양 원장의 몸이 미미하게 떨렸다. 해야 될 말이 언뜻 떠오르지 않았다. 이 순간 무슨 말을 입에 담아야 될까. 눈을 감은 채 한동안 침묵하다가 양 원장의 손을 살그머니 풀었다.

"유 선생님."

"예?"

"죽음 가까이 가보신 적 있으세요?"

"……"

"살다 보면…… 죽는 거보단 나을 것 같아서 불가피하게 선택하는 일을 겪기도 하는 것 같아요."

어둠 속에서 갤러리 암실이 보였다. 눈을 뜬 것보다 감은 눈 속이 더 환한 암실. 한때 폭발 직전의 나를 탈출시켜준 비상구. 그러나 이젠 나를 가둬놓은, 내 스스로 유폐한 외딴섬. 그 섬을 꽉 채운 검붉은 어둠 속에서 나는 혼자 침묵하며 지낸다. 사람의 말을 한마디도 하지 않은 채, 생존을 위한 마지막 선택인 것처럼. 언제든 섬을 탈출할 기회를 암중모색하듯 그렇게.

"내일 먼 길 떠나려면 조금이라도 눈을 붙이는 게 좋겠어요."

양 원장이 나를 향해 몸을 돌려 눕는 게 느껴졌다. 이불 속에서 미처 빠져나가지 못한 가늘고 부드러운 바람의 살냄새가 풍겼다.

"내일 섬을 떠나면……."

양 원장이 내 손을 감싸 쥐었다. 메리뀨리 호텔 발코니에서 보았던 그 만년설 같은 흰 손바닥이 빛바랜 흑백사진 같은 내 손등을 덮었을 것이다. 마지막 바람이 빠져나간 이불 속에서 제라늄 꽃이라도 피어날 듯 상쾌하고도 따스한 온기가 온몸에 번졌다. 이대로 잠이 들면 사흘쯤 잠에서 깨어나지 않을 만큼 깊은 잠을 이룰 수 있을 것 같았다. 편도 오백 리. 해발 천삼백 미터의 태백산. 참으로 먼 길을 달려온 하루였다.

내일 아침 섬을 떠나 오백 리를 달리고, 다시 그보다 더 먼먼 길을 오가는 사이, 내 생에 죽음 대신 불가피하게 선택하는 일이 언젠가 벌어지기는 할까. 그것은 과연 무엇일까.

감은 눈의 망막 위로 어둠이 환하게 내려앉았다. 어느덧 여명인가. 나는 손을 빼내 양 원장의 손을 감싸 쥐었다. 그리고 지금 이 순간 내 손에 움켜쥔 것들의 이름을 하나씩 손꼽아 보았다. 지친 내가 나도 모르게 잠든 사이, 짧은 하룻밤만이라도 내 손에 오롯이 남아 있기를 바라면서.

빨강 기차, 제주왕나비, 붉은 꼬마전구, 바람의 살냄새, 이 년 만의 전화벨 소리……

스러지는 형적形迹을 담다

안학수　**시인 · 소설가**

　　작가 이강산은 필자가 등단하기 전에 이미 시인으로서『삶의문
학』동인으로 활동하고 있었다. 필자가 좋아하는 몇몇 문인들이 함
께 하던『삶의문학』이었기에 그 안에 속한 문인은 모두 범상히 여
길 수 없었다. 특히 작가의 말끔하고 예리한 이미지는 늦깎이로 글
쟁이가 된 필자에게 쉽게 다가갈 수 없는 한계선이 있었다. 그런 이
미지와 달리 작가는 필자를 부드럽고 친근감 있게 대해주었지만 장
사치였던 필자의 계산적 타성은 그 친절을 편하게 받아주지는 못했
던 것 같다. 그래도 작가는 20년 넘도록 필자를 변함없이 대해주고
있다. 이번도 소설로는 첫 작품집인데 어설픈 필자에게 축하의 글
을 쓸 기회를 주어 고맙고 기쁘다.

2009년 겨울, 필자가 보름 동안이나 병원에 있다가 퇴원했던 날이었다. 참교육의 일선 말고라도 쓰랴 찍으랴 늘 바쁜 일정을 제쳐두고 와서 병문안으로 톱톱한 건강탕을 먹였다. 대전과 대천이 점하나 차이라지만 승용차로 두 시간 이상이나 소요되니 즉흥적으로 쉽게 나설 수 있는 거리는 아니다. 평소에는 건강탕을 좋아하지 않았지만 그날만은 고맙고 맛있게 먹었다. 그날도 작가는 가져온 카메라로 작업실에서 병색을 다 떨쳐내지 못한 필자와 간병에 지친 아내를 찍어댔다.

카메라맨에 대한 이미지가 필자에겐 그리 탐탁하지 않았었다. 지역신문 시민기자로 일할 때 큰 기자로 상이라도 받겠다는 양 허리를 졸라매고 동여매며 절약해서 천만 화소 디지털 카메라를 장만했었다. 그렇게 어렵게 마련한 카메라가 지금까지 궤 속에서 무용지물 애물단지로 남아 있기 때문이다. 찍을 때 철컥 소리가 얼마나 큰지 필자의 먹통 귀에도 요란하게 들리니 조용한 분위기 속의 촬영이란 쪽이 차떼기로 팔리는 일이었다. 그 무게 또한 필자의 빈약한 체질로 지니고 다니기엔 매우 부담스러웠으니 염증이 안 생길 수 없었다.

"이야! 이젠 찍새로 나섰냐?"

"흐흐, 찍새가 아니구 팍팍 박어대니께 박새겄지."

밉상스러운 동창 녀석들의 식상하고 저속한 농조차 거슬려서 필자의 카메라에 대한 염증은 더욱 깊어져 급기야 궤 속에 처박아두게 되었다.

그날 작가는 '왔다 가는 김에 형을 찍어두고 싶은 거'라 했지만 그만큼 사진 찍을 시간을 허비하게 되어 의미 없는 그 순간만이라도 찍어두려는 것으로 여겼다. 전기보일러 방이었지만 외풍이 세어서 쓰고 있었던 그레이색 비니 모자가 짝퉁 법사法師라서 찍고, 가슴으로 턱 받친 자라목이 침팬지라서 찍고, 간병하다 꺼벙해진 암고양이라서 찍고, 닭살 돋고 눈꼴시게 하는 부부라서 찍고, 그럴듯한 역광 실루엣의 정체 모를 동물까지 찍어댔다. 젊은 몸짱이나 얼짱도 아닌 늙고 우그러진 필자를 모델로 삼다니. "집에 걸어둘 만한 사진을 좀 찍어요"라는 그 부인의 나무람을 들을 만도 했다.

아니, 따지고 들자면 그 선택은 아내의 요청 때문이었는지도 모른다.
"이젠 집에 걸어둘 만한 사진을 찍으세요. 그 비싼 필름 사진을 찍으면서 왜 남들 다 찍는 풍경 사진은 못 찍는지 모르겠어요."
아내는 집요하게 풍경 사진을 주문했다. 그 의도가 진실이었는지는 모른다. 철거촌이나 여인숙 같은 다큐 사진 작업에 대한 반발로 내가 멀리하는 작업을 선택해서 내던진 말인지도 모른다. ―「붉은 섬」(278-279쪽)

몇 달 뒤 작가는 필자와 아내를 찍었던 사진으로 기획 초대전에다 출품했었노라고 액자와 함께 보내왔다. 부실한 모델이 전시회의 온기를 식히진 않았을지? 미안하고 고마웠다.
작가가 필자를 모델로 사진을 찍었던 일이 그때가 처음은 아니었다. 카메라에 대한 염증이 생기기 전이었던 2007년 여름이었다. 대선을 앞두고 가장 중요한 고비에 서해안 기름 유출 사고가 터졌다. 서해안이 공업화되면서 점점 늘어나는 기름배가 천혜의 자연조건을 갖춘 서해안을 망칠 것만 같아 평소에도 매우 불안했었다. 지역신문의 시민기자로 마을 탐방 취재를 하며 지역 주민들에게 관광특구니 관광업을 살려 발전시키고 공업화를 막아야 한다고 주장했었다. 그때마다 사상까지 의심받으며 한낱 개소리로 취급받았을 뿐이었다. 그 불안이 현실이 되어 서해안이 온통 기름밭이 되었으니 이에 대한 글 한 줄 못 쓴다는 것은 글쟁이의 직무유기였다. 그러나 필자는 분기탱천만 했지 정작 그에 대한 글은 한 달이 지나도록 한 줄도 못 쓰고 있었다. 글을 쓰려면 먼저 울화가 치밀어 글이 안 되었던 까닭이다. 그때 작가의 전화가 필자의 막힌 심기를 뚫어주었다.

"형, 요즘 안면도 기름 유출 사고에 거기 보령의 섬들은 어때?"

보령의 섬들이 사고 현장과 지척인데 무사할 리 없었다. 섬마다 주민들이 방제 작업 하느라고 한 달이 넘도록 생업을 못 하고 있었다.

"섬마다 온 주민이 기름 제거허느라구 정신 읎댜."

"형, 주말에 시간 있나? 현장 취재 좀 하려는데."

때가 지나면 기름 제거하는 모습도 유출 피해도 잊게 될 것임을 예시하고 카메라에 잡아 담겠다는 뜻이다. 일부러 혼자라도 들어가 보고 싶었던 차에 반가운 제안이었다.

"읎어두 내야겠지? 그러잖어두 조만간 들어가 보려던 참인디."

권덕하, 육근상 시인과 지역 후배 김나인이 함께 한창 방제 작업 중인 호도로 향했다. 그때만 해도 필자는 문제의 요란스럽고도 무거운 카메라를 품으로 지니고 작가와 함께 여객선을 탔었다. 작가는 여객선 갑판 위에서 바다 경치를 감상하고 있는 필자를 찍어댔다. 귀티 나고 미끈하게 잘생긴 두 시인이나 찍을 것이지 뭐하려고 우그렁쭈그렁한 필자를 찍는지 알 수 없었다. 모델을 마다하고 싶어도 보호받을 가치도 없는 초상권으로는 핑계가 되지 못했다. 작가는 신들린 듯 신이 난 듯 서서 찍고, 앉아서 찍고, 옆에서 찍고, 위에서 찍고, 뉘어 찍고, 세워 찍고, 기울여 찍고, 주름살 찍고, 벌렁코 찍고, 뱁새눈 찍고, 툭 튀어나온 광대뼈 찍고, 눈 째릴 때 찍고, 부딪는 파도에 '뜨아~' 놀랄 때 찍고, 마냥 좋다고 헤벌레~ 할 때 찍고, '그랬슈~' 할 때 찍고, 마구 찍어댔다. 그때만 해도 비싼 필름으로 공을 들여 상품 가치 좋은 모델도 아닌, 땅에 떨어져 묵어 터진 모과를 찍어대는 까닭을 이해할 수 없었다. 그때 그 사진 중에 한 장을 필자의 졸저 『하늘까지 75센티미터』에 붙이게 될 줄은 몰랐다. 지금까지 이강산에게 사진이란 문학정신과 어떻게 연계되는지 막연했지만 작품 사진이라는 말만 듣고 구태여 묻지 않았다.

2012년 이강산 흑백사진 개인전 〈사람들의 안부를 묻다〉(Gallery LUX)를 관람하고서야 작가의 사진 작업 목적이 무엇인지 알게 되었다. 단순히 7080의 낭만적인 추억을 잡아두자는 것만이 아니었다. "봄버들 휘휘 늘어진 가지에다 무정세월 한허리를 칭칭 동여서 매어나 볼까"라는 민요 가사도 있듯이 흘러가는 세월을 잡을 수 있다면 무엇으로 잡을까? 작가의 마음은 그것에 있는 것으로 보였다. 개발에 무너져 변질되고, 새 문화에 스러져가는 철거를 앞둔 판자

촌 사람들, 서민 삶의 순간들을 잡아 모은 작품들이었다. 즉 이강산의 사진은 사라져가는 형적과 스러져가는 사연들을 잡아 작품으로 낳는 작업이었다. 그 순간의 모습을 잡아둠으로써 기록이 될 형적이며 역사의 증거가 될 사연들이었다. 작가는 찰나로 스치거나 머무는 형적은 사진으로 잡고, 긴 세월의 가지가 많아 사진으로 담을 수 없는 사연은 글로 잡아 수집해가고 있었다.

이번 소설집 『황금 비늘』에 엮은 소설들도 사진으로 담을 수 없는 스러져가는 사연들을 제재로 삼고 있다. 단편 「금반지」에서도 닷새마다 장 서는 재래시장의 스러지는 장돌뱅이 노점상들의 형적과 사연을 담아냈다.

두 골목 건너가 장터였다. 이 씨는 괴나리봇짐을 한 번 추스른 다음 장터를 향해 첫발을 떼어놓았다. 그런데 장터 초입부터 어째 대목장답지 않게 썰렁했다. 골목에 북적대야 할 장꾼들이 장돌뱅이 숫자보다 적었다. 물건을 파는 장돌뱅이나 사는 장꾼들이나 한창 끗발이 올라 흥청거려야 할 시간이고 아직 파장은 먼 한나절이었다. 그런데도 겅성드뭇이 자리 잡고 앉은 난전의 좌판들은 흥정 소리 대신 눈발만 툭툭 떨어지는 게 마치 내다 버린 사과 궤짝처럼 처량해 보였다. ―「금반지」(19쪽)

작가는 장돌뱅이였던 자신의 부친이 닷새장이 서는 곳만을 찾아다니며 하루 벌어 하루 먹고살았던 긴장된 삶을 간과하지 않았다.

평생 톱날을 쓸어 파는 톱 장수로 저자에 묻혀 지냈던 고단한 삶을 고스란히 잡아서 담아두어야만 했을 것이다.

톱날을 반드시 한 개씩 건너뛰어 쇠톱의 양쪽 날을 엇각으로 줄질하던 긴장과 집중력. 그와 같은 정신력 하나로 버텨온 칠십 평생이 금반지 두 개로 해서 하루아침에 노망 든 쭈그렁이로 전락할 위기를 이 씨는 절 감했다. ―「금반지」(17쪽)

서로 가족만큼 감싸고 이해해주는 장돌뱅이 노점상들의 모습에서 아름다운 사람 사이의 사연을 말하고 있다. 대형 마트에 상권을 빼앗기는 등, 새로운 문화에 밀리고 노령화되어가다 차츰 스러지는 장터와 장꾼들과 장돌뱅이들, 그 깊은 연민의 모습들을 대수롭지 않게 지나쳐버릴 수는 없었던 작가였다.

장터에서 장돌뱅이들끼리 다투는 일은 집안싸움이나 마찬가지로 취급당했다. (…중략…) 오일장을 떠돌며 적게는 하루에서 많게는 닷새를 꼬박 얼굴을 마주치는 장돌뱅이들끼리 암묵적으로 형성된 이러한 관습은 적어도 이 세계에서만큼은 미풍양속처럼 여겨졌다. 그랬기에 사라져가는 장터와 장꾼들과 장돌뱅이들에 대한 연민이 서로들 사뭇 깊어만 가던 요즈음이었다. ―「금반지」(31쪽)

장돌뱅이들의 삶의 터전이었던 재래시장의 종말이 이제 얼마 남

지 않았다. 그곳은 추억의 장터라는 보편적 감정이 아닌 우리 부모
들의 정서와 고유의 정신문화가 깃든 곳이기에 작가는 그 재래시장
의 남은 모습과 사연을 마저 담으려고 노력했다.

> 신발 가게 옆 골목에 톱 장수 이 씨가 있었다. 오복상회 대머리 오 씨
> 와 같은 해에 장터를 떠났으니까, 아마 칠십을 넘겨 가마니를 거두었을
> 것으로 기억된다. 이 씨의 아들이 진우의 친구였다. 아들이 고등학교 선
> 생이 된 뒤로 이따금 가게에 들러 꽁치 몇 마리를 사 들고 진우의 안부
> 를 묻곤 했다. -「황금 비늘」(52쪽)

세상은 어디든 어느 때든 늘 진짜와 가짜가 존재한다. 작가가 그
린 재래시장의 풍경에서도 마찬가지다. 가짜가 진짜보다 더 인정
받고 그 가짜에 밀려 진짜는 알아주지 않는 세상의 축소판이 저잣
거리다. 작가는 그 재래시장 저잣거리에서 진짜와 가짜의 뒤바뀐
이야기의 단면을 생선 장수를 통해 실감 있게 끄집어냈다. 진짜 아
닌 진짜가 진짜 행세 하는 세상인 것을, 그래서 세상의 모든 진짜들
이 진짜 행세 하는 가짜들에게 밀려서 점차 스러져간다는 것을.

> "걱정 마쇼. 그건 진짜니깐."/ 은정이네였다. 은정이네가 여자를 쏘
> 아보며 말했다. 모름지기 의심부터 앞세우는 장꾼에겐 자신만만한 어
> 투가 최고였다. / "아줌마 참 재밌는 분이시네. 홍어도 진짜가 있구 가
> 짜가 있어요?"/ "아무렴. 세상 물건이 진짜와 가짜로 나누어지는 이치

와 한가지지. 진짜 홍어는 따로 있다구. 값으로 치면 그것보다 스무 배나 비싼 게 진짜 홍어라구. 그건 나도 시어머니 돌아가신 뒤로 아직까지 구경도 못 했어."/ "후후, 시어머니 돌아가신 게 언젠데 그러세요?"/ "그게 아니구, 싼 홍어를 가오리라고 부르구 비싼 걸 참홍어라고들 하는데, 진짜 가짜 구별 없이 일반적으로다 썩지 않은 걸 진짜라고 말하는 거지, 그냥. 홍어나 가오리나 찜 해 먹으면 그 맛이 그 맛이니깐."/은정이네 말을 끊고 나선 게 아무래도 죄지은 사람 변명 같아서 나리 엄마는 불만이었다. 앞뒤 아귀가 맞지 않는 것도 그랬다. 쓸데없이 말품만 판 듯한 느낌이 들었다. 동태 토막 치듯 진짜, 가짜를 툭툭 잘라낸 것도 왠지 꺼림칙했다. / "그럼 이건 가짜 홍어네."-「황금 비늘」(58-59쪽)

진짜는 백화점 같은 대형 매장으로 올라가 부유 권력층이 독식하고, 가짜든 진짜든 상관하지도 않고 거짓 없이 파는 것이면 진짜로 여겨야 하는 서민의 생활을 그린 것이다. 홍어가 아닌 가오리라도 가난한 서민들의 사정에 맞추어 진짜 홍어를 저렴하게 공급하는 것으로 여기는, 저잣거리의 묵인된 관습이다. 작가는 이런 저잣거리의 관습을 직설적으로 드러내지 않고 소설을 통해 느낌으로 던져주고 있다.

"이런 씨팔, 돈 몇 푼 더 벌어먹겠다고 가오리를 홍어라고 속여서 팔고 지랄하니까 그렇지."/ 강뼁구의 얼굴이 확 달아올랐다. 시동생 타이르듯 자근자근 꺼낸 은정이네의 말이 오히려 혹 떼려다 혹 붙인 격이 된 듯싶었다. / "속이다니? 누가 뭘 속였다구 그래?" / 강뺑구의 뺨을 때리듯이 나리 엄마가 손바닥을 짝짝 털고 나섰다. 느린 소도 성낼 적이 있다고 했다. / "가짜라니? 그게 왜 가짜여?" / "니미, 가짜가 아니면, 가오리가 홍어여?" (…중략…) "고장 난 녹음기여? 가짜는 뭐가 가짜라고 똑같은 소릴 지껄여. 그만큼 했으면 돌아가서 손자나 봐줘. 논산댁 순대 써느라 정신없을 것 아녀." / 가짜. 도대체 뭐가 가짜란 말인가. ―「황금 비늘」(61쪽)

작가는 일상에 허덕이는 민초들의 질곡을 찾아 저잣거리에서 가내수공업과 가정경제 쪽으로 글길의 방향을 잡아 실직과 이직의 애환까지 깊숙이 짚어간다. 스러져가는 것들의 목록에 빠질 수 없는 것은 오랜 전통을 이어온 가내수공업이다. 작가는 「진주조개잡이」에서 가짜에게 밀리는 진짜를 이야기하던 붓대를, 새로운 것에 밀려 지탱하지 못하고 포기해야 하는 전통 가내수공업의 아픔 쪽으로 돌려세웠다. 우리 사회에서 새것에 밀려 도태된 가내수공업종이 자개장을 만드는 일만이 아니다. 금은세공업부터 전파사, 양복점, 구둣방, 편물점, 수예점 등등 대도시의 유명한 몇몇 곳을 빼놓고는 전국에서 성행하던 업종들이 대부분 도태되었다. 모두 대기업의 대형 매장과 대량생산물에 밀린 까닭이다. 그와 같이 스러져가는 것에 대한 연민을 일자리를 잃은 이들의 애환으로 남담하게 그리고 있다.

"진주는 많이들 캤어?"/ "진주요? 진주는커녕 홍합 껍데기라도 만져 보는 게 소원이요."/ "아니, 왜? 송 군은 아직도 자리를 못 잡았나?"/ "어디 농 공장이라고 그놈의 불경기가 눈감아 주겠어요? 집 짓는 데서 못질하고 있어요."/ "최 군은?"/ "손바닥만 한 가구점에서 합판 쪼가리 로 짝퉁 장롱이나 만들어요."/ "다들 미연이 아빠하구 똑같은 신세구만. 그러다 영영 손가락에 녹슬면 어쩌려구."/ "벌써 녹물이 뚝뚝 떨어지는 걸요."/ "그러게 내가 뭐랬어. 진주 캐려면 왕소금 서너 말쯤 삼켜야 된 다구 하잖어."/ "서너 말이 아니라 가마니 떼기로 들이켰어도 이 모양인 걸요."/ "야, 최동현. 암만 소금을 들이켜야 뭐해. 세상이 바뀌어야지. 이게 어디 우리 같은 놈 살라는 세상이냐?"/ "송 군아, 세상이 드러워서 쪽박 찬 거 누가 몰러? 그러니 단단히 각오를 했어야지. 물속에 거꾸로 처박히는 잠녀潛女들처럼 목숨을 걸어야 한다는 말이여."—「진주조개잡 이」(79-80쪽)

가난한 실직자의 고통이란 당해보지 않고는 모른다. 하루에도 수 십 번씩 종말을 맞이할 것 같은 불안감과 책임져야 할 가족 생계에 짓눌려 숨이 턱턱 막히고 불면증에 시달리는 그 고통은 겪어본 자 만이 안다. 어쩌면 소설 내용도 작가 자신이 직접 실직을 경험했던 사연인지도 모르겠다.

연휴에 밤낚시라도 다녀올까 했지만 그것도 진주조개 껍데기를 만질 때의 얘기였다. 일 년에 한두 번, 행복했던 추억일 뿐이었다. 하루 쉬어야 못질이든 톱질이든 제대로 먹이죠. 2층 계단을 내려가면서 작별 인사를 대신해 헛헛한 웃음을 뿌린 것도 두 번 다시 실직자로 나자빠질 수 없다는 비장한 각오일 터였다. 계단 위에서, 계단 아래에서 나뭇잎처럼 나부끼던 손. 흔들리는 누군가의 손끝에선가 알싸하게 번지던 냄비 타는 냄새. 객지에서 한솥밥을 먹었다는 인연이, 그 핏줄 같은 인연의 끈이 시나브로 끊어질 듯한 두려움. 그것은 낡은 아파트의 외벽처럼 죽죽 갈라터진 삶의 균열이었다. 그 균열의 한 줄기를 목도하듯, 영복은 잠든 아내를 곁눈질하면서 내내 가슴이 무거웠다. ─「진주조개잡이」(91-92쪽)

삶이란 정해진 대로 돌아가는 기계가 아니다. 자신이 뜻한 대로 되지 않고 뜻하지 않은 것이 불쑥 닥칠 때가 많다. 궁핍하고 힘겨운 현실을 벗어나기 위해 발버둥을 치며 살다 보면 어언 황혼에 이르는 것이 인생이다. 마치 망망대해를 누릴 것 같던 물고기가 그물에 걸려 허덕이다 종말을 맞는 것처럼 인간 사회도 전반적 관습으로 깔린 가치관들이 인생의 자유를 속박하고, 벗어날 수 없는 그물이 된다. 아들을 선호하는 관습 때문에 아버지의 외도가 불씨 되어 그에 대한 응징으로 외삼촌이 재산을 빼돌려 도주, 오라비의 배신에 회갑이 되도록 근친覲親을 하지 못한 어머니, 그 피해로 장애를 지닌 막내와 어머니의 삶을 빼닮은 큰누님의 인생, 이런 모든 삶의 모습들이 그물에 걸린 물고기와 같고 그렇기에 인간이면 누구나 형태가 다른 장애를 지닌 존재라는 뜻을 담고 있다.

"아버지가 말이야……." / "아버지가 뭘?" / "첩살림을 했어." / "예?" /
명치를 얻어맞은 것처럼 숨이 컥, 막혔다. 그게 무슨 말이냐고 반문하고
싶었지만 입술이 떨어지지 않았다. / "아버지가 싸전을 할 때니까, 너
태어나기 전이다. 장손 집안에 아들이 없다며 광주 여자하고 일 년 가까
이 살림을 냈어. 그걸 눈치챈 작은외삼촌이 집안을 싹 쓸어서 달아난 거
야. 아버지를 용서할 수 없다며. 그해 네가 태어났고. 그래서……." /
말끝을 흐리며 큰누님은 돌아앉았다. 그래서…… 집안이 주저앉았다.

  −「그물」(115−116쪽)

작가의 눈은 아버지의 세대가 살아온 단독주택 문화로부터 많이
달라진 현대인들의 주거 문화와 그 사정이 드리워진 원룸 아파트로
향한다. 돌담에 호박 올리고 바지랑대에 빨래를 치켜들게 했던 아
버지의 시대에는 이웃과 가족처럼 정답게 지내던 주거 문화였다.
성도 낯도 모르는 행상이라도 찾아와 요기를 청하면 먹던 밥이라도
내주고 잠자리를 청하면 문간방이나 뒷방이라도 내주던 온정의 시
대였다. 그러나 지금은 나그네를 먹이고 재우기는커녕 이웃끼리도
이만 원의 관리비 때문에 서로 옥신각신하고 패가 갈라지는 주거
문화다.

생각할수록 어처구니가 없는 노릇이었다. 총무라는 게 입주자 대표
도 없는 반상회에 불려 나가 이만 원도 못 되는 한 달 관리비 때문에 된
통 욕이나 얻어먹고 돌아오는 직책이라니. / "하여튼 법을 몰랐다가 이

제 법을 알았으니 법대루 하자는 거지. 구청 직원 말로는 법대루 해결해야 결과적으루다가 주민들이 살기 좋아진다는 얘기여."/ "살기 좋아지긴요. 닭장 같은 원룸에서 뭘 얼마나 더 잘 살겠다고. 아홉 평을 구십 평으로 늘려준다면 또 모를까."/ "어이구, 총무. 그런 소리 하덜 말어. 아홉 평짜리 집구석도 뒤치다꺼리를 못 해서 이 지경으루 쓰레기 천국인데, 뭔 구십 평?"/ "그렇다는 얘기지요."/ 그러나 결코 그렇지 않다는 것처럼 호미 할머니가 쓰레기 분리수거함을 엎어놓고 엉망으로 뒤섞인 쓰레기를 하나씩 꺼내놓을 때쯤에서 선영은 자리에서 일어섰다. ─「거인의 방」(161~162쪽)

하자가 많은 원룸 아파트 입주자들이 그 하자를 보수하기 위해 모였지만 한마음 한뜻이 되지 않아 서로의 갈등이 발전해간다. 철저하게 외부와 단절한 채 살아가는 개인주의적인 생활 문화, 그러나 아파트라는 공동 운영 체제 속의 주거에 대한 의무와 권리, 과거보다 소득이 높아졌다지만 현대인들의 빈틈없는 삶이 결코 선인들의 삶보다 행복하지 않다는 것. 행복하기는커녕 오히려 각박한 사회에서 살아가기 위한 몸부림이 처절하기까지 하다. 그 모습이 바로 여유와 여백의 과거보다 불행하다는 것을 증명하는 것이다. 그 불행에 중독되어 스스로 불행인지조차 의식하지 못하는 현대인들의 딱한 모습에 작가는 「거인의 방」에서 그 의식을 깨우기 위한 꽹과리를 두드리고 있다.

"솔직히 교대 근무 하면서 낮과 밤도 없이 살아가는 우리 같은 노동자가 법을 알면 얼마나 알겠습니까. 오히려 그 법을 몰라서 피해를 보는 사람들 아닙니까? 회의장을 한번 둘러보세요. 법을 알 만한 사람들은 오늘 밤 모두 이곳을 빠져나갔습니다. 입주자의 절반 이상이 반상회에 참석하지 않았단 말입니다."/ 선영의 말을 들으면서 사람들은 엉거주춤 고개를 좌우로 움직였다. 개나리색 남자를 뺀 나머지 눈에 익은 십여 명의 얼굴이 거의 동시에 번갈아 가며 마주쳤다. -「거인의 방」(193쪽)

사람과 사람 사이의 가장 큰 아름다운 관계는 사랑이다. 아가페든 에로스든 어떤 유형의 사랑이든 사랑은 다 아름다운 것이고 매우 중요한 삶의 요소다. 각박해도, 살기 어려워도, 사랑할 수만 있다면, 어떤 사랑이든 진정한 사랑을 할 수 있다면 불행하다고 하지는 않을 것이다. 민주주의 사회는 그 사랑과 행복이 반드시 보장돼야 진정한 민주주의 사회라 할 수 있다. 그러나 진정한 사랑임에도 보편적이지 않아서 이루지 못하면 당사자에겐 그보다 더한 불행은 없을 것이다. 그러므로 일반적 가치관에 의한 규제로 인간의 기본권이 보장받지 못한다면 억압과 탄압 속의 비민주주의 사회라 할 것이다. 진정한 사랑임에도 죄악시되어 억울한 상처를 안고 평생을 불행히 살아야 한다면 그 당사자에겐 예속될 이유가 전혀 없는 해로운 사회 공동체일 뿐이다.

우리 사회의 보편적인 인식도 동성애를 죄악시하기에 남모를 상처를 안고 불행히 살아가는 이들이 많이 있다. 그들은 사랑의 상처를 메울 대상을 쫓아 죽음과 삶의 사이에서 평생 남모를 번뇌 속에 살아간다. 작가는「그 새는 어디로 갔을까」에서 그러한 사랑의 상처와 번뇌, 그 삶의 상징으로 사랑의 새와 죽음의 숲인 공원 묘역을 설정했다.

> 얼어붙은 주검과 주검 사이 내려앉은 / 그 새는 / 이만 개의 화강암 비석을 숲으로 여겼을까 / 폭설 속 저 붉고 푸른 이만 개 원색의 조화造花가 꽃인 줄 알았을까 // 새의 무게만으로도 저렇듯 선명한 발자국을 본다 —「그 새는 어디로 갔을까」(212쪽)

> 상처? 오윤, 그게 상처였다면 내겐 더 큰 상처가 있어. 한때 내 모든 것을 포기했을 만큼 깊은 상처. 나는 그 말을 차마 하지 못한 채 고개를 꺾었다. 문득 날카로운 무엇인가 위벽을 긁고 지나간 것처럼 속이 쓰렸다. 물컵의 절반을 단숨에 비웠다. 형, 왜 떳떳하지 못해. 왜 여자를 감추는 거야. 왜 비굴하게 감추는 거냐구, 씨발. —「그 새는 어디로 갔을까」(217쪽)

작가는 사진작가를 화자話者로 설정하고 보편적이지 않아서 번뇌하는 아픈 상처와 갈등의 심리를 묘사했다. 세상엔 멸시와 억압 속에 상처받는 일들이 많지만 정체성이 남다른 사랑만큼 지독한 것이 또 있을까? 소설「그 새는 어디로 갔을까」의 화자도 남다른 사랑을 하기에 번뇌와 상처를 떠안고 불면증에 시달린다. 그 번뇌와 불면증을 벗어나기 위해 어둠의 상징인 암실을 도피처로 삼아야만 했다. 도피처의 현상액 속에서 흑백 영상으로 화려하게 떠오르는 황홀한 모습들, 그것은 사랑에 대한 미련과 자유에 대한 갈망의 표출이었다. 묘비와 묘비 사이에 발자국을 남겼던 새가 그 환영幻影이었고, 어디서 왔는지 어디로 날아갔는지 자취를 잃어버린 사랑의 잔상이었다. 꿈같이 행복했던 찰나를 다시 만나려고 찾아 나서지만 늘 허탕인 발길이 그 흔적이 되었다. 거짓말처럼 불면을 잊게 하고 잠깐씩 행복해지는 단꿈이 되었다.

수많은 묘비 사이로 사라진 새는 어쩌면 작가의 내면에 영구히 잠재시킨 자의식인가 싶게 느껴진다. 그 까닭은 화자로 하여금 그 어둔 도피처에서 황홀감과 행복을 현상하며 그 아픈 사랑의 돌파구를 찾아 끊임없이 떠나게 하고 있기 때문이다.

암실은 불면으로부터 도피할 수 있는 유일한 공간이다. 암실에서 인물 사진을 프린트하다 보면 현상액 속으로 흑백의 얼굴 형상이 떠오르는 모습은 거의 황홀하기까지 하다. 그것은 흡사 어둠 속에서 날아오르는 새의 모습 같기도 해서 이 사람은 어디서 날아왔을까, 지금 어디를 향해 날아가는 중일까……, 상상을 하는 동안 나는 거짓말처럼 불면을 잊는다. 그러면 몸은 비록 힘들지만 잠깐씩 행복해지기도 한다. ─「그 새는 어디로 갔을까」(218-219쪽)

인생은 아무 자취 없이, 혹은 다소의 발자국을 남겨두고 한 마리

새가 되어 홀연히 사라져간다. 그 사라짐에 있어 아쉬움이 슬픔으로 남기도 하지만, 미련 없이 떠나는 새에겐 아쉬움보다 홀가분하게 자유를 얻는 기쁨에 더 가까우리라.

그런데 왜 왔을까. 불쑥 안부가 닿은 과거 속의 사람 때문에? 아니면 단순히 장례 품앗이로? 그것도 아니라면, 일 년 새 부고가 날아든 상가를 빠뜨리지 않고 문상을 다니는 어떤 목적 때문인지도 몰랐다. / 등 뒤에서 한바탕 폭소가 터졌다. 그 폭소를 기다렸다는 듯이 문상객들이 일제히 웃고 떠들었다. 구석에서 카드 판을 벌인 이십 대들은 지폐를 쥐었다 놓았다 하면서 키득거렸다. 바로 옆 탁자 주변에선 유족들 대여섯이 머리를 맞대고 있었다. 휴대폰 게임을 하는지, 문자를 주고받는지 육십 대를 훌쩍 넘긴 노인부터 손녀딸 같은 애송이까지 모두들 휴대폰을 꺼내 든 채 소리를 죽여 웃어댔다. 바위…… 유족들을 지켜보자니 다들 검은 상복을 입은 채 둥그렇게 웅크리고 있는 모습이 바위 같았다. / 웃는 바위를 보기 위해 나는 이곳에 온 걸까. —「즐거운 초상初喪」(229-230쪽)

상가라 하면 경사慶事가 아닌 애사哀事로 여기는 것이 통례다. 그런데 요즘은 그렇지만도 않은 예가 많다. 심하면 경사 못지않게 즐거워하는 상가도 있다. 작가는 상가의 분위기에서 그와 같은 상념으로 망자에 대한 마음가짐을 여미고 있다. 한 인생이 태어나서 죽음에 이르기까지의 삶을 반추하며 타계의 의미가 진정 슬픔인지 기쁨인지 곰곰이 사유해보고 있다.

세상의 모든 장례식이 다 엄숙하고 비통할 필요는 없을 것이다. 상주
마다 대성통곡을 해야 될 이유가 없는 것도 마찬가지다. 다들 초상집에
다녀오면 호상이다, 악상이다, 말하지 않는가. 호상은 호상대로 악상은
악상대로 장례 의식을 갖추기만 하면 될 터였다. 정신 나간 소리로 들릴
지 모르겠지만 나는 초상이 즐거웠으면 싶다. 물론 모든 초상이 다 그럴
수는 없는 노릇이다. ─「즐거운 초상初喪」(237-238쪽)

필자도 한때 어느 상가에서 가가대소呵呵大笑하다 무안했던 기억
이 있다. 엄숙해야 할 상가에서 철없이 안하무인처럼 굴었으니 당
연히 눈총을 받으며 빈축 살 일이었다. 나름대로 변명할 거리는 충
분히 있었지만 기회를 얻지 못해 나잇살이나 처먹고 경망스럽게 구
는 꼴불견이 되었다. 긴병에 효자 없다는 말처럼 오랜 간병에 지친
상주에겐 망자의 타계가 결코 슬프지만은 않을 터였다. 하지만 아
무리 호상이라 해도 망자와 그 가족이 마지막 헤어지는 자리라는
의미로 보면 크게 웃으면서까지 기뻐할 일은 아니란 생각이다. 그
러한 뜻에서 그날 웃고 떠들었던 일이 오래도록 부끄러운 기억으로
남아 있다.

순간의 사연을 쫓던 화자話者는 발길을 돌려 아내의 요구대로 멋
진 경치를 카메라에 잡아 담기 위해 유럽 여행을 떠난다. 철거촌과
여인숙 같은 사라지고 스러져가는 것들을 쫓아다니던 발길의 방향
을 돌림은 작가의 변화인가, 변절인가? 아니다. 유럽 아닌 어디를 가

든 그것은 사라지고 스러져가는 것들을 잡아내기 위해 범위를 넓히고 소재를 모으고 창작을 연장하려는 데 뜻을 둔 것으로 여겨진다.

철거촌을 떠돌더니 이젠 여인숙이에요? 집착을 버리세요, 제발. 틈만 나면 집 밖으로 떠도는 남편을 향해 단말마 같은 어휘를 쏟아내는 아내. (…중략…) 아내가 제발 버리라고 간청하는 나의 집착들. 돈도 안 되고 집에 걸어둘 수도 없는 변방의 다큐 사진들. 내 손에 움켜쥔 그것은 과연 행복한 것인가. 잘 모르겠다. 생활의 절반 이상을 오로지 요가 수련에만 쏟아붓는 아내는 행복한가. 그것도 모를 일이다. 다만 한 가지 확실한 것은 행복과는 상관없이 나는 언제든 아내에게 들려줄 말 한마디를 감추고 지낸다는 사실이다. 당신이 버리라는 그것을 내 손에 움켜쥐기 위해 지금까지 살아온 거야. ─「붉은 섬」(275-276쪽)

2013년 가을, 필자가 담양의 창작촌 '글을 낳는 집'에 입촌했을 때 작가도 함께 입촌해 있었다. 입촌 3개월이란 장기간을 대부분 음주에 태만으로 다 보낸 필자였다. 그 반면에 작가는 보름이라는 짧은 기간 동안 시 쓰랴, 사진 찍으랴 부지런하게 목표를 달성해냈다.

"오늘은 또 워디루 나슨댜?"

"무등산 올라가 보려고요."

"여자헌티 한눈팔다 다치지 말구 존 작품이나 많이 주서 와."

"오케이, 올 때 형 좋아하는 백아산 막걸리 사 올게."

산은 무등산으로 가겠다면서 막걸리는 백아산으로 가져오겠단

다. 필자가 백아산 막걸리를 특히 좋아하기 때문에 일부러 판매처를 들러서 사 오겠다는 말이다. 함께 따라나서고 싶어도 몸이 따르지 않는 필자는 작가의 왕성한 활동력이 마냥 부러웠다. 그런 필자의 마음을 잘 알고 막걸리 이야기를 한 것이다.

작가는 무등산뿐만 아니고 보름 내내 내장산, 추월산, 순천만, 소록도, 거금도, 이서적벽, 죽녹원, 소쇄원, 식영정, 한옥마을 등등 형적形迹과 사연事緣을 잡으려고 부지런히도 쏘다녔다. 이 소설집을 내기까지 작품을 쏟아낸 작가의 열정을 아무리 많이 칭찬해도 충분하지 않을 것 같다. 같은 글쟁이로서 부럽고도 샘나기 때문에 이 글을 쓰도록 기회를 준 작가의 배려를 마다하지 않았다. 모처럼 낳은 소설집이니 작가에게 큰 보람이 되고 독자들에게 대단히 사랑받기를 간절히 바라는 마음이다.

황금 비늘

—

초판 1쇄   2014년 11월 28일
지은이   이강산
펴낸이   김영재
펴낸곳   책만드는집

—

주소   서울 마포구 양화로3길 99 4층 (121-887)
전화   3142-1585·6
팩스   336-8908
전자우편   chaekjip@naver.com
출판등록   1994년 1월 13일 제10-927호
ⓒ 이강산, 2014

—

* 이 책은 2014년 대전문화재단 예술창작지원금을 받았습니다.
* 이 책의 판권은 저작권자와 책만드는집에 있습니다. 이 책 내용의 전부
  또는 일부를 재사용하려면 양측의 동의를 받아야 합니다.
* 잘못 만들어진 책은 구입하신 서점에서 바꾸어드립니다.

—

ISBN   978-89-7944-500-8 (03810)

이 도서의 국립중앙도서관 출판시도서목록(CIP)은 e-CIP
홈페이지(http://www.nl.go.kr/cip.php)에서 이용하실 수 있습니다.
(CIP제어번호 : CIP2014029537)